U0081441

實用中英文寫作

簡齊儒

沈富源

鄭威爾

許文獻

許秀霞

王蕙瑄

鐘尹萱

鄭宇庭

黃敬家

【校長序】

　　《臺東大學通識教材》一套三冊，係由本校通識中心與華語文學系、語文教育研究所、應用科學系三系所共同策劃與編輯。本叢書以博雅通識為核心，藉著叢書的編輯印行，提供學生在人文學門、科學學門的基礎知識，以使學生們能成為兼具專業與博雅素養的現代通才青年。

　　本叢書包含由人文學院華語文學系許秀霞老師主編的《實用中英文寫作》、師範學院語文教育研究所周慶華老師主編的《新詩寫作》、以及理工學院應用科學系黃惠信老師主編的《科普的閱讀與寫作》。這套涵蓋三個學院，動員了近二十位師生共同執筆的著作，堪稱本校教師「跨界合作」、「攜手向前」的最佳代表。教師同仁們不辭辛勞，利用教學之餘為學生們的學習需要提筆撰寫叢書，其用功之勤，對學生們關愛之深，著實令人感動與感謝。

　　《臺東大學通識教材》得以出版，首先要感謝的是教育部卓越計畫的獎勵與支持，充裕的經費讓本校得以百尺竿頭，更進一步，積極地推動課程的革新與追求教學的卓越。其次要感謝的是教務長范春源教授兼教學學習中心主任，殷殷地推動各式課程精進計畫。人文學院院長謝元富教授兼通識中心主任，力求通識、人文的推廣與落實，是這一系列叢書最重要的推手。而副校長兼師範學院院長梁忠銘教授、理工學院院長劉炯錫教授的用心領導，使得本叢書得

以匯聚人氣，在天時、地利、人和因緣俱足之下付梓印行，在此一併致上感謝之意。

臺東大學校長　　　　　謹識

九十八年六月十五日

【通識中心主任序】

　　此次通識優質教材系列叢書的發想，主要是從本校通識教育行之有年的「思維與寫作」核心課程而來。二○○二年中心曾舉辦「思維與寫作課程研討會」，針對此課程的性質、課程內容與教學目標，做了深入討論。在二○○九年四月，本中心再次舉辦「思維與寫作在大學教育的定位研討會」，邀請相關領域專長的教師、學者參與，期望能對此課程的持續推動與未來發展發向提出建言。

　　與此同時並進的是中心著手推動適用於師範學院、人文社會學院和理工學院學生「思維與寫作」的教材撰寫計畫。經過東大同仁和學者專家的努力，由人文社會學院華語文學系許秀霞老師主編《實用中英文寫作》、師範學院語文教育研究所周慶華老師主編《新詩寫作》以及理工學院應用科學系黃惠信老師主編《科普閱讀與寫作》三書的順利問世，首先要非常感謝蔡校長典謨和范教務長春源的大力支持，其次是人文社會學院謝院長元富、師範學院梁院長忠銘和理工學院劉院長炯錫的領導，最後是各學院系所負責執筆的師資群。此套叢書的出版，對撰寫者與讀者而言，都可以清楚體會到「聚沙成塔」和「眾聲喧譁」的可貴。

　　雖然市面上教導如何寫作和如何思考的書已汗牛充棟，但是此叢書充分本著「通識」的精神，在內容上除了能照顧到不同學科領域在寫作方面的需要，還兼顧到文字本身的可讀性，讓讀者藉由閱讀，能具體的學習運思寫作的能力。韓愈〈送孟東野序〉中曾言：

「大凡物不得其平則鳴。草木之無聲,風撓之鳴;水之無聲,風蕩之鳴,其躍也或激之,其趨也或梗之,其沸也或炙之;金石之無聲,或擊之鳴。人之於言也亦然,有不得已而後言,其歌也有思,其哭也有懷。」希望大家都能提起筆來,用書寫鐫刻生命的丰姿、天地的精彩!

臺東大學通識教育中心主任暨人文學院院長

寫於 2009 年立夏

目　次

第一章　行銷完美的自我：履歷表與自傳

臺東大學華語文學系助理教授　簡齊儒

本章學習重點：

一、學習如何實現創意，利用文字與圖片等語言媒介來行銷自我。

二、以流利並順暢的文字，與篇幅適中的長度，表達自己的優勢。

三、以創意的標題取代傳統「履歷、自傳」等名稱。

四、運用創新卻不花俏的方式，展現自我特色。

五、瞭解履歷表及自傳的撰寫目的（如：求職或進修）、內容要項（如：個我特質、求學經過、工作經歷、未來展望）與表現技巧（如：檢驗錯別字、清新易讀、瞭解產業脈動、自我廣告摺頁製作）。

第一節　緒論：預約美麗人生的入場卷

　　生命如歌，如何在時間之河面上立影，在眾多歲月場景裡，留下珍貴記錄，擷取吉光片羽？多虧了我們擁有存留記憶的能力，讓自古至今的人類歷史，能夠透過任何傳媒憑介，被看見、被體察、被觀望。從前的人靠口語傳播，傳遞青年時期的英雄夢、教授知識、散播八卦傳聞；而現在 e 化世代，我們用語言、日記、肢體、廣播、相機、錄影、網路、電影……等生活媒介，來體驗人生、經驗韶光、傳達自我，紀錄個人生命片段的媒體，越來越多元且便利。但這麼冗長的生命記錄裡，我們如何快速地認知一個人精彩人生？過去我們透過史傳地誌、名人傳記、回憶錄來瞭解歷史名人的人生，所以《幼學故事瓊林》、《中西名人傳記》依序成為兒童教育必讀的書本。然而，除了名人之外，每個人都有一個故事，我們都是有故事的人，如何建構個人生命史，則成為每個人必然人生使命。而在這快速變遷的二十一世紀，一份既簡約又紮實、舒服又創意的履歷自傳，將是別人認識您的最立即的一扇窗戶。

　　您，準備好美麗人生了嗎？我們將開始預約，這張叩門的入場券。

壹、描繪生命藍圖的迫切性

　　根據調查統計數字，2009 年 6 月份國內失業率高達 5.94%，約近 65 萬人失業，創下歷年新高紀錄。儘管在這世界金融海嘯席捲之

下，放無薪假的人越來越多，工作一位難求的狀況之下，仍然有許多七八年級生未意識到人生規劃或積極求職之重要性，而頻頻出現「啃老族」、「公主病」的特殊現象。根據《Career 職場情報誌》報導，畢業之後卻不就業、無收入卻又出手大方的啃老族，人數在臺灣日漸攀升。這群「啃老族」普遍是一群大學碩士等高等學歷畢業的青年，因為教育普及、高薪工作僧多粥少情況之下，啃老族的自我期許甚高，在畢業後或不願屈就身段等因由而遍尋不到理想工作，於是橫逾就業年齡仍在等待就業、延畢、不斷考研究所、考公職，無限期延長青春期，而在經濟上繼續倚重父母老本，形成社會新新高齡新鮮人。

　　另外一種年輕人心理趨勢──「公主病」，則在心態上仍舊希望備受呵護照顧的依賴感，而不願付出勞力心力踏出求職步履。這群公主青年，八成以上是肇因於父母或師長的嬌寵而養尊處優，懵懂於人情世故、疏忽於應對進退、不願意扛起責任，拒絕成年獨立、團隊合作，傾向逃避社會壓力的現實，寧願關在溫室中孤芳自賞，成為職場的新新恐怖集團。

　　其實，每個人的內心都有一份害怕未來的恐懼感，但這份畏懼，導因於自己的準備不足，或者不清楚人生的方向為何。在面晤世界之前，我們必須端詳自己過去、現在與未來，我能夠作什麼？我是否已經準備好了？我是否知道人生目標？我是否規劃良善？我的長處為何？我過去的表現能否連接未來的發展？是故，吾人亦可透過坊間的心理測驗，推估自我的「職業適性測驗」，有意識地檢視自己的學習能力、性向，幫助自己澄清問題，瞭解自我，進而擁有更精彩的職涯發展。也因此，端詳自己，讓自身掌握全盤自我狀況，進

而讓他人更瞭解自我，將有助於進入職場時，讓人資主管或進修深造的師長更加明瞭你的長處，進而予以錄用。

根據國內調查（根據 1000 名人資主管的調查），今年 2009 年約有 57%企業不會有職缺，不會招募新鮮人，2009 今年六月份失業率 5.94%，此數字是歷來調查數字最高的年份。勇闖職涯的路徑實在非常艱辛，也因此有許多畢業生倍感挫折。然而如何在這競爭激烈的險惡環境，高人一籌、建立自我的特色內蘊是十分重要的關鍵，而建立一份完美履歷與自傳，更是找尋工作第一把金鑰，等同是預約美麗人生的入場卷。

自己的履歷自傳宛如「產品說明書」，清楚表明自己的功用、如何運作，並且證明自己對於未來是有規劃的、是有能力的、表現出自己是有準備的。一份成功的履歷與自傳，正是過去、現在與未來的自己，最好的生命藍圖的集結，彩繪人生，就從瞭解自我、建構自我、詮釋自我、推銷自我開始。

貳、自我詮釋及推銷策略

在競爭激烈的現代資本工商業社會，凸顯個我的優勢特質，是在生活情境、學術交際、求職生涯中必備的要件，為了擺脫每個人都一樣的機械化編碼單面向（如身份證字號、學號、座號），和千篇一律在書店就可買得到一張薄薄的傳統制式履歷表格，一份推銷自我、展現創意與特色的履歷與自傳，絕對是征服主事者的亮眼樞紐。

把自己當廣告來製作與呈現，強化自我優勢與潛力，一份有質感的履歷與自傳，展示個人的工作潛力和個性，傳達你的創意與個

我特質，再現個人具有獨特技能和資產及人生經驗。於差異化之過程，在眾人中凸顯自己，足以讓新鮮人鹹魚翻身，成為職場常勝軍。

我們不妨暫且將自我當成商品，引用廣告學的概念，來思索如何營造自身的價值。1898 年由美國廣告學家 ES 劉易斯提出「AIDMA」原則，他認為，這些要項如下：

- ．A：Attention 引起注意
- ．I：Interest 激起對方的興趣
- ．D：Desire 喚起慾望
- ．M：Memory 加深對方的記憶
- ．A：Action 行動

所謂「注意 Attention」就是透過銷售技巧或策略，引人注目，而履歷與自傳的外在形式的美編與格式安排，便成為第一眼注目焦點，營造創意卻不花俏的履歷自傳，因應工作求職要項與質性，予以調整，例如應徵廣告媒體界工作，必須強調獨特創意，因而可以較為大膽創新地展示自我。如果是理工人文科目研究所甄試，比較適和較為動靜相宜的方式展露自我。

至於「興趣 Interest」也就是在讓人耳目一新的履歷自傳封面與形式之後，必須讓人感興趣想要一探究竟的激動，明確的個我訊息的傳達，儘量將過往的「表現予以數字化」，惟有「成果導向」才能深入人心，易言之，質量兼具的個我特色傳遞，強調自我能力的「質化與量化」特性，將提升主事者面試或聘任的興趣。

「慾望 Desire」在履歷與自傳中，需彰顯自己的優勢，而且必須符應公司或該研究所的人才需求。例如應徵電腦工程師，必須強調自我的資訊專長與專業證照能力，勾起公司主管錄用的慾望。例

如甄試研究所，必須強調自己的研究潛力與舉列例如小論文、報告等的質與量之研究成果，刻鏤自我研究的深度與關懷，就容易引起學校師長對於你的青睞。

「記憶 Memory」製作讓人印象深刻並化為對方深度記憶的履歷與自傳，加強刺激公司需求要項的連結事物，以資證明你的雄厚實力，例如檢附推薦函、證照、獎狀、成績單、作品、照片、研習條…等，運用實際的例證加深印象，讓這些證明文件成為說服主管的工具媒材。

「行動 Action」當你準備好以上的細項，表達最亮眼的個我成就，就容易讓人資主管或學校師長，召喚實際採取面試或錄用的行動結果，達到成功行銷自我的目的。AIDMA 原則運用在創意履歷的製作，且看以下例證：

永恆的美好online

正所謂,有光明之處
必伴隨著黑暗...

名字：周珮瑜　　　　　技能：

種族名：人類　　　　　<1>胡思亂想：命中率 90%

職業：大學生　　　　　　　力量 700　耗靈 300

身長：150　　　　　　　<2>魔書世界：命中率 25%

體重：知者必死

星座：雙魚

血型：O

生肖：羊

等級：18

生命值：9000/9000

靈力值：10000/10000

裝備：大腦無線網帽

疾風衣　血色之筆

力量 900　耗靈 50

<3>畫筆詛咒：命中率 20%～75%

力量 850　耗靈 500

<4>著魔思想網：命中率 75%

力量 5000～9000　耗靈 790

必殺技：雙尾鬼魂文字

當生命值在50%以下　靈力為0
方可瞬間將400公尺內的敵人
全數消滅

=＞副作用：永恆的夢境沉睡

■雀屏中選：推薦之因■

1. 因應電腦軟體文案設計的工作徵求，結合「文字長才」與「創意展現」，製作出仿若 RPG 模式，將個我能力予以創意地化約為戰鬥特質，恰巧展示了文案設計與線上資訊遊戲軟體公司的特性。
2. 利用粗體文字，設計自己最自豪的優點必殺技，令人印象深刻。

　　然而這些個我實力的再現與製作，並非一時一刻就可以馬上建構的，必須仰仗平常的努力與自我資料的蒐集之習慣，最後在製作履歷自傳時，方能手到擒來十分機便。

參、軟硬兼施的智慧：硬性能力與軟性能力的意義

一、展翅高飛：硬性能力的臂膀

一份履歷自傳，除了本文的強化與自我推銷之外，其平常必須存備自我專業知識的「核心職能」訓練證明——亦所謂「硬性能力」，一向是籌備與檢具的關鍵——「硬能力」係指知識、經驗、技能等比較容易評估的素質，有其量化的標準，例如通過中級英檢、證照、駕照，這些證明個我專業度的資訊，平常就應該建立「自我視覺銷售匣」，將自我的專業能力予以分門別類與蒐集，方到用時，就可不費吹灰之力以附件的方式，檢具在履歷自傳後頭，依序排列齊整，以最系統與快速的方式，呈現個我專業深度。而所謂專業深度，便是要求求職者具備廣博知識、專業技術和持續的學習能力，以證明其專業涵養之養成。

二、搶救自我：軟性能力的證明

但除了「硬性能力」之外，目前就業職場或升學進修，在在都強調需要檢具「軟性能力」，何謂軟性能力，且見下文列點：

- ‧ 心理的技能
- ‧ 重要者：享受改變
- ‧ 快速決定
- ‧ 自我管理及激勵的能力
- ‧ 團體工作、人際關係與溝通
- ‧ 主動、滿懷遠景
- ‧ 解決問題、適應力、創新、組織能力、領導能力

　　軟性能力亦即溝通能力、解決問題的能力、待人處事態度與傾聽多元意見的能力、團隊精神、工作態度、職業道德、職業操守、創新能力和為人處世能力……等不易評量卻又極為重要的素養。招聘時除了考察專業知識外，還會重點察驗應聘者需備良好的心理素質，優秀人才不一定能勝任職務。臺灣四大產業用人時，最重視的卻是求職者的「軟能力」的心理能量，例如「工作適應與穩定」、「主動積極」、「負責進取」、「學習意願」、「人際關係」、「吃苦耐勞」、「抗壓性」、及「個人競爭力」共八項，都是最重要的關鍵。企業每年都要招聘員工，在在都需要強調無私敬業、團隊精神、心理素質、吃苦耐勞、誠信和創新能力危機處理能力等等，而這些軟能力都需要平常一點一滴累積與建構的，而如何蒐集個我的軟能力關鍵指標呢？以下幾項事項，皆投射出其個人軟能力的建立：

- 組織能力：做事是否符應條理、考慮問題是否周到細緻。
- 人際關係：工作過程中同時注重團隊合作，遇到意外事情時能不能協調溝通處之泰然。
- 應變能力：考驗其快速分析與解決問題的應變能力，隨時對應善變的環境，分析利害得失的辨識能力。
- 表達能力：思維敏捷、語言流暢、語意清楚、重點提攜、邏輯縝密。

　　而平常我們該如何改進軟性技能呢，吾人可透過下列的行動，粹煉自我的軟能力：

- 交叉訓練：作其他部門或無酬之服務學習工作
- 組織或加入任務團隊：參加比賽、組織社團
- 實行新構想和改進方案：寫報告、企畫
- 經常發問、表達意見、尋求改進意見

‧ 參加訓練研習營
‧ 擔任義工、探索藝術（培養創造力）

　　不斷挑戰自我、突破困境、樂於團隊合作、服務學習，這些都是活絡軟性技能的最佳途徑，這些「無償」的工作與試煉，不外乎要我們拋棄功利的角度，多多嘗試生命的各種可能性，享受付出不求回饋的愉悅，軟能力就會在點點滴滴的經驗累積之中，沈澱成個人生命重要的質性。

肆、蒐集個我的生命軌跡：「自我視覺銷售匣」的建構

　　在瞭解軟硬能力的定義與培育自我的努力之同時，我們必須在生命的各個階段，將有助於呈現自我的成長記憶予以收集，是故建立自我視覺銷售匣是非常重要的必備養成的習慣。硬性能力的「自我視覺銷售匣」，可分為幾個大類別「**課業成績、社團、工作經驗、證照、語言能力、資訊能力、研討會時數**」等類目，來蒐集個我的生命軌跡，例如：

‧ 電腦資訊技能：熟悉哪些電腦軟體與工作環境 　（如：C++）
‧ 證照及檢定資格與研習證明：專業的證照的檢附、專業訓練課程之結業證書、研習時數證明。
‧ 語言能力：語言能力經過考試資格通過、專業檢測證明
‧ 其他的技能成果證明：報告、出版文章、企畫、專案介紹、投稿
‧ 與工作有關的成果照片、研習活動照片

　　軟能力的「自我視覺銷售匣」培訓，就需要更長時間的用心集錄，以生命參與的軌跡，用來證明個我熱誠與軟能力的發揚，例如：
- ・推薦函、讚美函、感謝卡
- ・專業及其他獎狀、社區服務獎章、服務學習證明
- ・證明你參與的團隊文件（社團工讀證明）

　　有了這些熱力的證明，將凸顯個我參與團體活動之積極性，並且在熱心服務的同時，綻放自我專業能力的機會，也在活動過程裡，粹煉個我解決問題、組織團隊、溝通協調、熱忱積極的軟性能力檢附感謝狀、服務獎章證明，讓更多的人為您的公益與熱誠一齊背書。

　　例如目前青輔會推展國際志工計畫，在寒暑假期鼓勵學生前往國際需求支助地區伸出援手，臺東大學華語文學系四年級在 2009 年暑假，就曾經有兩團學生（呂瑾瑛、蔡宜芳等共 12 人）分別前往韓國與泰國偏鄉國中小學，志願擔任短期華語教師工作，不但在安排教學活動的同時，發揮所學專長於實際教學場域，還為偏鄉的孩童提供快樂學習的機會，於此之時，這些志工小老師更在窩心的有意義的國際教學活動裡，學會更多實習現場、團隊合作、異國交流的大好良機，在耳濡目染操兵演練之間，專業能力也就遽變成長更臻完美。除此之外，輔仁大學織品系大四學生林芮如也在 2009 年暑假完成在義大利西西里島度過兩週志工假期，她加入島上的微笑小丑團，首度扮演小丑裝扮，和異國團員一起在醫院、貧民窟、非法移民收容所和老人安養院等地方演出，她不但參與了跨國的愛心送暖活動，同時西西里島之旅也讓她找回自己，「與其說我扮小丑帶給他們歡樂，不如說是他們教了我快樂的方法。」（《聯合報》2009 年 9

月 7 日）這些寶貴的經驗，都讓年輕的生命有了另外一種的光亮方式，同時也讓個我的能力精進。

Trust Your Choice!!

第二節　精要的光譜：履歷表

履歷表是求職的第一道門面，它將是你的過去、現在與未來的生命藍圖的精要行銷廣告，創意、新穎、展現個我優質特色是一份成功的履歷表映現的關鍵精神。且見在書店裡皆可購得的傳統履歷表格式：

表一 傳統的履歷表

姓名		英文姓名		請貼相片	
身分證字號		出生日期			
國籍					
電子郵件信箱					
戶籍地					
現居住址				室內電話 手機	
學歷	學校名稱		科系	修業期間	學位
訓練	訓練機構		訓練名稱	訓練期間	備註
外語	□英語□日語□德語□其他( )				
專業證照	核發機構		證照名稱	生效日期	證件文號
兵役	□役畢□服役中□未役□免役				
身心障礙	□是(種類□極重度□重度□中度□輕度) □否				
原住民	□是(族) □否				
經歷	服務機關(構)、公司名稱		部門	職稱	服務期間
自述					

上表是制式的履歷表格，雖清楚呈現，卻少了個人的創意，每個人的履歷資料宛如資料的呈現，殊難表露個我人文的立體感。在比比皆是的職涯雜誌曾有一熟悉的說法：「一位人資主管 HR 平均閱讀一份履歷表的時間不會超過二分鐘。」甚至有人會更嚴苛地認為濃縮至更短的時間。如果你是應徵者，在這麼緊湊的時間，應該怎麼讓自己脫穎而出？一份有質感、創意、別出心裁、運用 AIDMA 的履歷表，將自己告訴雇主你是一位潛力十足的人，能為公司帶來無限的好處與希望，其原則如下：

- 將與應徵職務攸關的專長與經歷予以大力發揮。
- 行文務必簡明而詳實，強調優點但不誇大吹牛。
- 整齊的排版且適度美化，凸顯優異的學習表現與個人創意。
- 避免過於細節式的個人資料說明，如家庭概況、身高體重血型、興趣等等。
- 可請以前的主管或師長撰寫推薦信，以佐證自己的背景與能力。

壹、必勝鐵則：成果導向的量化質化

一份引人入勝的履歷表，在內容上必須要能儘量將過往的表現予以質化與量化並舉呈現，惟有成果導向才能直指人心。如果僅是強調個人「溝通能力強」、「談判技巧優」，此抽象化表現方式是無法感受到應徵者差異度，需加註工作經驗實際例證才具有說服力。許多履歷表所呈現的是職責內容，並非工作成果。職責內容是接櫫工作性質，卻非履歷敘述的焦點，工作成果是映現個我的能力，方才是透顯自己質化與量化的關鍵。請見下例：

- 能夠於極短的時間內完成一份內容可觀的企劃案。→「極短的時間」過於抽象。
- 修改成→能夠在 5 小時內製作完成一份長達 20 頁的企劃案。再請由比較下列二者之差異：
- 1. 負責機臺安裝、維護、除錯及提供相關售後服務。→此為職責內容的描述。
- 2. 有效運用問題解決模式，將現場障礙排除能力由 23%提昇至 52%；客戶滿意度由前一年的 62%提升至 92%。→此為展現工作成果的量化描寫。

第二點較諸第一點更加具體呈現質化與量化的成長，強化個我為群體所創造的貢獻，使得「我」的價值迅然攀升。再請見下兩例：

- A.XX 公司人力資源部　人力資源專員　2004 年 7 月～2007 年 2 月
    - ◎半導體業
    - ◎員工規模：100 人～500 人
    - ◎工作內容：人才招募

        教育訓練

        考勤作業流程

        勞健團保行政作業
    - ◎特殊貢獻：完成研發替代役員工的招募與甄選任務，三年來順利為公司招聘 18 位研發替代役男執行教育訓練工作，在職期間平均教育訓練課後滿意度達 82 分（滿分 100 分）。
- B.2000～2009 學術研究著作，共 35 筆。

    2000～2009 經歷與榮譽獎項，共 81 筆，並榮獲 98 年優良教師，XX 課程榮獲教育部獎助。

2007～2009 指導學生參與全國性競賽共 5 名，並獲精進獎項共 6 件，實際提升校內文藝氣息。

在 A 例特殊貢獻一欄位，敘事者不僅表露了「我會做什麼」，而且還撰寫了其量化業績之說明，展示「我可以做得特別好」的非凡價值，而非規格式地呈現工作內容而已，就容易讓自我的辨識度與能力在短短幾句話裡被強化出來。在 B 例裡透過質化功效與量化數據相互呈現，我們除了認知好老師的優點在哪裡，一位學術、教學都非常認真的老師，不僅個我表現優異，而且對於學校學生有所指引與助益，發揮個我在群體之間的正面影響力，營造出成果導向的自我行銷廣告。

在撰寫成果導向的履歷表之前，建議讀者可以先行懷想過去的工作或學習表現，從上文提到建構的「自我視覺銷售匣」，從中取出並召喚過去的回憶，思索並整理過去的自己：[1]

- ・ 我曾經完成哪些創作成品？是否較原定時間提早完成？提早的原因在於……完成過哪些專案？
- ・ 我曾經為學校或公司節省多少的資源？較原定預算節省了多少支出？
- ・ 我曾經在哪些事情上增加了公司的營收？提升群體的價值？
- ・ 我曾經為公司或學校帶進一些新的技術、做法、教育方案，並且因而使得全校學生增能獲得改善？
- ・ 我的開發能力如何？曾經開發新市場、新客戶，提昇產品之市場佔有率？
- ・ 曾經解決了哪些懸宕已久的問題？如何迎刃而解？

---

[1] 許書揚、胡儀全：《e 世代跳槽高手》（臺北：奧林出版社，2000 年）。

- 分門別類：學術研究、社團經驗、研發成就、行銷成就、管理能力……等，讓閱讀者更是一目瞭然，易於捕捉重點。
- 不同的工作成果必須依重要性（或者符合應徵職務的相關性排列），你最想強調的成果自然排在第一位。
- 將虛無、空洞、抽象的敘述予以數據化、具體化、活潑化、個案化
- 詢問於專業生涯規劃諮詢顧問，例如學校的實習暨就業輔導處、心理輔導組老師。
- 利用視覺銷售匣的所搜錄的個我能力證明，予以佐證，讓主事者更能掌握真實性。切勿浮誇虛妄、言過其實、張冠李戴。
- 在文字滿滿表現熱忱與活力，展現積極的責任感、樂於嘗試的勇氣、具體而卓越的成果展示。
- 成果呈現的個我質性，務必呼應企業理想人才、或研究所入學徵選研究生之標準（或你的專長與該學校某教授專長相符），展演自我的具體潛力，讓對方將你視作優先考慮人選。

　　認真地蒐集個我經驗，瞭解自我的長處，利用平常時日，勤於將生命重要史蹟做留存與記錄，並且有機地蒐集個我能力證明的資料，綻放自信與優勢，把自我當成是推銷的商品。思索自我的價值與發揮長處的有效性，予以質化與量化雙軌呈現，用可評量的用詞，引證特殊的成就，對於過去你所負責的工作品質與學習成果予以數字化呈現，這樣客觀的評量數據，搭配主觀的質化表現，將使表達個我、說明能力的履歷表更具有說服力，為自己爭取到珍貴的工作機會。

貳、畫龍點睛：一語道破的標題＋重點摘要（我的超優勢）＝完美封面

一、履歷表的標題

標題是一份履歷表的開端，也是引人入勝的關鍵之一，除卻傳統制式以「履歷表」為題的制式體式，一枚擁有精心經營的創意，不但將揭示語文能力的運用能力，同時也外放出創意度。將自我當成廣告商品一樣，在標題之處別開生面，與應徵的工作性質相互呼應，亦或是將自己的特質與優勢亮麗呈現，字字句句都需要斟酌功夫，方能為自己贏得機會。例如，取代履歷表三字，替之以「來自鄉下的新生力──我的世界」，短短字句透顯著來自鄉下的質樸與純真。再如「讓您更貼近我！小丸子正傳」，拉近讀者與自己的距離，釋放出年輕的親切感；「城市奇女子──喬琪的身家調查」流露都會女子的活力，身家調查更讓人想要一探究竟。

除了代換創意的標題作為履歷表的開端，將標題連結自己的人生觀、自我擇句摘要，運用諧音、比喻等原則，也能製作出別緻又有創意的標題。如：「積極！創意！肯學習！是我的人格特質」、「何方人物？慣用右腦思考的設計系女生」、「堅持、不認輸、奮戰到底──小明的求生哲學」。抑或是「Me too is not my style──我不盲從」將左右銘的箴言，放在標題之中，展露正向的人生價值觀與信念，也足以表露獨特性，藉由標題的閱覽，知悉你的態度與生命理念。

另方面，將標題與應徵的工作性質相互呼應，也是常用的作法，例如一份應徵廣告文案的履歷，其標題標示為「總統你在哪裡？──不當總統當廣告人」。總統你在哪裡其標題聳動，釀造驚奇效果，國

家元首不但需要治理國家，也需要熱誠態度，即便元首只有一位，所以副標題緊接著列出「不當總統當廣告人」，言下之意不僅推崇廣告人之職，猶如總統職位一樣別具有挑戰性、無可取代性，同時也睽出自我濃濃的自信與創意，這樣的標題，遠比「履歷表」三字來得更引人目光。

　　另外，由於履歷表是介紹自己的最直接的廣告文藝，而姓名也是創意標題可以經營琢磨的項目。姓名，是家族的印記，復加上父母對兒女的殷殷期望，將自己的姓名，融合履歷標題的開頭設計，將展現自我的獨特性，亦可表現自我姓名認同與期許。例如：名字為「齊儒」，標題設計為「追尋生命的桃花源──齊理夢想的儒者」將積極人生追尋的動力，以尋找桃花源蹤跡為比喻，標榜著文士兢兢業業於夢想、知其不可卻執念為之的美好理想性。再如：「笑容滿面嘴角開，佳人靦腆笑開懷。」（楊容佳）總是面帶微笑個性樂觀的容佳，將自己的名字融入微帶害羞卻又開朗自信的性格，運用標題創意呈現。又如：「品忘憂之萱草，理未來之生涯」（李品萱）品萱將萱字解讀成舊名萱草的金針花，呈現積極打理（姓氏「李」之諧音）生命的熱忱，同時也讓讀者熟稔自己的姓名，印象更為深刻。

二、履歷表分項標題

　　除了撰寫亮眼的履歷表總標題，另外履歷表各細項的標目，亦是撰寫者可以多加留意的小細節。有特色的「履歷冊」是吸引注意敲門磚，也是成功行銷優勢，展現與眾不同，讓自己立於不敗之地的小技巧，是故包裝標題與言詞創意，是強化自我優勢與特色的成績簿。舉例如下：

1. 封面總標題：上文已經提及一部份，建議以「少年事件簿、青春練習曲、榜上有名、頭號密件」，締造履歷創意概念，放膽綻放別開生面的自我設計。

2. 自傳標題：「XXX DNA 解碼」自傳宛若是自我分門別類能力元素的解碼，這樣的標題比較起「自傳」兩字來得更有創意感。

3. 學經歷之標題：由於學經歷的項目是標舉出個我的專業能力，建議可以替換成「養生經歷湯」，讓讀者理解你專業能力的養分是來自於何處，強化與求職工作相關的課程之修習學分與表現。

4. 證照舉例之標題：證照文件等資料，是上文所提及畢業證書、比賽得獎獎狀、佐證資料、證照、成績單、獎狀、專業作品……等視覺資料匣的證明文件，這些資料皆是客觀表露能力的證明，建議可以更改其名為「證字標記」之類，活潑的標題，取代嚴肅而如流水帳的證明文件，活化自己的表現。

5. 未來展望之標題：履歷的最後一項多為「未來展望」，建議可採用「XXX 走上星光大道」來透露其職場的認知與自我的期許，邁向積極放膽創作經營工作職場的未來規劃，凸顯積極的生命性。

三、履歷表的結構：標題＋條列細項＋行文小結

在精心處理了履歷表的標題、耳目一新的開端之後，再來要經營的即是履歷表的各個細項表達，請掌握上文所提及的原則，力求以質化、量化、打開謀職的機會。觀看履歷表的關鍵決策者，他們所感興趣的並非是工作清單的職務與責任，而是你能夠為我們公司作些什麼？你能夠具有多少研究潛力在我們學校的指導之下，做出

最有效的發揮？是故凸顯個人特色，強調個我長處與優勢，盡可能以條列的方式、綱舉目張地羅列自我的經驗，請切記「熱情（passion）＋能力（profession）＝收入成就（profit）」，易言之，履歷表上表達重點：❶專業能力（硬性能力）之展現；❷積極態度（軟性能力）之表露：主動積極的態度，雙雙與應徵工作與職缺的需求相吻合，描述自我的種種條件，必定要與應徵工作內容、或招考學校的特性相符，達成名符其實、綻放特色的完美履歷。同時在結構上，建議以「條列」方式舉列經驗與成果，並在條列之後，有一小段行文總結，說明由於上述的經驗與能力舉列，強化我具有如何的優勢。

（一）個人基本資料小表

- ．姓名、性別、出生、身份證字號
- ．聯絡地址、電話、email
- ．小字表示
- ．可列表陳述

首先履歷表一定有個人基本資料項目，由於這些細瑣條目較為繁冗，建議可以列表或以小字方式呈現，這些清楚的資訊是為了讓人知悉如何聯繫你，知道你的基本資料。

（二）學歷細目

- ．舉列學校、科系
- ．括號註明畢業或肄業、就讀中
- ．括弧註記修業起迄年月

學歷是文憑認證的舉列，請列出畢業學校全名與科系名稱，後頭括弧標列修業起迄年月，例如：

國立東華大學中國語文學系文學博士（89.9-96.6）

國立中興大學中文系文學碩士（86.9-89.7）

淡江大學中文系學士（82.9-86.6）

　　履歷表關於學歷的舉列，多舉出大學以上的學歷資訊，從最高學歷往前追述，並加註起迄年月，以排列的方式，讓人一目了然學歷經過。

（三）個我特質分析 SWOT

　　個我是履歷表的最核心的要點，為了要呈現自我的優勢與特質，認知自己、瞭解自我的優勢、剖析自己的個性專長與能力落點，是撰注履歷表的前置作業。評估自我 SWOT 分析，這是企業管理理論的概念，包括 Strengths 優勢、Weaknesses 劣勢、Opportunities 機會、與 Threats 威脅，理論架構主要衡量：我的優勢和劣勢，是否具有競爭條件；機會和威脅則針對我的未來處境與發展進行探索分析，探索我的職涯情勢之變化。如果將自我視為企業一樣來衡量評估的話，運用「S 優勢、W 劣勢、O 機會、T 威脅」概念，則標舉出自我的長處與硬性、軟性能力，清楚認知自我優缺點及尋找機會，並且個我的特質，與應徵的職缺性質是相符的，例如應徵業務，請加強個人沈穩、熱情、積極特質。撰寫重點如下：

- ‧ 自我能力
- ‧ 個性
- ‧ 專長
- ‧ 嗜好
- ‧ 優缺點

‧人生觀

‧引用他人評語、日常生活概述

‧瞭解自己：落落大方、主動……等

　　端詳自己，是履歷表之前的門檻，在過去的生命經驗裡，總結打理出清晰的自己圖譜，尋覓自我的天賦所在，發現自己的長處與優勢。由美國知名學者撰寫《發現我的天才——打開 34 個天賦的禮物》[2]一書說道：「如果某人天生有強烈的好奇心，這就是一種天賦；迷人，是一種天賦；有恆心，是一種天賦；有責任感，也是一種天賦……當你發現自己對某件事情有特別的渴望、能快速學習、完成後自我滿意度很高時，那就是你天賦之所在。」天賦是與生俱來的能力，是發揮自我激發潛能的動力所在。根據蓋洛普民調中心針對兩百多萬人的研究結果，人類最大的發揮及成長空間並不在其弱點上，反倒是要專攻與經營與生俱來的天賦能力。天賦不僅是一種本能反應、一種不由自主的驅力，同時也是讓人感覺舒服、自我倍覺滿足的特質。多數人皆感覺不到自己的天賦，或視能力為理所當然，不去強調優點，反而耗盡全力試圖補足缺點。根據書中顯示，人類的天賦規劃成三十四種——「主導特質」（themes），吾人應當策力將自我天賦與長處，轉化為個人與工作的成功。天賦（主導特質），化天賦為能力，在適當的位置上發揮所長，享受滿足的成就感，找尋自己的專屬特質（signature themes），是尋覓自我的過程中最應該被注目的一件事情。是故在人格特質分析的細項裡，如果能有機條理展示個我的特質面向，將幫助讀者更有效地擷取屬於你的優點。

---

[2] 馬克斯‧巴金漢（Marcus Buckingham）、唐諾‧克里夫頓（Donald O. Clifton）著；蔡文英譯：《發現我的天才：打開 34 個天賦的禮物》（臺北：商智文化出版，2002 年）。

將自我人格詳盡分析，尋覓自我的天賦，將可轉化成履歷表呈現的能力，請見下例[3]：

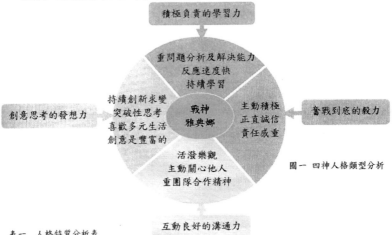

許 貞簡歷
Hsu, Chen (Martina)

人格特質分析

　　人生有許多層面，每個人都有自我獨特的性質。在人格特質方面，我引用管理大師 Charles Handy（如圖一）的「四神人格類型」來分析自己在個人行事風格及人際關係之特質並在（如表一）中詳加說明：

積極負責的學習力

重問題分析及解決能力
反應速度快
持續學習

持續創新求變
突破性思考
喜歡多元生活
創意是豐富的

戰神
雅典娜

主動積極
正直誠信
責任感重

創意思考的發想力

奮戰到底的毅力

活潑樂觀
主動關心他人
重團隊合作精神

圖一　四神人格類型分析

互動良好的溝通力

表一　人格特質分析表

3　林慶和主編：《求職密技：鮮履奇緣：2008 全國大專學生履歷自傳競賽優勝
　　作品集》（臺南：勞委會雲嘉南就業服務中心，2008 年），頁 24。本文多處
　　舉例出自該書，下文不另外加註，在正文中以括弧標明頁數。

表二　人格特質分析表

	敘述（證明詳見附錄）
積極負責的學習力	我於求學與作事中，首重問題分析及解決能力。每逢遇到問題一定請教師長，釐清癥結所在，紮好基礎以便發揮，持續不斷學習以求進步。同學也都相信我的辦事能力，且且因學生常主動與師長聯繫，適時告知老師同學的需求與困擾，而特別注重我的操行，系上的師長及同學都喜歡與我共事。
創意思考的發想力	我從小就喜歡思考、喜歡求心、求變的多元生活，且主動選修校內外「潛能激發」、「創意思考」、「創意設計」等相關課程，於課堂當中主動發表自我想法且尊重其他同學的構想，再一起討論分享之。也實際運用於企劃製作或 LOGO 設計、美工設計當中，豐富自我創意靈感。
互動良好的溝通力	本身個性活潑樂觀，且主動關心、幫助他人。在同學之間，我嘗試一位領導人物，於校內外參與講座及研討營以吸取知識（ex:菁英講座、企業研討營）再與老師、同學討論分享之；於業界透過企業參訪、演講及研習營，促進自我人脈的擴充（ex:企業參訪、青輔會、青商會講座）；於社團舉辦跨校性活動，藉由學校交流，分享資源，建立自我人脈（ex：「舞舞生風」國標舞研習營、生涯志工相關勵志講座）。
奮戰到底的毅力	人生種有許多考驗，我始終相信那都是磨練。有嘗試就會有機會、失敗那也是個學習，化阻力為助力，面對挑戰能越挫越勇，化危機為轉機。「誠信、重責任感、堅持不懈的毅力」便是我面對人生的觀點。

　　在許貞的例子裡，她在履歷表中將自己當成一塊圓餅圖，彰顯個我最突出的四項軟性能力：「積極負責的學習力、創意思考式的發想力、互動良好的溝通力、奮戰到底的毅力」，並且透過實際例證的舉隅，類似敘說故事的方式在表裡呈現，說明自己為何具有這些長處與特質，以實例增進自我能力的說服力。在人格特質分析表裡，

許貞在每一欄位解釋特質能力的來源與長處,並且以紅字區隔出表述的重點,扣合自己的軟性能力之具體呈現。除此之外,她運用 Robert L. Katz 管理技能理論,將自己當成管理者一樣,舉出必備的三種管理技能(高層管理人員所必備的「概念性技能」、中層管理人員必要的「人際關係技能」、與低階管理人員具備的「技術性技能」),並且將自我深具的能力分門別類綱舉目張,並且組織統合(頁25):

許 貞簡歷
Hsu, Chen (Martina)

自我評估~不為失敗找理由 只為成功找方法

本評估表我引用管理學家 Katz 的三大管理技能理論,結合自我所具能力(如圖二)妥善加以分析,並於(表二)中詳加說明:

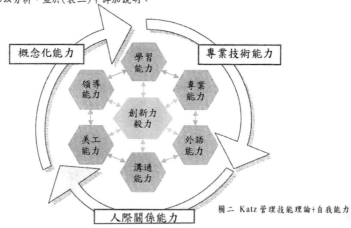

圖二 Katz 管理技能理論+自我能力

從「基礎技術性技能」出發,許貞舉列她所具備的專業能力、外語能力、美工能力,這些能力的舉隅,表示她嫻熟於特定的專業解決實際問題的方法運用,擁有專業度;到「人際關係技能」能夠與其他人一起團隊合作,透過溝通能力,有效開展合作執行目標的

能力。最後許貞自詡自己擁有「概念性技能」領導能力，能夠創新想法、組織抽象思維概念，並辨識決策化為行動，能夠整合各項技能，以創心力與毅力統合發展。

除此，許貞別列自我分析表，不讓人格分析流於形式與抽象，以實際的成果經驗，例如在美工能力方面，舉出創作 T 恤 LOGO 設計及產品 DM 單設計、領導能力的項目，標舉多次擔任企劃活動製作籌辦與社團幹部，表達其實務經歷，與她所要應徵的職務「行銷企劃專員、媒體活動公關」所需求的主動積極與濃厚的企劃經驗相互吻合，許貞成功地以履歷說服她的讀者，充分展現理論與實務相濟的完美履歷自我析論。

（四）家庭概況

・ 家族概述、成員、家風、家庭教育方式、家庭氣氛，做為自我人格保證

傳統撰寫履歷表的著者，總有家庭概況的呈現，撰寫此項目之時，必須避免冗長、思索家庭教育與個我優勢特質的連結，非不必要，無須將每位家人的身家背景予以鉅細靡遺交代。提到父母的部分，可多著墨其教育理念，與你人格特質的關連，例如民主開放的教育觀念，培養我具有獨立發展自處的能力。又如：祖父母、父母、弟妹共七人，父母以「勤懇踏實」勉勵子女，讓我們秉持奮發進取態度處事。或強調家族影響你的志趣與未來規劃，塑造耳濡目染的家學淵源效果，或是父母的家訓、人生觀影響兒女的成長與性格，再如：「從小父母便以『凡事都不要妄想一步登天，唯有一步一腳印才是最可靠的』訓勉我們，因此形塑了我樂觀與知足的心念」，以家訓塑造的性格，為自我的履歷經驗加分。

（五）專業能力與證照：修課課程、專業訓練

　　根據 104 銀行行銷處公關經理方光瑋表示，根據調查，企業審閱履歷的 3 大重點，分別是工作經歷（91.5%）、教育背景（68.6%）和專業技能（52.7%）[4]，想要讓你的履歷被挑中，強調專業能力的工作經歷、教育專業、證照資料，絕對是被表達的首要之鑰。

　　根據上文所提及的「自我視覺銷售匣」，蒐羅建立專業能力的軌跡，整理大學求學生涯中，所有課內、外的學習成果與紀錄，並且參考成功考取研究所之學長姐推甄審查資料、或成功應聘的履歷自傳，融合自己的創意與想法，著手製作、修改自我的履歷資料。舉凡修習專業課程的學習歷程與各項學習成果，課業成績方面的表現是必備的。在履歷上面，本項之表達重點：證明自己是有備而來的，是學有專精的，是才德雙備的，準備之方針可針對求職職缺所需要能力的關鍵字，與課程專業的培育、與證照項目取得來相互關照，以學習成果的種種經驗來證明自己是準備好了。在課程、學程學習歷程檔案此項目，尤其要呈現的是在學校教育中所習得的「硬性技能：專業能力、知識」，包括：語言能力（英日國臺客）、電腦軟體（Word、PowerPoint、C++等）、科技知識、資訊取得學習能力、轉換能力、實務經驗等專業能力的修習（例如編輯、攝影）。在課程中那些專業課業，幫助你的專業度與日遽增，例如靜宜大學資訊管理研究所學生喻恆凱，在履歷當中，分表列出在課程當中主系、輔系關於資訊專業能力的課程：

---

[4] 高高屏區域教學資源中心、南區區域教學資源中心、正修科技大學聯合編印：《畢業生求職指南》（高雄：Cheer 快樂工作人雜誌印製，2009 年），頁 170-172。

資訊科技系主要課程分類簡表（主系）

數理基礎	微積分、線性代數、機率、離散數學、普通物理學等
程式設計	計算機程式、物件導向程式、資料結構與演算法、組合語言等
系統相關	作業系統、系統程式等
網路相關	計算機網路、網路系統管理、計算機網路實驗等
硬體相關	數位電子學、數位電路實驗、數位系統設計、計算機結構等

數位媒體設計系主要課程分類簡表（輔系）

多媒體網路學群	多媒體電腦輔助教學、網路學習資源製作、數位媒體設計
視訊音效學群	進階攝影、影視原理與製作、錄影藝術

　　一目了然的表格，不但分類說明他在學校修習哪些課程學分，俾讓他擁有數理、程式、系統、多媒體等專業能力，另外他另闢「個人專長」欄位，分別列出兩個最主要的專擅能力：「資訊開發專長、設計開發專長」，並排比出個人證照名稱：

個人專長	
擁有資訊開發專長與設計開發專長，人格唯有企圖心、肯學、肯做。 語文專長：英文聽說讀寫尚可，國文聽說讀寫中等	
資訊開發專長： ◆ 網頁編輯軟體：Dreamweaver、FrontPage ◆ 程式語言：ASP、XHTML、CSS ◆ 資料庫：Access ◆ Server：IIS、Apache、Windows Server2000 ◆ Office：Word、Excel、Powerpoint、Access	設計開發專長： ◆ 繪圖軟體：Photoshop、Photoimpact、Illustrator ◆ 動畫：Flash ◆ 影片剪輯：VideoStudio ◆ 未來導入技術：(3D VR)、PHP、AJAX

個人證照
資訊工業策進會－企業電子化助理規劃師
中華民國電腦技能基金會 TQC 網際網路專業級
中華民國電腦技能基金會 TQC 電子商務專業級
中華民國電腦技能基金會 TQC-FrontPage2000 專業級
行政院勞工委員會電腦硬體裝修丙級技術士
中華民國電腦教育發展協會 MOCC-PowerPoint2000 專業級
中華民國電腦教育發展協會 MOCC-Word2000 專業級
中華民國電腦教育發展協會 MOCC-Excel2000 專業級
中華民國電腦教育發展協會 MOCC-網際網路標準級
中華民國電腦教育發展協會 MOCC-電子商務標準級
中華民國電腦教育發展協會 MOCC-Windows98 專業級

　　喻恆凱將修習課程分為兩軌個人專長，並且重申其專業能力的類別，並且在個人證照欄位，分別列出滿滿的證照書，標誌自我的專業自信。除了學校學業策勵勤勉，能夠讓自己的專業知識、硬性技能更有長足進步，其他可以改善自己專業技能的方法如下：

- ・<u>參加比賽</u>：尋找認識自我之路，藉此告訴自己是什麼，認知自己的能力與優勢，以獲得成長，將平常所學落實到生活裡。
- ・<u>參加科技技能訓練、加強進修</u>：行政院青年輔導委員會青年職業訓練中心公費訓練招生，還有行政院勞工委員會職業訓練局青年就業旗艦計畫，為提升十五歲以上二十九歲以下青年之就業能力，結合產、學、訓之資源，提供青年務實致用之就業訓練服務，北區職業訓練中心、桃園職業訓練中心、中區職業訓練中心、臺南職業訓練中心及南區職業訓練中心……等皆有提供技能訓練的培訓。
- ・<u>參加補習班</u>：增強電腦能力、語文能力。國際化時代來臨，流利的外語是必備的技能。

‧ <u>服務學習</u>：做無酬的自願工作，淬練專業技能。

‧ <u>善用朋友</u>：忠告與指導、人力資源。

‧ <u>自學嘗試</u>：課後自修。

（六）工作經歷、榮譽事蹟、社團經驗

除此之外，豐厚的大學生活，除了專業課程的能力習得，其餘參與的競賽、參加的社團、有哪些相關的工讀經驗等），亦是不可忽略的重點。由於，大學歷屆畢業生通常缺少工作經驗，雖然工作經歷少，然大學生的學習內涵與方式在現代化社會裡變得更為多元，詮釋的路徑更豐富了。學校即是小社會，社團參與、擔任幹部、打工經歷、得獎歷程……等實務經驗之課外活動，都讓大學生提前體驗工作向度、累積生命經歷，讓自我在各方面的優異表現，俾使得大學學習生涯更有方向與表現。

‧ 表達重點：具有「解決問題」的能力、克服困境、尋求解決的過程。例如：社團辦活動，社團募款，如何爭取資源，尋求贊助廠商→加分條件。

‧ 在學校合作團隊裡，通常扮演何種角色，擔任何種職位的幹部。如：協調者，讓每位成員能夠共融、凝聚　如：主導者、主動積極。

‧ 豐功偉業：得獎經歷的舉列。

‧ 採訪編輯實務：累積作品、就業歷程，透過多媒體的運用，讓文學被看見。

‧ 例如工讀經驗的羅列：長庚大學企業管理研究所研究助理（RA）2007.10-2008.6

　　談論社團經歷、打工經驗、幹部經歷，如果單純羅列明細，空泛形容容易流於口說無憑，需掌握前文提到的原則，盡量以「質化、量化」等具體的行文表達你的能力與經驗。例如，學生時期曾擔任過系學會會長，除了「認真負責、統籌企劃、人員調派、組織協調」來說明自己的職責與態度之外，建議在小結之處，轉化為具體數據文字，舉列出曾經辦理過的活動成效、對團體的裨益，如「帶領 20 位系學會幹部籌辦暑期文藝營隊，對臺東縣內地區 20 間國高中職學生，進行宣傳與招生，並邀集國內外知名作家 10 位擔任講者，有百人與會共襄盛舉，2008 年並受到文化觀光處長嘉獎。」行文敘述遠比「主動積極、認真篤實」來得更有說服力，將過去的經驗表現，化為有力的數字佐證。

（七）工作條件、未來展望

　　履歷表的最後部分，最主要有兩個重點：一則對工作、公司、研究所的認知與理解；另外一則為自我的人生規劃與未來展望。

　　‧工作、公司、研究所的理解：工作瞭解、自我優勢、公司非得要你的理由

　　如果即將應徵的工作為公司，建議可包括對及將要任職公司的瞭解、瞭解同業競爭對手的優勢與掌握全盤就業市場的現況、過去公司三年的成長率、公司前景與策略、公司目前正要著手進行的重要策略與發展、檢討或預測公司發展的策略、對公司的建議（產品、經營方式、行政結構……）。

　　事先需查一查公司或學校的網址，從網站的介紹、職場人員、師資結構的配置、瞭解公司與學校發展方針與重點。另外蒐集相關的資訊，理解公司長處、學校辦理的重要活動、經營目標與過去成

敗。撰注者在行文之間展現的「態度」很重要，除了上文所提事先上網、蒐集資訊主動積極理解公司文化、價值觀、組織結構、生態倫理……等，這些資訊不僅讓吾人更理解公司或學校的營運背景與現況，評估自我是否適切與勝任該工作或研究職場，同時也讓自己更清楚地該如何朝著公司或學校的需求，對自己未來在公司中即將擔任的位階予以自我定位，與自我優勢的展現，創造多少利潤創造、予以公司多少的優勢，「投其所好」包裝成公司會有興趣想要的人才，打動企業您即將對公司可以提供的貢獻與利處，陳述自我的條件，如何呈現個我才能……等之印象。

　　如果即將投考的是研究所，在履歷最後的部分，需對報考學校研究所研究重心、師資專長、學生結構、資格考與學位規定…等細項有所理解，知悉學校研究重心與自我即將要開展的研究領域是否一致，以及研究所教授的研究方針、研究論著與近年來執行的計畫、發表的研究論文。如果個人研究計畫與發展方向與研究所名實不符的話，寧可不報考，而考慮與自我研究興趣相關的學校研究所，與相應的師資專長。故在行文之間，可在用簡短的文字，敘說研究所發展的特色、任教教授研究領域與自我研究規劃相互對應的關連，並且準備在該研究所內培養自己哪方面的專長、激發哪一方面的潛力、為學校爭取榮耀。

　　・自我的人生規劃與未來展望：設定近年生命目標、充實自我
　　　哪方面的能力

　　在這個部分，行文必須著墨未來五年內，如何擘畫自己的人生藍圖，而這些規劃與發展自己的長處有何關係，建議可以以表格的方式提出，請見下表（頁25）：

人生 價值鏈	目標	努力方式	
美化階段	行銷創總監	◆不斷地自我進修，海外訓練課程 ◆積極參與跨國性的行銷設計活動，厚植自我經驗	
	社會回饋者、 發光體	◆從事社會義工，將所能運用之資源回饋於社會 ◆協助政府及相關團體規劃、推動力於民眾之方案 ◆協助家扶中心及海外極需要幫助的兒童	
轉化階段	結合理論與實 務多方面吸取 經驗	◆在依家具規模及制度完善的公司工作，實際接觸及 學習一些前輩的經驗，並在此期間不斷充實自己的 專業知識，為未來結合藝術文化和綠色行銷而奠定 基礎。	
	做好自我理財 規劃	◆每個月固定存取創業基金，以便未來投資規劃	
	◆豐富自我思 考創意 ◆多關心文化 產業	◆職外進修、出國進修深造，接受其他課程的教育訓 練 ◆可以更瞭解文化產業市場趨勢，理論結合實務加以 運用。	
量化階段	『國立彰化師 範大學行銷暨 流通管理研究 所』	順利取得畢業資格並發表論文著作	
	研究計畫	要求高品質與嚴謹的研究	
	強化數位應用 能力	使未來策略思考更具可行性	作中學　學中作
	加強語文能力	符合國際行銷的溝通需求	

　　許貞同學將未來規劃分為「美化、轉化、量化」階段，如何設定每一階段的目標，確立努力的方向與執行的策略，將生命的進程系譜化，與自我可以營造的價值相互輝映，如何擔任社會義工，在

服務活動之中，培植自我的能力，並回饋社會，創造社會價值。另外也可以在短文之後，以圖表的方式規劃人生（頁26）：

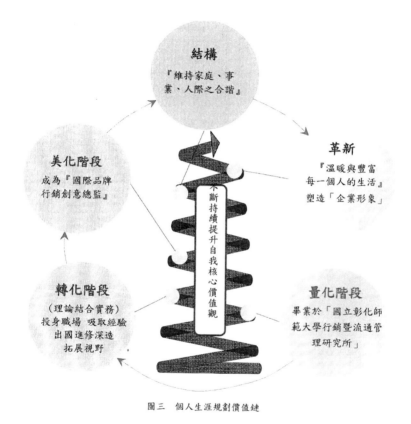

圖三　個人生涯規劃價值鏈

　　以五個環節營構個人生涯規劃，以「革新、結構」兩種人生觀與三大階段相互連結，創造耳目一新的新鮮感，有別以短文敘述、條列方式寫文，更營造與突出自我創造力與規劃力。

參、現場行銷的超藝術 DM：「自我簡介摺頁」的撰寫、 求職 VCR

當創意履歷表寄出而贏得面試機會，除了事先做好現場應答的準備，亦可帶著自己的作品、製作自我摺頁簡介冊、個人數位影音後製短片，準備好個人資料與作品，以實務經驗給自己加分，強化自我優勢，創造深刻印象，擄獲主管或師長的心，為自己贏得機會。請見下例：

我... 水瓶人，出生於不靠海的南投，喜聽音樂。

驕傲的.. 小學科展第二名
高中網頁比賽第一名

自評 悶騷 捉摸不定 言寡偶話多

難忘的... 鎳子 +插座 = 停電

第一次去海邊

她步了

恩...

期許自己能成為一座燈塔，在未來的茫茫大海中，為自己及他人， 指點迷津。

張津子 華語一

津子同學製作了一份關於自我介紹單張 A4 紙張，在這裡不但放置自己的照片，還有敘說自己喜歡音樂的特質，以及自信的成就表現，與期許自己是一座發亮助人的燈塔之人生志向，令人對她印象更為深刻。除此之外，還可將自我優異的業績、輝煌經歷，以量化方式，再次提醒應試的長官個我的優勢：（頁29）

喻恆凱

大學三年獲得國內外比賽 20 多項得獎記錄

IEEE Society CSIDC2006 國際程式大賽入選複賽，代表臺灣參賽
CSIDC 第一屆全國技專校院軟體創思競賽全國第 3 名

取得國內外 12 張資訊方面證照

Sun Certified Java Programmer JAVA1.4 SCJP 程式國際認證
資訊工業策進會—企業電子化助理規劃師

擔任資訊志工服務 100 多小時

2006 年參與教育部青年資訊志工團隊計畫至白冷國小縮短城鄉數位落差教學—講師 3 天課程
2006 年參與教育部青年資訊志工團隊計畫至清水國小縮短城鄉數位落差教學—講師 3 天課程

大學三年接過 30 多項網頁、系統專案

國際聲樂家 Miranada 網站
中區高中職（含綜高）資訊類科實務專題製作競賽

大學三年接過 20 多項平面媒體、動畫、影片專案

提升企業職場倫理研習會海報
灰色理論之應用研討會海報

　　喻恆凱以標題與行文的方式，標誌出個人在大學裡學習與工作成果，並且以放大醒目的粗體數字，提醒讀者自我經歷多元與經營深厚的成效，在每項成果之後，輔以黑色小字，條列出顯著的經歷與成果，讓人在驚訝量化數字的同時，也能感受到此人的質化能力。下面的例子，則是將與專業能力最相關的個人證照資料予以列出，然後再以摺頁方式，映現其個我成果，將作品以縮圖方式展示：（頁 15）

吳明城

證書影本 10 份

☑高雄大裕報關行實習證書
☑經濟部會記展覽人才認證證書
☑高雄應用科技大學專業英語教學工作坊研習證書
☑文藻外語學院 Bookworm Extensive Reading Program 研習證書
☑東閔杯全國英語才藝競賽參賽證書
☑2007NPO 青年人才結業證書
☑行政院勞委會多元就業開發行銷計畫競賽複賽證明
☑行政院勞委會多元就業開發行銷計畫競賽結業證書
☑高雄市圖書館志願服務證明書
☑Apple Sales Training Online Certificate

期待您的回覆

　　吳明城同學不僅將十份證書證照列舉排列，並且營造出豐厚經歷的驚奇效果，在關鍵時刻，特別提醒面試者自己專有的眾多能力證明，則是完美「自我簡介摺頁」。另外也可將自己的作品集，以縮圖的方式，排比而出，有如廣告摺頁一般，讓主試者再度複習關於你的，請參見喻恆凱用於資訊管理研究所推薦甄試的作品縮圖摺頁（頁 34-36）：

　　將重要的網頁設計結果，以縮圖的方式列製編排，讓應試者一目了然自我的優勢與專業條件，在面試時就容易脫穎而出，表露自己的長處與優點，為自我的行銷大大加分，進而爭取錄取的機會。

肆、脫穎而出的經典履歷

　　以上是履歷表的各項目之撰注重點說明，一份將在學時所累積之各項校內外學習與工作經驗，透創意組織而成、展現個人才能的履歷文件，絕對是爭取工作良機的不可或缺之叩門磚。以下兩位優

秀學生的經典履歷，曾經雙雙同時一起獲得 2009 年東區區域教學中心主辦「聯合大專生求職履歷表競賽」的第二名，分別舉例，提供讀者參考。

一、絕非泛泛之輩——婷婷玉立的風華雅集

■雀屏中選：推薦之因■

1. 標題結合名字（范雅婷），以姓氏做創意聯想，標誌自己的非凡獨特性，結合成「泛范之輩」，別開生面地將雅婷之名，精緻成「亭亭（婷婷）玉立」之雙關成語，並以「風華雅集」，一方面聯繫「華」也扣緊「華語教學教師」的應徵志向，一方面勾住「雅」之名字，發揮創意語文的能力。

2. 清楚分門別類列出個我技能專長、工作經驗、學習歷程，羅列出目不暇給的豐富經驗，讓人一目了然其專業能力的培訓。

3. 這份履歷作品的呈現，充分符合應徵工作之性質與需求，將個我的專業能力予以彩繪凸顯，強化與未來所欲應徵工作性質之專業能力與知識之展現。

4. 個人基本資料、學經歷、專業證照、自我特質、照片等的既表現多元創意，而且前後呼應極具完整性，將個人勾勒地鮮活動人。

5. 在作品集的項目裡，雅婷分門別類分之教學影片、宣傳影片、平臺設計、教學網站等大項，配合有利的圖像證據，強化自己作品的特色與應徵工作的關連性，讓人記憶深刻。

絕非「泛范」之輩——婷婷玉立的風華雅集

求職單位：國立臺灣師範大學國語教學中心

職務名稱：98 年度華語文教學儲備教師

產業名稱：各級學校

基本資料

中文姓名	范雅婷	
英文姓名	Yating Fan	
性別	女	
出生日期	民國 77 年 07 月 XX 日	
籍貫	南投縣	

聯絡資料

E-mail	XXXXX@gmail.com
聯絡電話	0921-XXXXXX
聯絡方式	手機，全天
通訊地址	545 南投縣 XX 鎮 XX 路 XX 號

學歷資料

國立台東大學 95／9～99／6

科系名稱	華語文學系	學歷	大學（就學中）
科系類別	本國語文相關	地區	臺灣

國立暨南國際大學高級附屬中學 92／9～95／6

科系名稱	綜合高中	學歷	高級中學
科系類別	綜合高中社會科	地區	臺灣

語言能力

語言種類	聽	說	讀	寫
中文	精通	精通	精通	精通
英文	中等	中等	中等	中等

技能專長

	網頁技術類	DreamWeaver、CSS
個人擅長工具	設計美工類	Photoshop、CorelDraw、Premiere
	辦公室應用	Microsoft Office
取得證照資格	語言類證照	GEPT 中級、TOEIC 605 分

工作經驗

國立臺東大學教學與學習中心 98 ／ 2～仍在職

產業類別	教育行政	公司規模	200 人以上
職務類別	其他客戶服務人員	管理責任	無
職務名稱	臺東大學華語文學系王國昭教授教學 TA		

國立臺東大學電子計算機中心數位媒體組 96 ／ 2～仍在職

產業類別	教育行政	公司規模	200 人以上
職務類別	其他客戶服務人員	管理責任	有
職務名稱	數位媒體組臨櫃人員		

博幼補習班 95 ／ 7～95 ／ 9

產業類別	補習班	公司規模	20-50 人
職務類別	其他補習班老師	管理責任	無
職務名稱	兒童英文老師		

中台禪寺 94 ／ 4～95 ／ 5

產業類別	宗教組織	公司規模	500 人以上
職務類別	其他客戶服務人員	管理責任	無
職務名稱	圖書館臨櫃人員		

同類工作經驗累計	
職務	餐飲服務生 1 年（含）以下工作經驗
職務	語文補習班老師 1 年（含）以下工作經驗
職務	教學 TA 1 年（含）以下工作經驗
職務	櫃檯接待人員 3 年工作經驗

學習歷程簡錄

事紀

時間	事項
96 年	擔任國立臺東大學校園親善大使
96 年	擔任國立臺東大學校園特派動靜態攝影師 96／2〜仍在職
97 年	擔任國立臺東大學華語文學系系學會副活動股股長　97／9〜仍在職
97 年	擔任國立臺東大學管樂社總務、行政秘書
97 年	國立臺東大學華語文學系系 moodle 平臺－臺東華語架設總召
97 年	擔任姐妹校韓國順天大學交換學生之語言老師
97 年	擔任空中大學講師連育仁老師之短期研究助理
98 年	擔任本系王國昭老師之課程 TA 98／2〜仍在職
98 年	獲暑期至韓國釜山市沙上高中華語教學實習機會
98 年	擔任臺東縣外籍配偶協會語言與文化課程小老師 98／3〜仍在職
98 年	擔任多明尼加臺商中文學校之文化課程線上教師 98／3〜仍在職

修習相關課程

華語教學	華語教學導論、華語文教材教法、華語多媒體與電腦輔助教學、華語文測驗與評量、華語教學實習、華人社會與文化、空中大學華語文教學人員數位能力培訓課程（初階班、進階班）、語言學概論、語意學、修辭學、臺灣社會語言學、現代漢語（國音學）、漢字理論與應用（文字學）、國音與說話。

中國古典	漢學概論、中國文學史、文學史專題、中國思想史、書法、民間文學、唐詩、元散曲雜劇選讀、古典小說選讀、左傳、中國語文能力、臺灣民間信仰與風俗。
多媒體應用	影像處理、電腦繪圖、網頁製作、數位影片剪輯、MOS 認證－Excel 資料分析、電腦工作室（Microsoft Office）、書刊編輯學、攝影。
語言	大一及大二英文、日文、西班牙文、基礎英文聽講練習。

相關作品

教學影片	《三月瘋媽祖》 此為「臺東華語」第一課：三月瘋媽祖之課前暖身教材，網址： http://www.youtube.com/watch?v=smSpXxWRLA4	
	《茶文化》 此為「臺東華語」第三課：認識茶文化之課前暖身教材，網址： http://www.youtube.com/watch?v=IoDsyft21nk	

宣傳短片	《愛你管》 《愛你管》為國立臺東大學管樂社之招生短片及音樂會宣傳影片，網址： http://www.youtube.com/ watch?v=ydKXdiLh7XA	
	《停・想》 此片為預防自殺、珍愛自己宣導短片，網址為： http://www.youtube.com/ watch?v=dstvQIiX1vE	
成果短片	《工讀成果－偶動畫》 此偶動畫是為 97 年度青輔會暑期社區工讀之成果報告，網址為： http://www.youtube.com/ watch?v=9FgFcDzEW7E	
其他	《國立臺東大學 59 週年校慶晚會》 擔任第二攝影師一職。	連結：（國立臺東大學電算中心數位媒體組動態媒體藝廊）＞ 2007 年 03 月 http://www0.nttu.edu.tw/avc/ photos/photos.htm

	《國立臺東大學 60 週年校慶晚會》 擔任首席攝影師一職。	連結：（國立臺東大學電算中心數位媒體組動態媒體藝廊）＞ 2008 年 04 月 http://www0.nttu.edu.tw/avc/photos/photos.htm
	《國立臺東大學英美語文學系畢業公演－馬克白》 擔任導播一職。	連結：（國立臺東大學電算中心數位媒體組動態媒體藝廊）＞ 2008 年 12 月 http://www0.nttu.edu.tw/avc/photos/photos.htm
平臺	《臺東華語》 為臺東大學華語文學系系平臺，此 moodle 平臺為師大國語中心技術師連育仁老師及國立臺東大學華語文學系四名學生共同架置。	 課程網址： http://210.240.175.80/dcl
課程	《多明尼加學生專區》 此專區為建置在《臺東華語》平臺上的遠距線上課程。每週定期於此專區設計文化課程教材，其教授對象為多明尼加臺商中文學校之 15 至 18 歲學生。 本計畫預計開設五課課程，目前已有第一課《三月瘋媽祖》、第二課《水餃好好吃》及第三課《茶文化》。	 課程網址： http://210.240.175.80/dcl/course/view.php?id=10

二、欣見怡然自在的熱誠教師

■雀屏中選：推薦之因■

1. 「欣見怡然自在的熱誠教師」將個人名字透過同音雙關原則，透顯怡然自在、不疾不徐、整裝待發的自信特質，並與應徵的熱誠教師職務相應，揭櫫個人優勢。

2. 將個人的專長分為七大優勢，標示出個人擁有包括書法、文書、電腦、音樂等個人專才，以及與教學相關的豐厚經驗，包括指導教學、籌辦活動多元能力，不但綻放多才多藝的才華，已在行文之間透顯對於教學之熱情與企圖。並將獲獎事蹟以醒目的紅字標誌突出，再次表現個我在教學與行政方面的豐富經歷與成果。

3. 宣示自我「教學理念」，透顯個我滿腔的熱誠與堅持的教育信念，將教育價值觀與態度理念之明確說明，亦引起學校面試長官的認同。

4. 這份履歷特別珍貴之處，在於欣怡將個我的價值，與學校做充分的橋樑關連，突出「欣怡能為學校付出什麼」，標誌個我對於學校即將帶來的優勢與貢獻作理性的分析與自我行銷，不僅映示出欣怡對於應徵學校重點發展的教學項目有所理解之外，並站在學校角度，思索個人能為學校帶來的非凡產值。

5. 圖文配合，將過去經歷競賽與教學成果照片，搭配文字條列說明，相輔相成地構築完美專業形象，在增加說服力的同時，又展示多元創意。

6. 在文末將個我充滿活力熱誠的教育理念重申一番，再次宣達渾身滿滿熱力的衝勁與符合教育家期望的教學態度，讓人加深烙印個人專長特質形貌。

履歷表

個人基本資料

姓名：謝欣怡　性別：女
生日：西元 1980 年 12 月 XX 日
婚姻狀況：未婚　身分證字號：L222XXXXXX
住家地址：970 花蓮市建國路二段 446 號
E-MAIL：livivg.livivg@msa.hinet.net　電話：03-8XXXXXX
手機：091XXXXXXX
◉申請之工作：花蓮私立海星中學國文科教師

畢業學校與學經歷

私立中國文化大學教育學系（私立中國文化大學中文系文藝創作組輔系）
另有特教研習時數 54 小時
臺北市立明德國民中學實習教師（一年）
花蓮私立四維高級中學國文教師（一年）
花蓮縣立美崙國民中學國文科代理教師（一年）國立臺東大學語文教育研究所
碩士班（在學中）

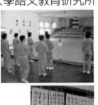

專長及興趣

1.詩歌朗誦比賽指導：
指導班上學生參加全校七年級詩歌朗誦比賽，獲得優等。
2.書法：
對於書法有濃厚的興趣，曾多次參加臺北市舉辦的書法研習，以
及書法網站架設。
3.文書處理與資料編輯：
編輯班刊，使學生與家長熟知班級情況，並能鼓勵學生創作。另外，參與全國交通安全教育評鑑，整理資料、編輯交通安全教育檔案，獲得臺北市第一名特優。

4.電腦資訊能力：

具備網頁製作能力，製作交通安全教育網頁，獲得臺北市
交通安全教育評鑑第一名特優。參加英特爾教師研習，多
媒體教學活動設計獲得第二名。

5.舉辦活動的能力：

大學時擔任系學會活動組組長，具有帶隊經驗及擔任總籌
設計。實習期間於「臺北市中小學運動會」中擔任學校啦
啦隊指導，獲得臺北市精神總錦標特優。

6.編輯優良試卷參賽榮獲甲等：

參加 96 學年度花蓮縣國中小優良試卷徵選國中組國語領域榮獲甲等。

7.對音樂有濃厚興趣：

對於鋼琴、夏威夷小吉他有濃厚興趣，能在社團中指導學生，
有基本的演奏能力，且曾經應邀參加花蓮市所舉辦的音樂晚
會，與其他一起演奏的小朋友們同樂。

行政經歷

擔任實習老師班長、明德文學獎評審、「市中運」啦啦隊指導、
廁所美化比賽評審、校外人士參觀之簡介人員、國文領域之
會議記錄；協助教學組排課、註冊組基測與登記分宜；編輯
「交通安全教育評鑑」檔案。

教學理念

1. 教書是從小的心願，也是迄今執著的理想，願能營造一個沒有恐懼、適性的
   學習環境，讓孩子快樂學習，成為誠實、認真、負責、心中有愛的少年。
2. 使學生能感受到教材所提供的文學美感，對於文學的欣賞能力，以及國文教
   材所蘊含給他的人生啟示。

3. 以身作則：以正向的心念、正向的語言，作為學生的學習典範。

4. 發現天才：看見學生的天才，引導學生認識自我，發揮自己的潛能。

5. 適性引導：引領學生找到自己的學習優勢，創造學生的學習成就感。

6. 樂在學習，關心他人：希望學生可以在學習中快樂的學習知識，懂得關心他人，對別人好。最終目的是懂得關心他人，學好「做人處世」。

7. 教學相長：在學生的學習歷程中發掘自我精進的目標，不斷自我提昇，作為一位真正的教育專業人員。

欣怡能夠為這學校付出什麼！

1.指導夏威夷小吉他或語文性社團

十年來對於中國文學不間斷的學習，與大學專業的修習，以及實際的帶領學生參加詩歌朗誦比賽經驗，相信我絕對可以為學校在語文方面有所貢獻。此外，音樂方面所學亦有教學經驗與心得，相信自己在音樂性的社團亦能勝任。

2.擔任國文科教師

深富教學熱忱，對於教導學生不遺餘力。

3.擔任導師

實習期間，於七年級實習。參與帶班、班級經營等教學實務。在高中服務期間，對於學生事務亦熱心參與。

4.指導國語文競賽

指導學生參加七年級詩歌吟唱比賽獲得優等，及培訓學生參加 95 年花蓮縣高中組朗讀比賽獲得第四名。

5.擔任行政工作
了解各處室的相關行政工作，並且擁有實際處理相關行政工作的經驗。

教育是一種溫馨的負荷，
也是一泓淨化社會的清流，
面對學生，
我深信我是一位充滿熱忱、活力充沛
具有 **Power** 的活力教師！

第三節　喃喃的口白：自傳

　　自傳是比履歷表更加深入自我行銷的「說帖」，履歷以簡約條列的方式，試圖將個我清晰表格化、量化質化地標舉自我優勢。目前許多求職者，大多著眼於撰寫履歷表，而忽略了自傳，多數的緣由肇因於對於自我闡述的語文能力自信不足、有所畏懼，寧可捨棄不寫，反倒無法讓主事者深刻認知您，白白喪失機會。自傳是以更深入的敘說引文，描繪更生動的個我，更能爭取應聘的機率。

　　撰寫自傳，其實分類項目與上文所說明的履歷表大致相類，然而在撰注技巧方面，建議每一分項的行文，採取以下書寫的結構安排：

・其一、組織個我經歷，說明每項成果經歷的內容（Context），建議能舉出一、兩個自己具體小故事作為佐證，文情兼備地映襯出感性生動的個我形貌，更容易令人印象深刻，不會流於空虛。

・其二、闡述個人為了完成這項目標，所執行的行動策略與方案（Action），亦即自己用哪種方式，有效地達陣亮眼成績。

・其三、展示個我在這項經驗中，最後結果（Result）的收穫，增進自己的哪方面的能力。

・其四、忌諱詞不達意、不吹牛、不開過份玩笑、火星文、錯別字，講究行文流暢，舉出切合應徵工作的專長能力，表現出創意中的嚴謹態度。

　　一份長度適中的自傳，約 1000 字左右最適合被閱讀，過長容易失去耐心，過短無法展現自我能力。自傳的層次性、邏輯性與流暢性，可窺見求職者的思維與用心，每一項目應當謹慎為之，突出個我專才，避免自曝其短。以下分項說明：

壹、標題：名字的詩篇——當想像，爬攀上我的名兒！

　　名字，姿態萬千，每天都有人，從四面八方，呼你的名，這個夾帶著家族與父母期望、命格、五行……等的名字，有著標榜來自父母親對兒女的先天期許。憑藉著這父母親賜予我們的動人符號～～名字，我們一起來領會，屬於每個人獨特的生命文本。自傳正是從自己的角度對自我的詮釋，我們則從名字開始，在自傳的開頭，給予讀者一個不一樣的、個性化的開頭。所以首先，我們需要一枚枚響徹雲霄、會歌唱舞蹈的動態、具有創發意義「名字」。我們從首要的「姓名」著手，將長輩給予的命名當中另闢蹊徑，從你自己的觀點，重構一個屬於你、自發性的名字。不論是拆字、添字、亦或

是將名字畫成圖像，我們都有著自己對名字的新穎詮解，請用 50 餘字，重新定義，你對名字的創意想像。

　　建議可將自己的姓名，有如拆字一般圖像化，作為創意標題的聯想起點。如：「禁錮的幸福　在言語中　綻放晴空萬里的云」（范譯云）。「譯」被拆解結構為「言、四、幸」，「幸」因字形在下，仿若被「四」壓制與禁錮著，然而卻要堅持以「言語」的創造力，營造晴空萬里的雲彩，暗示自己文字經營的能力與開朗的性格。當履歷的標題，宛若開示自己的一首詩歌，姓名也可以成為創作的素材，請見其例：

汪丞翎

詩人，落筆的每句即是永恆

姓是一種胎記，將水之王

烙印在我的名前

老二哲學教會我們

丞相，是最完美的副手榜樣

而結尾的呼喚

總以鶴立雞群之姿

振翅

臺東大學華語文學系學生「汪丞翎」將自己的姓名創作了一首短詩，她一方面引用「丞」相老二哲學，表明不居功、卻策勵自我力求為相之姿，透露謙遜不躁進的人生觀念。同時又在文末將「翎」字投射了自我展翅高飛的潛力與期許，用「羽」字邊的名字，聯想成鳥禽一舉飛躍遨遊天際的生命信念，呈現既濃烈駕馭文字的文藝創意。丞翎又在姓名新詩的後頭，加上了自我的文案註解：

　　寫作、演戲、畫畫、下棋、攝影，為本人之生存驅動力。文字創作三年多，演出過三部舞臺劇，繪畫兩年，下棋一年，攝影半年。短短幾行側字，像是 slogan 精確界定自己最為優渥的能力，偕以質化量化地表露自己多才多藝、深耕自己的成效，作為履歷的開頭，引人注目，必讓人印象深刻。再見數例如下：

　　例如一、：名字：齊儒～～

　　晾出四隻腳（<u>而</u>）的讀書<u>人</u>，穿過雲層的水滴（<u>雨</u>）

　　爬著機運的天梯，

　　想要契近那飲奇花異草的桃花源

　　站在天空頂端，給自己冠上一頂，平口的官帽

　　當一位實現耕耘理想的大<u>儒</u>者。

撰注一首與自己姓名相關的短詩，不但展示創意，也能透顯出駕馭文藝的專長。上文之例，將「儒」字拆解成「人、雨、而」，倚靠著字形形貌，編制一首短詩，描繪出深具企圖心的文人心室，意欲追隨陶淵明的腳步，追尋文字桃花源的理想，將「齊」字下面的艹字形如梯，仿如爬上天梯，穿越「齊」字中間「刀、丫……」形若花草的桃花園林，想要戴上一頂齊字頭上的官帽，隱喻自己將有一番儒者的抱負與作為。再如其他例子：

　　例如二、：名字：斐汶

　　一對<u>羽翼</u>，帶著<u>文學</u>，展翅高飛。

　　河畔的停留，是為了思索，

　　只因——落花<u>水</u>面皆<u>文</u>章。

斐汶將名字拆解成「非、文、水、文」結合學科文學專業，標舉出落花水面皆文章的巧思，透顯個人經營語文的創意。再如：

　　例如（三）：姓名：謝宜真

謝：言身寸

宜：寶蓋頭　目　一

真：十　目　一　ㄥㄟ

兩雙溫柔的大手下

呵護著蜷曲在裡面　　撒嬌的寶貝

不多求什麼

只願寶貝能成為一個言行舉止的守規矩的孩子

宜真對自我名字的解釋是：是把名字從「真」開始，倒過來解釋至「謝」。把真的「十」「一」「ㄥㄟ」當成兩雙手；將「十」分開點變成ㄥㄟ的形狀；「一」「ㄥㄟ」連在一起，像是腳站著把手伸成半圓狀圍起。象徵著父母保護著孩子。兩個「目」都聯想成蜷曲在裡面的孩子；寶蓋頭則藉寶字意思為寶貝，合起來解釋成愛撒嬌的孩子。最後把謝猜成三部份，父母不多求孩子有什麼多大的表現，只願孩子能言行「言」、舉止「身」都能守分寸「寸」。創意的開頭，將提起閱讀者的興趣，取代「我是 XXX，畢業於臺東大學華語文學系。東華大學英文與創作研究所，始終都是我嚮往的科系。」制式行文，更能顯現文學創意的點子與專長，更加生動活潑。

貳、個我分析：家庭狀況、價值觀……等

一、個我分析

在個人分析的部分，也就是解剖自我，展現個人專長、特質、態度與企圖心，個人價值觀與堅持的原則、過去失敗與成功的經驗

及其影響等，從行文佈局中，清晰地凝視個人的抱負與特質，並掌握下列撰寫焦點：

- 1.個人特質、人生志向、奮鬥目標理想、願景
- 例如 a：學問追求、知識汲取、生涯規劃
- 例如 b：高度學習投入意願、旺盛企圖心
- 2.個人生平事蹟、特殊際遇、重要學習經驗
- 例如 a：遭受挫折失敗後成功經驗
- 例如 b：家庭變故的因應之道
- 例如 c：個人不凡的奇遇之感人故事

舉實例與小故事，具體說明自己遇到挫折的時候，如何面對壓力、如何看待衝突，適度表現應對之策，在種種粹煉之中，學習到克服壓力、迎刃而解危機、化為成功的轉機。例如：

我叫顏孜育，目前正就讀臺東大學語文教育研究所碩士班二年級。在讀研究所之前，唸了七年的理工科，跨領域的學習讓我對任何未嘗試的事物皆抱持高度的學習興趣，因此我不但有理工科具有條理與邏輯性的思考，更有文科的書寫文采。跨領域的學習，更讓我懂得以積極的面態度對生活中的人事物。

熱愛旅遊的我，總是在每一趟的旅途後，完成一本本個人專屬的旅遊書，將所有美好的回憶化為文字記錄，從打字、編輯、排版、校稿、印刷等，所有都是自己獨立完成，迄今已經完成有巴里島、日本、泰國和大陸。旅遊不但讓我視野變得更大，也讓我發覺自己的渺小，並學會更加謙卑。曾經擔任《全球中央》校園記者和《中央社》臺東地區實習記者，樣樣都顯示出我對媒體的熱情。雖然並非本科系，也沒有相關經驗，但是自己有顆熱愛媒體和積極進取的學習熱誠，希望可以很快就上手。

孜育將自己兼具理工與文學的求學經驗標舉而出，作為跨界結合的能力保證；並分析個我高度學習能力的特質，更舉出最重要的旅遊書、與實習記者等工作經驗，以熱誠與專業證明自我專才，劃下完美的開場。

二、家庭狀況

　　在家庭狀況的部分，由於企業感興趣的是您個人過去學習表現與成果績效，而非鉅細靡遺家庭生活，因而對於家庭成員的描述，只需點到為止即可，如果家庭教育確實對人格的養成有很大的影響，是對個人的加分，也只需簡短交代，大約以一段的行文表現下列的部分：

- ・家族概述
- ・居住地遷徙、行業變化、傑出人物、特殊事蹟
- ・家庭成就、生活情況，顯示家風，做為自我人格保證
- ・家庭教育方式
- ・家庭氣氛

　　例如「從小家庭破碎，由阿嬤扶養長大，後來考上雲林科技大學」顯示不畏困苦力爭上游，作為未來工作態度積極上進的保證。如果再如畢業於臺東大學語文教育所、現任一傳媒記者顏孜育小姐之自傳例證：

　　●○家庭背景●○

　　家中成員有父親、母親、弟弟與我。父親任職於臺北市立民權國小，擔任生教組；母親也是國小老師，任職於臺北市立康寧國小設備組長，雙親深深了解教育對孩子的重要性以及能給予子女的最大財富便是知識。在待人處世上，父母灌輸著「**處人不可任己意,**

要悉人情；處世不可任己見，要悉事之理」的觀念，從他們的身教及言教中，使我具有正確的人生觀與處事觀。而從雙親的身上，我領略到「把犧牲當作享受去付出愛心的人，永遠都很快樂」。這句話的涵義，讓我從小就養成樂觀、積極與凡是全力以赴的態度，讓我清楚的規劃出自己未來發展之藍圖，且有信心追求及實踐我的理想。在自傳敘說行文裡，可將與個人專才、應徵工作有高度相關的特質與經歷，以變換字體顏色或加粗等方式標明，讓這些關鍵字一目瞭然，更讓讀者確認個人的深度。

參、求學過程：課業求知、師長影響、研習訓練

自傳無須長篇大論，需扣緊展示自我能力的三個主題：
· 我具備哪些別人沒有的特長或優勢，強化個我專業能力，與求學所受的專業訓練、在校研習的課程、工作履歷相互結合。
· 我能為這家公司帶來什麼貢獻，創造何種利潤。
· 以個我過去豐富的學經歷，具體佐證前面兩點要項。

創造「非你不用」的獨特價值，需事前理解每家公司企業文化、或學校機關與職缺需求，提出相應內容。例如應徵的工作是廣告公司 AE，更需著墨創意經驗之產出；若為應徵產品供應部員工，則要揭示個我擁有縝密計畫與思考能力。研究所甄試考試，特別著眼於學位論文主題、在校修習課程、參與過專案研究。如果從事服務業，則聚焦在課外活動與打工經驗，及軟性技能的培養與鍛鍊。企業也希望從自傳中，瞭解你的性格是否契合這家公司的文化。比如南部本土企業愛用老實、低調、吃苦耐勞的人；外商公司則愛用主動積

極、個性靈活外向的人。例如應徵科技研發職務，則人資主管偏愛聘用邏輯思考力強、尋根究柢的人才……這些特質，都需要在自傳字裡行間，隱藏個我才能的訊息，讓對方知悉你是他們想要的專才。

在求學經歷的部分，最重要呈現的即為在校期間修讀的專業課程，與未來發展的關連，如果不是專業學科畢業，則必須從課外自我的研習，加強專業度之呈現：

本人畢業於世新大學心理系，在校期間，除了用心鑽研本科系的必修課程之外，由於本身對金融知識充滿高度興趣，我常常利用課餘時間，到財務金融系旁聽金融市場分析、總體經濟學、個體經濟學、基金管理、財務管理等課程。也有固定閱讀商業週刊、財訊雜誌、哈佛商業評論、Newsweek 等國內外財經讀物，不但對金融知識有充分瞭解，在英文能力上也多有精進，有把握在工作中應付自如。[5]

此外，求學經歷可著眼呈現「課業求知、師長影響、研習訓練、專業競賽、得獎記錄、學業進步的幅度」，並且以紅字明示重點，引人耳目，如喻恆凱例證（頁 32）：

國中就讀於臺中縣梧棲國中，當時梧棲國中為 CAI 電腦輔助教學開發中心，對於數位內容感興趣的我便利用中午時間主動學習，在八年前，就比當時一班國中生接觸更多資訊設備，進而學習到相關的電腦資訊能力，並於國二開始協助學校做電子校刊、校網等等。

到了國三參加比賽，從校內、中縣到全國參加比賽皆得獎，並當選第二屆傑出資訊青年選拔—當選為國中傑出資訊青年，當時報紙、新聞亦有報導。因為取得教育部全國金獎獎狀，而達到臺中二

5　http://140.114.42.11/job/freshman/1200638862-1820.htm（2009.6 瀏覽）

中入取標準；但因為對職能學習比較有興趣，最後選擇臺中市新民高級中學資訊科就讀，如國中一樣積極參加資訊類競賽，第四屆傑出資訊青年選拔─入圍高中組傑出資訊青少年；到了大學，則選擇離家較近的嶺東科技大學資訊科技系就讀。

網頁設計至今約有九年相關經驗，入學時，為資訊科技系成立的第一年，擁有多年設計經驗的我便被推舉成為系網設計、系統維護者，至今達三年。並且開始著手價設校內行政單位與其他科系之網站聲樂家等合計 30 多個網頁專案皆是我的代表作。大一、大二的學業成績平平；大三確立畢業後繼續進修的意願，便開始專注於學業表現、激發自我的潛力，並順利地在學業成績上取得顯著的進步，大三下排名一路提高到前 10 名；且利用課餘時間修習輔系─設計學院媒體設計系課程，目前也已經取得行動軟體應用學程。上述豐富的學經立足作為學生能力和潛力評量的參考指標。
以上喻同學的例子，呈現出他在課業學習之中所受到的專業訓練課程，來確保其媒體運用與科技網頁的能力；並且將在學期間參加的競賽，與獲獎輝煌記錄，與要應徵的網頁設計人員的專才相互結合，展示出經驗豐富的無尚潛力。

除了硬性專業能力的標列之外，軟性能力的質性，亦可從求學經歷當中獲取，例如擔任幹部、參與社團、專案研究……等，具體舉例說明自己曾經負責主辦某一大型活動，在籌辦過程中如何與團隊成員合作、與相關單位溝通協調、遭遇哪些困難、如何克服解決、並且以量化方式呈現績效……等，以事實敘述取代抽象空泛容，俾使主管相信檢具溝通說服、領導規劃、問題解決等軟性能力。例如顏孜育之例：

●○溝通協調與領導能力●○

　　大一上加入參與班遊策劃之後，便被其歡愉融洽的氣氛所吸引，使我在大二時毛遂自薦擔任第二次班遊負責人。其中大大小小的籌劃，與廠商接洽和同學討論，讓我從中學習活動能力、溝通協調能力與最重要的團隊合作精神。另外，系上的活動也盡心參與，舉凡系務宣傳、系遊所舉辦的大大小小活動等，從中除了吸收到多元的活動經驗之外，更和同學們培養良好的感情與默契。而最讓我**獲益匪淺的應是明白自己在不同的工作崗位上，如何在團體中扮演合適的角色。**

以實際策劃的活動細目，與良好表現來傳達個人具有溝通協調與領導能力，來確認個我無可取代的特質，將贏得對方的信任。再如喻恆凱之例（頁 33-34）：

志工服務

　　受到國高中參與服務性社團之影響，從大一到大三擔任資訊志工，利用暑假到中部偏遠山區如白冷、清水、龍安、爽文等四間國小傳遞資訊化的觀念，除了講授相關專業知識，現場也讓學童實際操作相關軟體，讓山區的學童進一步了解、感受當前資訊化時代的意涵，並在各校認養資訊種子，讓資訊樹在山區深耕發芽。

競賽獎項

　　參與多項競賽心得，除了時間規劃很重要之外，Team 的組成也相當重要，成員的團隊向心力、企圖心、技術能力，若有一向不能具備，團隊就需要多付一份心力，因為還有課業關係，雖然有完善的時間規劃，時間上還是難免不夠用，如 CSIDC2005 第一屆軟體創思競賽，看似輕易拿下全國第 3 名，比賽的前幾天卻是都只睡 2 個小時，隔天還要去上課，不過從中我學習到團隊分工技巧、企劃能

力，這些不是一般課堂上能學到的，讓學生培養自行蒐集、整合及運用能力，從中建立正確的研究方法與態度。

將求學過程分為「志工服務、競賽獎項」的部分，喻同學就學期間到山區偏遠小學擔任資訊志工，不但展現其將專業技能轉化成服務能量的教育熱誠，另外也幫助了偏鄉學童獲得知識。在競賽獎項方面，則著墨在團隊合作的創思競賽經驗，如何分配時間、人力、盡心盡力排除萬難，完成使命並獲得成長的珍貴心得，透顯出個人認真篤實的態度。再如：

　　　陳靜瑩「**應徵職務：弘煜科濟世業股份有限公司研發部遊戲企劃人員**」（頁49）

◎必殺絕技：自信與踏實是我人生的左右銘

1. **企劃與文筆表達能力**：普遍大學生都會有國文文筆的苦惱，不過這正是我的專長。我也曾參加松岡遊戲企畫案的製作與奇幻藝術基金會的奇幻文藝創作。更在文藝創作方面，於中國時報得過銀鑽獎。

2. **教育經驗**：我在大一曾擔任過國小國中的英文數學家教，大三曾擔任高中數家教，這樣的經驗讓我對於不同年齡層的孩子們的需求和思考模式，有了進一步的認知，業讓我在製作遊戲企劃時，思考玩家的年齡層設定是有相當大的幫助。

3. **數位設計與創作技能**：我本身就讀數位媒體設計系，經過三年多的磨練，讓我在數位設計與創作的技能上有了一定的基礎。這樣的知識學習讓我在從事遊戲企劃設計的細節部分，有更專業的認知。

4. **研究經驗**：我非常喜歡學習和研究，也曾幸運地獲得恩師張文山老師的指導參與發表國科會論文和研討會論文。學習是為了累積實力，研究是為了創造開發，兼具兩者的我希望在創作遊戲企劃時，能有不同的新思維。

援幫忙,一方面能備妥餐點以符合顧客要求,另方面能也同時保持微笑展現良好的服務態度與熱誠。」雖然櫃臺點餐工作勞心勞力,表面上看起來與求職類目沒有關連,但是在自傳表述重點放在此項工作講求效率、團隊協調、良好態度之軟性能力傳達,這些特質,與未來求職工作所需要的溝通配合度、品質速率、工作熱誠……等項目皆息息相關,自然能夠為你加分。

另外透過參與社團的經歷,以及協助籌辦活動的能力,來展示各我策劃與專業才德,透過打工與兼職經驗、證照的取得、社團參與及專注發展的興趣才藝……等等舉隅與證明,準確指出個人的收穫與成長,及這些成果將可轉化可資公司職場的貢獻,藉以證明自己非常適合此項職務。請見謝欣怡擔任實習教師的工作例證:

實習階段,我利用每週四早上的導師時間,教導班上的學生體會國文之美,選擇適合的歌曲,有現代詩改編成歌曲的,有古典詩詞吟唱的,透過簡單的旋律、節奏,培養他們對中國文學的欣賞,體會到「哇!國文也可以這麼好玩!」在實習期間,我另外參加英特爾教師研習計畫,也製作了交通安全教育網頁,並在臺北市交通安全教育評鑑中獲得特優,肯定了我在資訊方面的能力。此外,我也擁有實際處理行政工作的經驗,對各處室所進行的相關活動也是義不容辭的參與。例如:擔任實習老師的班長、明德文學獎的評審、以及市中運啦啦隊指導;協助教學組排課事宜、註冊組登記分發與學測事宜、總務處編輯回溯檔案、生活教育組編輯交通安全教育檔案、輔導室認輔過動學童課業及生活指導等,積極的學習,獲得許多師長的好評。實習過後,曾在花蓮私立四維高中任職國文教師,感受到學校老師對學生付出極大的耐心及愛心,也激勵了自己以這樣的教師素養來面對學生,這些付出雖然辛苦,卻甘之如飴。之後

則在美崙國中擔任國文代理教師，除了教學，亦給予學生極大的關懷，而班級段考成績總能名列年排名前三名。此外，我利用閒暇時間，學習夏威夷小吉他，並且教授小學的孩子，這種與孩子們在音樂中同樂的感覺，讓我非常開心，也樂於和孩子們相處。

在欣怡流暢的行文裡，不但舉例敘說她如何在實習教學的期間，發揮所長策劃創意教學，並且在行政經歷當中，實際熟悉各種繁冗的課務工作，並展現細心與耐力；再於種種的代課教師經驗裡，如何積極地提升學習成效，以熱誠關懷孩童完成教學使命的個我特質，明白彰顯教學專才與豐厚工作經歷。

伍、未來展望：近中長程、公司認知

　　未來展應包括對公司與學校等職缺單位的認知，以及自我未來的生命藍圖規劃與職缺的關連性，撰寫重點如後：

· 一、對工作、公司、研究所的認知與理解：個人對應徵單位興趣及期望、對應徵單位高度讚揚、對於公司目前發展方針與重點的掌握，使對方獲知自己對工作的深刻了解。

· 二、為自我的人生規劃與未來展望：自我未來近中長程計畫及展望。

· 三、最後輔以自我特質再次重申，一方面強調能夠提供的貢獻與發展潛力，另方面表達個人戮力學習、積極加入之決心，希望有機會可以到公司貢獻所學，期待對方能惠予機會的結語。例如：應徵國文教師的謝欣怡自傳之範例：「我善良又富教學熱忱，有顆溫暖、接納的心，積極又有活力，常微笑更

是我的『註冊商標』，期待我以這樣優秀的教師特質以及對國
文的專業能力，與學校和學生間擦出燦爛的火花！」

　　重申個我的態度與長處，營造親切活力氛圍，感染主事者惠予
面試與錄取機會。撰者可於此段表達個人的學習精神及企圖心，例
如勤奮、積極、……等態度與信念，締造良好正向的動人形象，符
應「我是你要的人」之宗旨。例如：「我的個性開朗、適應力極強，
而願意不斷地學習，若未來有機會進入貴公司效勞，敝人將不斷精
進專業知識，並會向主管、同事請益，懇請您惠予面試與成長的機
會。」願意學習的謙虛態度，將為自己帶來良好的意象，拉近與主
管的距離，容易得到機會。除了自我態度的展現之外，將自我的才
能與公司的屬性架接，則為敘述的另外一個重點（頁56）：

在合作下推陳出新，擄獲眾人目光

　　貴公司在禮服設計上一向享有盛譽，知名度頗高，而本身我便
對禮服設計有極濃厚之興趣，對於初出茅廬的我來說，貴公司使公
事一個努力的目標；但這幾年來市面上禮服款式亦發眾多，且競爭
對手強盛，開發新款擄獲消費者目光已成趨勢，而近來得知貴公司
想打破禮服設計的舊有限制與設計思維，特徵求創意禮服設計師一
名，這使我不禁躍躍欲試，我認為我本身尚未在社會上經過太多複
雜思維影響，相信在禮服設計上能有更新的突破，與更年輕的價值
觀轉換，我想必能帶與貴公司更多關於創意的刺激，在此強烈希望
能貢獻所長予貴公司。

應徵「創意禮服設計師」一職，畢業於樹德科技大學流行設計系的
高子喬同學，不但擁有歷來服裝畫比賽、時尚織品設計的諸多得獎
經歷之外，她在自傳的最後部分，特別分析公司的走向與禮服設計
的趨勢，並且恭維讚賞公司整體發展的方針，及與個人生涯規劃的

對應認同，也表達自我創意的理念，希求對方能夠考慮徵納自己成為旗下一員的願景。

如果應徵工作與自我專業科系有所相左，卻可以在未來展望的部分，強化自我平日的準備，以及跨學科的趨勢與優勢、甚至與在地的關連，請參見顏孜育對於「未來計畫」之撰文例證：

對於未來，雖說自己並非新聞、政治相關科系畢業，但是憑藉著對傳播媒體的熱情與憧憬，加上積極求取知識的精神，相信肯定可以勝任。另外，我也希望能將自己這十年來所學與媒體做結合，我深信臺灣目前沒有第二位像我一樣的人，有著食品七年的背景，又有語言教育兩年的高等教育，不論新聞稿撰寫或是採訪能力等，都需要有良好的語文作為基礎，尤其是本國語文，現在是 21 世紀，屬於華人的天下，也因為如此，對於龐大的大陸市場不但需要了解他們的詞彙用法，更要明瞭他們的文化背景，這些都屬於我在研究所學習的內容之一，因此，我希望能有機會發揮自己所學，並不斷的自我成長。

此外，我還比別人對臺東有更深的情感，本身目前就讀國立臺東大學語文教育研究所碩二，曾經覺得臺東實屬「好山、好水、好無聊」，不過細細發現，其實臺東相當誘人，因此，熱愛臺東的心不亞於道地的臺東人。

「動之以情、曉之以理、誘之以利」將食品與語文訓練的雙項優勢，化為寬廣視野的跨界能力，並將應徵的臺東媒體記者的工作之前景予以分析，再者更繫連個人與本地的緊密度，召喚主事者的信任，創造出個人獨特質性。

陸、鶴立卓越的自傳範例

　　自傳,是述說自己的故事,為了求得職務或進修的目的,這則故事不僅得說得精彩,並且還能切題,方能為一份名實相符的自傳,並且將緊密與自我的專長與優勢,環環相扣地緊密聯繫,呈現出自我優勢,映射出活力創意的積極特性與態度,則讓自己的短文故事豐富可看,俾讓自己獲得更優渥的發展機會。以下分舉數例,饗諸讀者:

一、專業的全能華語教師──范雅婷自傳

■雀屏中選:推薦之因■

1. 陳述簡明扼要,文字清新易讀,以應徵職務為主軸,清楚展示個人適和的優勢、熱忱、學習、專業的深度。

2. 將自己最重要的三項專業能力,以及關鍵字詞,用黑體加粗標註重點的方式,在行文裡呈現,引起注意與強化自身的優勢。

3. 強化自我積極努力的軟性技能,還有豐富的數位媒體工讀經驗,並參與社團管樂活動,展示全能特質的自我惕勵生命觀,綻放開朗的活力。

4. 在校期間,雅婷戮力在課業表現優異,另外還積極投入海外志工教學工作,以及縣內義工小老師的豐厚經驗,並展示跨時代的 e 網路教學的才能,這些求學內容的舉隅,與應徵單位「師大語文中心華語教師」的職務性質,創造出最吻合的密度。

5. 在行文之後,不忘對於應徵單位惠予讚譽,並表明該單位是個人馳騁理想的最佳場域,與自我的教學使命緊密關連,呈現旺盛的企圖心與熱忱。

自傳

　　我是范雅婷，來自南投縣埔里鎮，目前就讀於國立臺東大學，主修華語文。我的專長是**華語教學、多媒體教材設計及單簧管演奏**。平時除了為成為一位華語教師而努力讀書外，也利用課餘的時間在本校電算中心數位媒體組工讀，這在裡，我學習到數位媒體器材的操作、設計以及動靜態攝影；同時也參加了學校的社團活動，如管樂社、音樂系管樂團、陽光青年團及系學會活動股。我認為自己就要像一塊海綿般，能學多少、就吸收多少，透過各種機會、各種活動，增進各方面的學習，讓自己成為一位多方面發展的全人，是我一直努力的。我認為自己是一個很學習力強、抗壓性極高的人，一旦投入工作就會盡心盡力。自己在個性上的優點就是積極努力，雖然不是頂尖聰明的學生，但是我願意花更多的努力去彌補、去增強自己的能力。

　　在臺東大學的三年時光裡我並未蹉跎，我找到明確且篤定的志向，未來以成為一位稱職的華語老師為目標。為了實現這個理想，我參與了韓國順天大學短期交換學生的華語教學活動、以及至臺東縣外籍配偶協會擔任義工小老師，也召集同領域的同學共同架設華語系網路平臺《臺東華語》，並在此平臺上架設文化課程供多明尼加臺商中文學校的學生進修。今年暑假將赴韓國釜山市沙上高中進行為期一個月的華語教學實習，希望透過此機會磨練自己，讓自己能與夢想更進一步。

　　國立臺灣師範大學國語教學中心是華語教學界的最高指標，也是我給自己的人生目標。我對華語教學充滿熱情與憧憬，希望自己有機會可以加入師大國語中心的教學體系，一展多年所學並肩負發揚中華文化的使命。謝謝您看完我的自傳，希望有幸可以進入國立臺灣師範大學國語教學中心磨練及學習。

二、豐厚的社會歷練——吳明城自傳

■雀屏中選：推薦之因■

1. 簡約明瞭，表現個我專長重點。
2. 撰寫家庭清寒，養成獨立性格，與及早進入社會職場的經歷。
3. 明城在自傳裡反映了六年來專注在工讀經驗的累積，與外語能力培育及家教歷練，強化了自我的專業程度，緊扣應徵職缺特質。
4. 應徵蘋果電腦銷售人員需要全方位的視野與開朗個性，明城曾經參與應徵公司所舉辦的教育訓練並獲得蘋果電腦的專業銷售訓練證書，充分展示與該公司的熟稔度，營造有備而來、非你不用的印象。（頁14）

　　從小生活核心小家庭，排行老么。父親接任爺爺之職務—服裝訂作；母親則做小本生意—攤販，身兼照顧家中大小瑣事雜物。家中向來沒特殊的背景文化，家負從小望我能養成獨立行事，故從國中畢業，即開始學生大功生涯；一方面貼補家用，一方面提供自己生活所需，為節省開支，就讀於家鄉國立農工高職學校。就讀高職期間，為培養自己第二專長，加上對語言的興趣，前進語言中心，補充自己外語能力—英語，相對於一般補習班的不同，語言中心採自主式學習，當時接觸許多社會工作人士，加上長期工讀之下，學習許多形形色色社會新鮮事務。

　　幸運的，以高職生推甄名額中，推甄上實踐大學應用英語學系，上了大學，起初為熟悉南部。假日定期至高雄打工兼拓展視野，大二期間，開始教授當地國小、國中生英文、數學；大三及大四，則開始深入百貨服務業工讀及實習工作。大學期間，多方面嘗試工讀，體驗各種行業領域的視野。課外活動更是不遺餘力參與各種校內外

觀摩比賽，提升自我競爭力。近日也獲得美商蘋果電腦線上產品專業知識及銷售技巧訓練認證。

在學期間，除學習語言科目，並多重選修企業、管理、行銷……等相關課程，如：國際企業管理、國際行銷管理、國際進出口貿易實務，補充自我商業相關知識，希望能將書上學習結合社會實務。對於貴公司銷售人力方面，願有機會與貴公司合作、學習，無論如何我皆會秉持著一份謙虛學習的態度，積極為公司盡上一份心力。

■□網路資源■□學習之路不孤單

104 人力銀行 http://www.104.com.tw

104 小美工作家 http://www.minijob.com.tw

104 轉職專區 http://www.104.com.tw/area/cj/index.cfm

1111 人力銀行 http://www.1111.com.tw

98 年青年暨少年趨勢調查報告摘要：http://www.nyc.gov.tw/upfiles/5_knowledge_01251335085.pdf

i Youth 青少年國際交流資訊網 http://iyouth.youthhub.tw

RICH 職場體驗網：http://rich.nyc.gov.tw/richCandidate

Yes123 求職網 http://www.yes123.com.tw

人事行政局事求人專欄 http://web1.cpa.gov.tw/want02/source/want02pag.aspx

生涯資訊網 http://hope.nyc.gov.tw

全國就業 e 網 http://www.ejob.gov.tw

自傳履歷大補帖 http://140.114.42.11/job/freshman/i23.htm

行政院青輔會：http://www.nyc.gov.tw

身心障礙者就業開門網 http://opendoor.evta.gov.tw

青年人才培訓深耕計畫 http://youngjob.etraining.gov.tw

青年志工行動網 http://gysd.nyc.gov.tw

青年資訊站 http://www.youthhub.net.tw

青輔會青年職業訓練中心 http://www.yvtc.gov.tw

政府入口網就業情報站 http://www5.www.gov.tw/policy/2009career

國軍人殘招募中心 http://rdrc.mnd.gov.tw/rdrc

培育優質人力促進就業網

http://www5.www.gov.tw/policy/2009career/page3-1.html

就業力測驗

http://www.yes123.com.tw/admin/integrate/integrate_ac.asp

微型創業鳳凰網 http://beboss.cla.gov.tw/cht

線上適性測驗 http://www.uni-pros.info/~project_youngjob

學生打工專區 http://pda.104.com.tw/if/joblist.cfm?role=2,5

職訓 e 網 http://www.etraining.gov.tw

職業訓練數位學習網 http://el.evta.gov.tw

攜手計畫人才招募專區 http://asap.moe.gov.tw/recruit

■□本章習作■□

1. 「當想像，爬攀上我的名兒！」【名字創意想像作業】：我們的姓
　　名，結合父母期望、自我期許，我們都有著自己對名字的新穎詮
　　解，請將自己的名字，作姓名的拆解（無論是拆字、添字、亦或
　　是將名字畫成圖像），約以二十～三十字為限，運用創意，重新定
　　義，你對名字的創意想像，編織出數句短詩或箴言。

2. 【創意標題】請為自己的履歷表，連結自己的人生觀、自我摘要，
　　運用諧音、比喻等原則，製作別緻又有創意的標題。如：「積極！

創意！肯學習！是我的人格特質」、「何方人物？慣用右腦思考的設計系女生」、「堅持、不認輸、奮戰到底——小明的求生哲學」。

3. 【自我簡介摺頁】製作一份現場發給面試委員的自我行銷精簡摺頁，以作為履歷與自傳的精華濃縮，加深口試委員的印象。

4. 【履歷表】請製作一份兼具創意又能展現所長的履歷表。

5. 【自傳】請製作一份具有特色發揮自我的自傳。

第二章　如何寫求職用的英文自傳

How to Write a Personal Statement for Job Application

臺東大學英美語文學系助理教授　沈富源（Fu-Yuan Shen）

臺東大學英美語文學系講師　Brent Walters（鄭威爾）

本章學習重點：

一、瞭解求職英文自傳的內容。

二、練習英文自傳的敘述技巧。

　　用於求職的英文自傳，稱為「個人自述書」（personal statement），其內容、格式、用途與中文所謂的自傳（autobiography）相差甚遠。中文自傳是流水帳式翔實地記載個人成長的生命故事。英文「個人自述書」則是簡潔地把個人成長過程中最重要的教育訓練、工作經驗，濃縮成精彩的簡介，行銷自己讓別人知道您的人格特質（personality traits）、專業知識（professional knowledge）、生涯目標（career goal）。

第一節　英文自傳的特色

　　「個人自述書」一定要不斷修改（revision），務必要求文詞簡潔、內容充實、組織嚴謹，達到文情並茂（polished）。個人自述書的功能不只是要提供個人的訊息，更要展示你的寫作技巧功力（demonstrate writing skills），證明你具有基本的文書溝通能力，可以勝任工作。一篇精彩絕倫的個人自述書應該有二大特色：與眾不同（make it distinctive）和簡潔有力（keep it brief）。個人自述書通常用於求職，要與別人競爭獲得工作機會。所以，個人自述書必須與眾不同，才能在眾多競爭者中脫穎而出。敘述個人生活中獨特的經驗，以生動活潑小故事的方式呈現，既能吸引讀者的目光，更能表現自己的獨特性。個人自述書若能具有獨特性就會與一般泛泛而談的自傳不同，自然會得到更多的注意，勝出的機會就大增。另外，個人自述書不能冗長，單調地一五一十重覆履歷表的內容。個人自述書只要把個人的知識、技能、經驗最重要的而且與要應徵工作有相關性的部份，呈現出來就可以了。冗長的自傳只會令人望而卻步，心生厭煩。

第二節　英文自傳的內容結構

　　「個人自述書」像一般的論文（essay）分成三大部份：引言（introduction），本文（body），結語（conclusion）。引言介紹整份個人自述書的大意主旨。接著，本文詳細敘述個人的學歷、專長、工作經驗、生涯規劃等。最後，結語簡要綜合各段的大意主旨，重申個人求職的決心，願意奉獻專長給對方公司，努力工作矢志不移。個人自述書的內容主題大綱（topic outline）及敘述策略（narrative strategy）如下：

I. 引言（Introduction）
　　A.構思吸引讀者的開場白（a catchy opening）：
　　　引文要有動人的開場白。可以用個人的經驗（personal experience）或敘述親身體會或發人深省的小故事（anecdote），來吸引讀者注意興趣。
　　B.陳述生涯目標（career goal）：
　　　從個人的生活體驗，再延伸到生涯規劃，清楚說明人生追求的目標。
　　C.說明想要應徵的工作職位：
　　　表明如果獲得對方賞識獲得工作，可以有助於職業生涯的發展，實現個人的理想。
II. 本文（Body）
　　A.描述動機、內在特質、學術專長：
　　　用數個段落（paragraphs）分別描述求職的動機、人格特質、學術專長。文中必須用具體的例子（specific examples）詳細說明，而且所列舉的例子一定要和應徵的工作有密切的關係。
　　　1. 求職的動機（motivation）
　　　2. 人格特質（personality traits）

3. 專業能力（professional skills）

4. 工作經驗（working experiences）

B. 列舉想要應徵的公司機關的優點（strengths of employment unit）：

這一段可以顯示你深入瞭解對方的公司，表示你是經過慎重的篩選才提出申請，不是胡亂找工作。但是切記，讚美對方的公司時，不要流於泛泛而談、不切實際的美言，以免招致反效果。

C. 強調適性發展（compatibility and suitability）：

說明對方公司的工作職位非常適合你的職業目標，可讓你發揮所長。並且說明未來你將對公司有何具體的貢獻，例如：提昇營運業績、設計研發產品、開發新市場。

III. 結語（Conclusion）

A. 綜合上述各項議題。

B. 重申個人追求職業發展的堅定意志。

C. 強調獲得工作職位，對未來長期的生涯目標有決定性的影響，願意全力以赴長期投入工作，不會半途而廢。

本章習作

一、詳細閱讀附錄的英文自述書範例，分析其優劣。

二、選定一則登載在中文報紙或英文報紙（*China Post, Taipei Times*）上的徵人啟示，依照廣告上所列的條件，參考範例撰寫一份英文自述書。

範例 1 求職英文自傳（幼教）

I first realized that I wanted my future career to be based around working with children completely by accident. It started with an undergraduate program of study that was not right for me. Several months into my freshman year I decided to change my area of study. I then spent several months agonizing over what course to take the following September, with no feeling of direction. After flicking through what felt like hundreds of career guidance books, my eyes landed on early childhood education. It had never once occurred to me to look at early childhood education before, but for some reason, right at that moment, it just seemed like the right decision to make. I arrived for my first class that September with no idea what to expect and wondering if I had made the right decision. As soon as the teacher started speaking, I was captivated, and I never looked back.

I have always been an extremely curious person, fascinated by people and nature and what makes the world function properly. In my opinion, there is nothing more fascinating than a child. Watching them grow, develop, and learn is one of the most humbling experiences a person can have and there is nothing quite like it to make you realize how precious life is.

I am a very passionate person and this attribute is at its peak when it comes to certain issues surrounding children. This passion and determination to make positive changes for children certainly helped me through the second year of my undergraduate study. Early in that year I became pregnant and it certainly was not planned. Despite my tutor's advice to lower my expectations and just aim to pass, I continued working towards my goal of staying on the dean's list for each semester of study. Even with these challenging circumstances I kept my grades up and never dropped off the dean's list.

My daughter has changed and matured me in many ways. She has instilled in me the firm belief that children can teach adults just as much about the world as adults can teach children! I am now able to view the world from an entirely different perspective: that of a mother. I feel I now have additional wisdom and skills which certainly benefits me when working in early childhood education. Not only do I better understand young people, but I also better understand the cares, fears, concerns, and worries of parents.

I have been fortunate to have very supportive parents who have helped me every step along the way of raising my daughter during college. Their help prevented the need for me to get a part-time job during school, which allowed me to focus on my daughter's development. I have also been an active volunteer with several organizations. For example, to ensure that I continue to put into practice the skills I studied and learned during college, I have run a voluntary Parent and Toddler group at a local school for the past six months. Running the group has most certainly improved my organizational skills, and I have put my imagination to good use through planning and putting into practice different arts and crafts activities each week.

My plan for the future is to continue with my personal study and practice of childhood development by getting as much experience in early childhood education as possible. One day I hope to be in a position where I am able to make real and positive changes for children, parents and professionals alike. I feel that my passion, knowledge, wisdom, and love of children will enable me to achieve this goal.

範例 2　求職英文自傳（美工設計）

It was love at first sight. I have always been interested in graphic design and have never considered anything else as a career. My first exposure to graphic design came during high school when I took the subject as an elective. I came away with a perfect score for my coursework and an A grade for the final exam, the highest overall grade seen at the school that year. From that point on, I knew that graphic design was the love of my life.

After that first high school course, I began spending more and more time voluntarily designing graphics for web sites. At first my work was sporadic, such as designing a logo for a friend; later I began designing and creating complete web sites. This experience accelerated the development of my skills using Photoshop, Pagemaker, Illustrator, Macromedia Flash, Dreamweaver, and other web orientated graphics tools.

I currently study graphic design at National Taitung University and will graduate this June. Studying in Taitung is great because I am constantly exposed to indigenous culture. Taiwan's native community has a unique and distinct style which continually inspires and challenges me.

As I progressed through college, I discovered that I am specifically interested in advertising and creative print design. The reason for this is because I derive the most satisfaction from working with tangible items such as posters, compact disk and book covers, technical diagrams, and other print materials. Although I am completely competent and comfortable in working in an all-digital medium, designing print materials is more rewarding to me.

I originally heard about your company from a friend whose father does business in the industry. He had very positive things to say about your company and this is what interested me to apply for this position. As I have more fully researched your company, I find that you have focused on street-level marketing and medium sized businesses. This market focus is attractive to me because such clients are big enough to challenge designers creatively yet small enough to prevent the cases from becoming endless. It is these reasons that make me want to join your team!

I believe I would make a great employee because of my skill set and reliability. Not only have I excelled in my course work, but I have also accomplished a lot outside of school. I look forward to the chance to meet with you soon and discuss these issues in person.

範例 3　求職英文自傳（餐飲業）

The hospitality industry is one of the fastest growing industries and its great variety in job descriptions makes it the most interesting industry to be involved with. I never thought about the opportunities which this industry offers until the day when I started to work as an assistant tour manager two years ago. It was a summer job which was supposed to fill up my free time and increase my budget. I knew I would like it because I am keen on meeting new people and visiting new places, but I had no idea just how much this summer job experience would affect me.

As an assistant I was required to help the tourist manager accommodate the guests and organize different kinds of entertainment. This job allowed me to become acquainted with the work of many facets of the hospitality industry by working with hotel, club, and event managers. From my interaction with each of these businesses, I was deeply impressed by their diligence to satisfy the customer's every need. I realized that this profession can have great responsibility but I also saw how satisfied these managers are when their clients are happy. I will never forget the face of the tourist manager I worked with when the guests thanked him for the perfect holiday. His face was beaming.

Despite the fact I was only an assistant, I too felt great happiness upon seeing that the tourists were content with our work. This feeling of gratification was the main reason why I decided to study hospitality management. This feeling motivated me to study and it became less about learning because *I have to* and more about learning because *I want to*.　Although I did learn a lot of subjects in my hospitality management program at the university such as scheduling, safety management, accounting, marketing, and advertising, there is still much that I must learn. I am eager to continue learning more about each sector of the hospitality industry so that I may one day be a better manager.

Every manager needs strong leadership skills in addition to basic core knowledge. I think I have strengthened my leadership skills by participating in diverse activities. For example, I was chosen to lead the preparation of a play to celebrate the 100th anniversary of my primary school. The most difficult task of the organization of the play was to make the children deliver an inspired performance. Eventually I managed to motivate them not only to be good actors but to enjoy acting itself. By helping the children learn to love acting, they were able to put on a better show where their love of the performance and sincerity was obvious to all in attendance. The play was a great success and I learned one great way to motivate people.

I am also very dynamic and enjoy a range of activities. I believe this attribute is vital for a good tour manager since they will be required to lead many different activities over the course of their career. For instance, I am a lover of nature and enjoy hiking and picnicking. I find Taiwan's countryside to be very attractive and I always look forward to going there and seeing its beauty. Dancing is another hobby of mine. I have practiced modern ballet for five years. Finally, I am also a great swimmer. I first took lessons when I was five years old and I have been swimming ever since.

I am a reliable and positive person who enjoys challenges and never gives up. I dream of being a tour manager, perhaps even having my own company one day. I realize how great my ambitions are and how hard I must work to achieve them but I think it is most important to have a big dream and even more perseverance. I am a ready and willing apprentice and I believe your company will provide the necessary guidance while allowing me to practice the skills that I have learned in school and developed through my previous experiences.

第三章　如何寫英文履歷表、
求職信、後續追蹤信

How to Write Resumes, Job Application Letters,
and Follow-Up Letters

臺東大學英美語文學系助理教授　沈富源（Fu-Yuan Shen）

臺東大學英美語文學系講師　Brent Walters（鄭威爾）

本章學習重點：

一、瞭解英文履歷表和各種求職書信的用途及內容。

二、練習履歷表和求職書信的寫作技巧。

　　廣義的英文求職書信包括：求職申請信（job application letter）[1]、
履歷表（resume）、後續追蹤信（follow-up letter）、感謝函（thank-you
letter）。在應徵工作時，首先寄出求職申請信和履歷表[2]。數日後，

---

[1]　求職申請信又稱為封面信（cover letter）。

[2]　有時候，除了求職申請信和履歷表外，求才單位還會要求必須附上個人自述
　　書（personal statement）。

如果獲得面試（interview）機會，參加面談後，立即發出感謝函給
面試人員或求才單位，感謝給予會談面試，來增加錄取獲聘機會。
但是，如果寄出求職申請信和履歷表，經過一或二週後，仍無任何
回音，求職者可以主動再寫一封後續追蹤信給求才單位，提醒求才
單位留意，是否有收到你的求職申請信和履歷表。以下分別說明求
職申請信，履歷表，後續追蹤信，感謝函的用途、格式、內容。

第一節　求職申請信（Job Application Letter）

求職申請信可分二大類：公開召募（solicited）和未公開召募
（unsolicited）。公司機關在分類廣告上刊登徵人啟事，希望人們寄
上求職申請信應徵工作，就是屬於公開召募。另一類是公司機關沒
有刊登廣告公開召募，求職者自己毛遂自薦，主動發信給公司行號，
詢問是否有職缺。這類未公開召募的求職申請信，和公開召募的求
職申請信，在內容敘述上會有些差異。

壹、客製化求職申請信

求職申請信最忌諱使用內容千篇一律的萬用版（one size fits
all），一封求職信大小通吃，沒有考慮求才機關的專業要求，投遞所
有的公司行號。一封不能迎合求才單位所需求的求職信，注定要被
丟入碎紙機。求職者一定要有耐心寫求職信，竭智盡力客製化

（customize）每一封求職信：根據個別公司行號的性質及工作需求，描述自己最有利的教育背景、工作經驗、專業的能力，以求獲取青睞，而能從眾多求職者中脫穎而出。

貳、求職申請信的內容

　　依一般商業書信的格式，求職信要有開頭的稱謂致敬語，和最後的祝福結尾語。求職信的內容大致可分成三段。如果寫給有公開召募（solicited）的求才單位，第一段首先說明要應徵哪項職缺，如何得知徵人啟示，如網路、報紙、雜誌。如果是寫給沒有公開召募（unsolicited）的求才單位，信的開頭先詢問對方是否有開出職缺的機會。接下來再敘述和對方公司內部人員接觸過的情形。第一段要強調自己的專業能力，足夠勝任所應徵的職位。適當地行銷自己，要有自信地展現自己專業上的賣點（selling points）。

　　第二段是求職信的主文，內容要簡明（concise）切中要點，不可太冗長：(1)說明要進入對方公司工作的原因動機；(2)敘述自己的專長、個性適合（fit with）在對方的公司工作；(3)把列在履歷表中最重要相關的成就、技能、經驗，再度做簡要說明，強調你可以立刻應用在未來工作上為對方效勞；(4)提示對方你有附上詳細的履歷表，如果要進一步瞭解你的專長可參閱履歷表。

　　求職信的第三段主要：(1)請求公司機關給予面談（interview）的機會，注意語氣不要急躁（pushy）；(2)表明自己非常樂意參加面試，或提供更多訊息給對方；(3)交待對方如何與你聯絡；(4)信的結語感謝對方撥冗閱讀您的求職信和履歷表。

第二節　履歷表（Resume）

　　在準備履歷表時，應先考慮到幾項問題：(1)誰會閱讀你的履歷表，他期望讀到什麼樣的履歷表？(2)履歷表的內容是否迎合用人單位的需求？(3)履歷表的格式是否容易閱讀？(4)履歷表有無足夠的深度、實質的內容，完整呈現你的教育背景和工作經驗？要從眾多的履歷表中，篩選適合的人來面試，用人單位在看履歷表之前，會有理想面試人選的特定條件。但是，大多數人在寫履歷表時，都只有想到自己，一心一意只想要表現個人的才華能力，卻忽略用人單位的需求。撰寫履歷表，要捨棄以個人為中心的本位主義思維，不要只吹捧自己的才能。準備履歷表要站在用人單位的立場來思考，在履歷表中呈現他們要的專業能力和工作經驗。只有能夠投合用人單位喜好的履歷表，才能有獲取面談的機會。

壹、列舉式履歷表

　　履歷表要容易閱讀才會較受歡迎。重點列舉（bulleting）的格式要比冗長的段落（paragraph）敘述容易閱讀，較能迅速呈現更多的訊息給讀者。在履歷表中，描述教育背景、工作經驗、專業知識要力求精簡，但是絕對不可以流於潦草簡陋。如果只用一、二句話描述過去的工作資歷，閱讀履歷表的主管一定會認為：你過去擔任的工作太過輕鬆而且表現不佳，才會沒有什麼值得敘述，或者認為：你根本是生性懶惰，連準備履歷表都漫不經心，所以不可能會

考慮雇用你。履歷表的內容一定要紮實，讓讀者能深入瞭解你過去工作的情況。你不需要把過去所有的工作列出，只需列出與現在要應徵的工作相關的經驗即可。每一項列出工作都應儘可能列舉八至十二個重點，詳細描述你在這個工作上所擔負的責任及傲人的成就。

貳、履歷表內容

　　履歷表內容應包括下列幾項：(1)名字、住址、電話、電郵，(2)應徵職務，(3)教育背景，(4)工作經驗，(5)其他相關的資料，(6)徵信參考名錄。名字避免使用綽號暱稱；電郵要選用看起來專業，不要怪誕不經，引起不當的聯想。描述教育訓練要從最近開始回溯到過去，例如從研究所，依序大學、中學。完整的校名學系，正確標識所獲的學位，例如博士（Ph.D.）、文學碩士（M.A.）、企管碩士（MBA）、文學士（B.A.）、理學士（B.S.）。另外要明確說明自己的主修專長。例如：國立臺東大學英美語文學系（Department of English, National Taitung University）不夠明確，無法顯示你的專長領域，宜改成：國立臺東大學英美語文學系，文學士，修習英美文學及語言學的學分，總共有一百個學分（100 credits toward B.A. in English Language and Literature, Department of English, National Taitung University, Taitung City, Taiwan）。

　　敘述工作經驗，要明確說出任職機構全名（name of organization）及地點，擔任的職稱（title of position），任職的時間。在準備徵信參考名單，必須事先徵詢教過你的老師、系主任、指導教授、前任雇

主是否同意擔任你的徵信人。沒有事先獲得同意，不可以把他們的名字和聯絡電話放在你的履歷表。

參、職務導向 vs.成就導向

履歷表中過去工作經驗的描述（job description）不要用職務導向（duty-oriented）的敘述，應該用成就導向（accomplishment-oriented）。職務導向式的敘述，很容易流於工作職掌的流水帳（laundry list），並沒有辦法彰顯你的個人專業能力與別人有何不同，因為任何人擔任這項職位都會做這些事。以英語課輔老師（English tutor）為例：

職務導向描述：

* 幫助學生複習功課（help students review lessons）
* 協助學生做作業（assist students in doing homework）
* 回答學生課業上的疑難（answer students' questions）

以上對「英語課輔老師」職務敘述，任何人擔任課輔家教都會做這些基本工作，也就是說百分之九十的人擔任過家教老師，都會有類似的敘述。「幫助」、「協助」、「回答」都太過空泛（broad）沒有深度。如果你的履歷表也是如此空泛、制式化的工作責任（job duty）敘述，要如何與別人區隔，令人耳目一新，打動雇主給你面試的機會？因此，你應該改變描述策略，使用精確的「動作性詞彙」（action words）描述你擔任此職位，做了哪些具體特別的（specific）、令人引以為傲的貢獻（contributions）。英文履歷表中的

「貢獻」不是指什麼流芳百世的豐功偉業，只要能詳盡列舉你採取什麼行動（actions），完成哪些任務（task），克服什麼困難去解決問題。這些都算是你在工作上的成就表現，可以證明你是一位有才幹的（capable）專業人士。以下試著用「動作性詞彙」改寫上述失敗的職務導向描述。

成就導向描述：

* 畫圖表解釋英語文法（draw diagrams to explain English grammar）
* 利用字源學分析單字的構造（use morphology to analyze word formation）
* 帶領學生朗讀課文改善發音（lead students to read lessons aloud for improving their pronunciation）
* 解釋課文中複雜的句型（explain complex sentence patterns in the lesson）
* 列出課文的重點大綱（outline the main points of each lesson）
* 翻譯課文協助學生理解文章內容（interpret the lesson in Chinese to facilitate students' text comprehension）
* 準備隨堂小考偵測學習盲點（prepare in-class quizzes to detect student's difficulties in learning）
* 設計課後作業練習單（design after-class worksheets）
* 運用提示幫助學生完成作業（utilize hints and clues to help students finish assignments）
* 給予即時回饋鼓勵學生（give students instant feedback）
* 實施互動教學培養學生的自主學習（implement reciprocal teaching to foster learning autonomy in students）

* 準備「教學博豐錄」記載學生的學習狀況（keep teaching portfolio to keep track of student learning）
* 隨時向家長回報學生的進步狀況（report student's learning progress to parents）
* 定期舉行師生會談（conduct parent-teacher conferences regularly）

肆、具體詳實的敘述

在履歷表中，每一項列舉的工作成就一定要具體獨特，切記不要做空泛的（empty）吹噓，避免華而不實的形容詞，要多做事實的陳述。如果許可的話，列舉數字證明。

不要：

幫助學生準備英檢考試（help students prepare for GEPT）

試著：

輔導學生通過中級英檢初試，及格率達 80%（prepare students to pass the initial test of intermediate-level GEPT and score a satisfactory 80% successful pass rate）

不要：

擁有優秀的教學技能（have excellent teaching skills）

試著：

善用淺而易見的例子解講複雜的概念，利用多媒體呈現教材，編寫講義（use simple examples to illustrate complex concepts, employ multi-media to present teaching materials, and create teaching handouts）

不要：

教學認真負責有創意而且經驗豐富（a responsible and experienced teacher with innovative teaching techniques）

試著：

有三年以上教國小英語課程的經驗（註：暗示你有的豐富的經驗），一年內從未有缺課的記錄（註：暗示你是認真負責），開創電腦輔助教學（註：暗示你是有創意革新教學）（teach elementary-level English for over three years, practice teaching consistently without missing any class in one year, and launch computer-assisted instructions）

不要：

教學成效卓著獲家長學生肯定（teach effectively and so win students and their parents' praises）

試著：

百分之八十家教的學生在期中考和期末考成績平均高於 85 分（80% of students tutored can score higher than 85 in their midterm and final examinations）

有效成功的履歷表應是成就導向，多利用動詞－動作性詞彙（action verbs）－詳細描述你在職位上完成哪些任務，來證明你的能力。不要只是用華麗的形容詞來說（tell）自己的才能，要用事實成就（accomplishment）證明展現（show）你的專業能力。描述自己的能力，儘可能避免使用華麗的形容詞，例如：可信賴（reliable）、有效率（efficient）、有經驗（experienced）、負責任（responsible）、有才能（competent）、有創意（creative）。履歷表中如果充斥這類陳腔濫調的形容詞，是很難取信於人的。

第三節　後續追蹤信（Follow-Up Letter）

寄出求職申請信和履歷表，經過一或二週後，如仍無任何消息，求職者可以主動再寫一封後續追蹤信給求才單位，提醒求才單位留意，是否有收到你的求職申請信和履歷表。在求職的過程中，後續追蹤信並非必要，但是切記大部份求職者都抱著被動的（passive）態度，如果你能主動寫後續追蹤信給求才單位，表現出積極的態度，應該會是一項加分，可能會比別人略勝一籌。後續追蹤信的內容大致和求職信相同，只是更簡短重申你對應徵的職位有強烈的工作意願，希望對方留意你之前寄出的求職申請信和履歷表，並給予面談機會。

第四節　面談後的感謝函（Thank-You Letter）

　　面談後的感謝函是有及時性（timely）的。參加面試後，要立即發出感謝函給面試人員或求才單位，感謝給予會談面試的機會。感謝函可以顯示你在專業上的禮貌（professional courtesy）。在內容上除了表達感激之外，可以再度重申樂意到對方公司服務的決心。簡短的謝函可以不用那麼正式（formal），不必打字，用手寫（handwritten）就可以。

本章習作

一、詳細閱讀附錄的英文範例，分析其優劣。

二、翻閱中文報紙或英文報紙（*China Post, Taipei Times*）的求才分類廣告。選定你想應徵的職缺，依廣告上所列的徵人條件，參照範例分別撰寫求職信、履歷表、後續追蹤信、感謝函。

範例 1　未公開召募的求職信（Unsolicited Cover Letter）

Lin Qianrui (Eric)
2519 Xincheng Road
Pingtung City 900, Taiwan (ROC)
Telephone: (886) 0944-672-444
Email: Eric.Lin@gmail.com.tw

July 21, 2008

Human Resources
Hewitt Associates LLC
4850 West Lane Avenue
Tremont, California 25881

Re: Financial Analyst Position

Dear Hiring Manager:

I am a recent graduate with a Bachelor's Degree in Mathematics from National Taitung University. I am eager to begin my career in the Financial Analysis industry. While researching the financial industry in Taiwan I discovered that your firm is expanding its services in Asia as reported in the trade journal *Asia Finance*. I am writing to inquire if your firm is considering hiring financial analysts.

The decision to work in the financial industry is life-shaping and I have given it considerable thought. My background and qualifications make me an exceptionally strong potential candidate to be an analyst for your firm. I possess strong quantitative analysis skills as demonstrated by maintaining a major GPA of over 3.7 for each semester of undergraduate study in mathematics. I also have relevant prior work experience stemming from an internship at Taitung Bank. During my internship I worked in the bank's asset management program and was able to see the financial industry from the institutional client's perspective. These experiences combined with my competitive instincts, attention to details, and willingness to continue learning make me believe *I can help your firm succeed in Taiwan and across Asia!*

Realizing that this summary, as well as my resume, cannot adequately communicate the extent of my qualifications, I would appreciate having the opportunity to discuss how I can contribute and be an asset to Hewitt Associates. I look forward to hearing from you soon. My resume is enclosed; please contact me if you require any additional information.

Thank you for your time and consideration.

Sincerely,

[Handwritten signature]

Eric Jin

Enclosure

範例 2 公開召募的求職信 (Solicited Cover Letter)

2519 Pingguo Road
Taitung City 950
Taiwan (ROC)
Cell Phone: (886) 0944-672-444
Email: Robert.Lynn@gmail.com.tw

February 21, 2009

Ms. Sheila Lee, Personnel Director
New Life Local School
213 Pleasant View Drive
Burbank, California 24225

Dear Ms. Lee:

I was pleased to see New Life Local School's advertisement on the website www.taiwanjobs.com requesting applications for a third-grade language teacher. I will graduate with a Master's Degree in Language Education this June from National Taitung University. I have extensive experience working with young students and I believe previous teaching experience, fluency in three languages, and a demonstrated commitment to helping young people makes me an ideal candidate for this position.

My education and teacher training has been focused on active classrooms with an emphasis on small group activities. I have used the following strategies in my classes:

1. Interaction, created through students being exposed to real life situations;

2. Hands-on, where students are encouraged to think critically about language instead of just focusing on memorization;
3. Small Group Oriented, where students can learn cooperatively instead of individually.

Additionally, I served as a mentor and counselor for children aged 8-10 at the Golden Jade Summer Camp last year greatly enhanced my communication skills with young people.　At the Camp I was responsible for all evening activities and organized an end-of-summer talent show.

Thank you for your time and consideration. I look forward to scheduling an interview with you soon to further discuss the needs of New Life and my background and experiences.　My resume is enclosed and references can be provided upon request

Sincerely,
[Handwritten signature]
Robert Lynn
Enclosure

範例 3 履歷表

Gail Chen

<table>
<tr><td>Temporary Address:</td><td>Permanent Address:</td></tr>
<tr><td>272 Jhonghua Road</td><td>84 Heping Road</td></tr>
<tr><td>Taitung City 950</td><td>Kaoshiung City 805</td></tr>
<tr><td>Telephone: (886) 0988-555-555</td><td>Email: Gail.Chen@hotmail.com</td></tr>
</table>

OBJECTIVE: To enrich the lives of young people by fostering their intellectual curiosity through teaching and tutoring.

EDUCATION
National Taitung University, Taitung City, Taiwan. Expected graduation: June 2010.
Bachelor's Degree in Early Childhood Education.
- Dean's list for five consecutive semesters.
- Earned more than 50% of my educational expenses though part-time work.

PRACTICUM EXPERIENCE
The Friendship School, Taitung City, September 2007 – January 2008.
Student Teacher.
- Instructed students aged 6 to 9 years old.
- Adapted lessons to teach biological life cycle.
- Created life-cycle art mosaics for display in school hallway.
- Taught students basic fluid pressure principles through construction of simple water fountains.
- Tutored underperforming students one-on-one.

WORK EXPERIENCE

The Greek Kitchen, Taitung City, September 2006 – Present.
Waitress and Cashier.

- Improved communication skills through dealing with customers.

Department of Early Childhood Education, NTTU, September 2007 - June 2008.
Student Office Assistant.

- Assisted in scheduling and communication between faculty and other departments.
- Prepared course materials for use in department classes.
- Coordinated distribution and fee collection for departmental textbooks.

LEADERSHIP AND VOLUNTEER ACTIVITIES

- President of Early Childhood Education Student Board.
- Solicited, secured, and organized several lectures by guest speakers.
- Active Tzu Chi Foundation member including participating in annual outreach excursions to disadvantaged areas of Taiwan.
- Coach of Early Childhood Education Department girls' basketball team.

SKILLS AND INTERESTS

- Speak fluent Taiwanese and limited Hakka and English.
- Piano player for the past 12 years.

範例 4　履歷表

Yijin (Brandon) Wang
Yijin.Wang@yahoo.com.tw

324 Hongjie Street
Dongshan, Tainan County, 733
0924-555-555

Education

NATIONAL TAITUNG UNIVERSITY, TAITUNG CITY, TAIWAN (ROC)
Bachelor of Science in Computer Science & Information Engineering.
June 2008

- GPA 3.49/4.0.
- Dean's List (five straight semesters).
- Upsilon Pi Epsilon Honor Society.

Experience

TAIWAN CORPORATION, TAITUNG CITY, TAIWAN JUNE 2008-
PRESENT
Information Technology Engineer.

- Analyze and monitor internal security and compliance.
- Implement new voice communication hardware and software.

AMERICAN CORPORATION, HSINCHU, TAIWAN June 2007 - September 2007
Information Management Program Intern.

- Coordinated communication between stakeholders, scheduling, and manufacturing environment.
- Created processes for infrastructure and functional user team for future project deployment.

NATIONAL TAITUNG UNIVERSITY COMPUTING CENTER, TAITUNG CITY
November 2006 - June 2007
Computing Assistant.
- Maintained more than 150 workstations running Windows XP/2K, Mac OS X, and Fedora Linux.
- Diagnosed hardware, software, and basic networking problems.
- Rolled out a major personal computer order involving desktops and laptops.
- Worked approximately 15 hours per week while enrolled as a full-time student.

SKILLS AND ACTIVITIES _____
- Programming languages: C[++], Java, PHP, Visual Basic, .NET Platform.
- Experience diagnosing hardware and software conflicts.
- Familiarity with Windows XP/2k/2k3, Mac OS X, and Linux.
- Telecom knowledge, administering PBXs, and architecting VoIP, IPT, and POTS networks.
- Enjoy playing tennis and basketball.
- Travel around Taiwan including a full island circumvention tour by scooter in 2008.

INDIVIDUAL PROJECT _____
GAME DEVELOPMENT
Designed and maintained free online role playing game with a userbase of more than 4,000.
- Created 2D tile engine, weather effects and chat room.
- Game is self-sufficient through a devised user government system.
- Built an administrative Web interface using PHP.

範例 5　後續追蹤信

6 F., No. 12, 433 Xinyi Road
Taitung City 950
Taiwan (ROC)
Cell Phone: 0944-555-275
Email: Ashley.Zeng@gmail.com.tw

April 15, 2009

Mark Peng
Director of Personnel
White Valley School District
338 Big Mountain Road
Sandusky, Montana 17566

Dear Mr. Peng:

I am writing to inquire as to the status of my application for the position of sixth grade history teacher. My resume was sent to you via email on March 3 following an advertisement from White Valley School District in the publication *Education Weekly.*

I believe I am an excellent candidate for this position given my strong academic record and prior teaching experience. Please let me know if you require any additional information.

I look forward to hearing from you soon.　Thank you for your time.

Sincerely,

[Handwritten signature]

Ashley Zeng

範例 6 後續追蹤信

October 28, 2008

Lisa Johnson
Human Resources
Big Computer Company
4227 Big Money Road
Silicon Valley, California 98765

Dear Ms. Johnson:

This letter is a follow-up to my application for the computer analyst which was submitted electronically on September 15. As of yet I have not heard a response from Big Computer Company and I am inquiring whether the computer analyst position has been filled.

I remain keenly interested in working for Big Computer Company. As my application materials will show, I gained extensive experience in your segment of the computer industry during my internship with Acer Computers in Taiwan.

I would greatly appreciate the opportunity to speak with you in person. Please inform me if any additional application materials are needed. Thank you for your time and consideration.

Sincerely,

[Handwritten signature]

Trevor Zhou
3F., No. 2, 868 Bade Road
Taipei City
Taiwan (ROC)
Cell Phone: 0944-555-275
Email: Trevor.Zhou@yahoo1.com.tw

範例 7 正式感謝函

June 23, 2008

Jack Brown
Human Resources
Giant Corporation
522 Millionaires Drive, Suite 324
Big Wind, Texas 45523

Dear Mr. Brown:

Thank you for the interview and discussion yesterday. Your answers to my questions reaffirmed my desire to work for Giant Corporation. I was particularly happy to learn how much stress you place upon teamwork; I feel I could learn from any of the people I talked with during my visit. You made it clear that you expect a lot from new employees, and I appreciate your candor. It was also great to discover that you are an avid tennis player, confirming that Giant's employees have lives outside of work too.

Again, I believe that my extensive background in computer security makes me a great potential employee for Giant Corporation. Please feel free to contact me via cell phone at 0955-555-555 or via email at Dennis.Song@yahoo1.com.tw if you have any further questions or require additional information.

Thank you so much for your time.

Sincerely,

[Handwritten signature]

Dennis Song
3F., No. 2, 868 Bade Road
Taipei City
Taiwan (ROC)

範例 8 非正式感謝函

[This letter should be handwritten.]

August 20, 2008

Charles Fang, Partner
Voss Associates
4112 Spruce Street
Philadelphia, PA 19104

Dear Mr. Fang,

Thank you for meeting with me today to discuss the Associate position. Everything I learned confirmed my prior impression of Matthews Associates' sophistication and high standards. I hope you will find that my prior record of accomplishment demonstrates that I could be a productive member of your staff. If there is any further information I can provide, please let me know.

Thank you again for your consideration. I hope to hear from you soon.

Sincerely,
Bridget Tsieh

第四章　讀書計畫

臺東大學兒童文學研究所博士生　王蕙瑄

本章學習重點：

一、瞭解何謂讀書計畫。
二、學習資料收集。
三、撰寫讀書計畫的步驟。
四、研讀範例與實作練習。

第一節　何謂讀書計畫

　　平常在學校，師長有時會要求同學們自己安排讀書計畫，例如配合各種考試或課程教學進度，以按部就班地讀書。然而，準備入學考試的時候，為何「讀書計畫」也是備審資料的要求之一呢？

　　「學習計畫」和「讀書計畫」這二個名稱所指的內容基本上並沒有什麼差異，教授主要是想要瞭解你未來進入研究所的修課方向

和自修的方向，究竟是如何規劃的。其實也就是要瞭解你會如何計劃／規劃個人的研究所生活。事實上，學校要求考生撰寫讀書計畫的目的是：教授們希望瞭解你的未來生涯規劃，以及進入此科系的企圖心。

讀書計畫並不是要同學們寫出準備入學考試的進度安排，而是為將來就讀研究所時的讀書計畫做安排，規劃你的研究所生涯。但是，千萬不要把「讀書計畫」當成「讀書作息表」，沒有教授會希望看到你的三餐作息，教授們想要瞭解的，是身為考生的你，是否具備成為研究生的能力？是不是一個有前瞻性、有目標和計畫的研究生？

另外，讀書計畫與其他準備考試時的備審資料不同之處，在於它必須是「因校（所）制宜」的，按照不同學校的需求與方向來撰寫。小心千萬別把校名、所名給弄混了，如文中有提到報考校名系所之處，一定要在寄出去之前再認真地檢查過一遍，看看是否忙中有錯，比較常會出現錯誤的地方，如封面、本文、頁首、頁尾……等。

第二節　讀書計畫撰寫

瞭解什麼是「讀書計畫」以後，就要開始撰寫讀書計畫了。但是，如何能讓教授們從你的「讀書計畫」中看出你具備成為研究生的能力呢？如何表現你的目標與企圖心？由於讀書計畫是「因校（所）制宜」的，資料收集會是你第一個必須要做的事情。

壹、收集資料

研究生具備的能力之一，就是學會如何搜尋資料與整理歸納，因為研究任何一門學科，都必須先有萬全的文獻收集，以理解該主題已經有哪些相關的討論和研究，用以充實你的研究內容，這就是練習資料整理歸納與抓重點的功夫。

首先，充分理解你要報考的研究所研究方向為何，開設哪些課程、教授們的專業等等，並回頭審視大學四年裡，你學會了哪些東西？需要加強的是哪些項目？

以「兒童文學研究所」為例，這是一間文學研究所，而兒文所與其他文學研究所不同之處，就在於這是臺灣唯一一所專攻兒童文學的學術重鎮。

所以要報考這間研究所，文學能力就是你要關注的重點，而兒童文學牽涉的範圍也是你必須注意寫進讀書計畫裡頭。先瞭解兒文所的教授們研究的專業，有助於你瞭解這間研究所的方向，例如：臺灣兒童文學、西洋兒童文學、少年小說、圖畫書、日本兒童文學……等等。你可能對這些課程名稱感到熟悉，卻不太清楚到底內容是什麼？此時便可以再進一步搜尋相關的關鍵字，或者藉由直接到該所旁聽課程、詢問學長姊、收集該所的出版品等方式來吸收資訊。

知己知彼，百戰百勝，因此，收集資料可以讓你先「知彼」，再從中提取你最感興趣的類型、項目，或與你的專長、過去的經歷相關等，以此為據來書寫你的讀書計畫。

一、由網站收集相關資訊

（一）系所官網

　　資訊便利的年代，幾乎所有的學生都會利用網際網路資源，而且所有的學校也都建置有網頁，可以很方便的查到「系所目標」、「師資簡介」、「課程大綱」與「發展方向」。

　　記住！這些資料可以幫助你聯想自己本身的專長與能力，是否與之相關？例如看到圖畫書課程，你聯想到自己曾在大學社團裡，有到小學說繪本故事的經驗，那麼你就可以在讀書計畫裡添加這一段：

> 　　由於大三時曾到新生國小與故事媽媽團體配合帶繪本閱讀活動，當我和小朋友一起互動，分享討論繪本的時候，我發現小朋友的反應既熱烈又有趣，讓我對繪本有了新的體認，因此我開始積極參與各種繪本讀書會的活動，也希望透過在研究所時選修「圖畫書」這門課，進一步認識繪本，對繪本做更深層的探究，把繪本的美好帶給更多小朋友。（例1）

　　也許有的同學會傷腦筋：萬一我想報考的系所，所有資訊都跟我的專長和經驗不相關，怎麼辦？

　　別擔心，你選擇報考的系所一定是你有興趣研究的，或是比較有把握的系所，你可以在閱讀這些相關資訊之餘，瞭解自己將來想要攻讀哪些科目、選擇怎樣的研究路線，為自己選擇的路線找出原因，然後書寫你的規劃是什麼，如：

　　雖然我研讀了三年多的華語文系課程，看似與傳統中文系課程較為相關，但我的興趣在於教學，將來也希望在小學服務。所以希望進入教育研究所，進一步的深耕教育理論，培養教學基礎涵養，選修「教育心理學」以對教學現場的互動心理有所認識，選擇「班級經營專題研究」來探討教學現場的經營方式。（例2）

　　總之，收集系所資訊是收集資料的第一步，先瞭解系所資訊，並且與你自身做連結，就是一篇好的讀書計畫的基礎。

（二）討論版

　　有的研究所會有專屬的討論版、部落格等在網路上分享資訊、討論課業的聚落。這些聚落可以從向人詢問、網路搜尋找到。在這些地方，你能觀察到這些研究生都在關注哪些主題、有哪些課業要做？是否與自身的興趣或接觸過的經歷相關？

　　這些都可以成為你撰寫讀書計畫針對的方向與材料，你更可以在其上發言，主動提問，只要注意禮貌，虛心請教，相信可以得到前輩很好的回饋。

（三）關鍵字查詢

　　善用關鍵字，在網際網路時代，你會獲得意想不到的資訊。

　　前文說過，在報考該所的網頁上可以瞭解該所的開設課程，可是，就算閱讀這些專有名詞，還是一頭霧水怎麼辦？

　　除了到圖書館搜尋相關主題的圖書來翻閱之外，以該名詞鍵入搜尋引擎，你會獲得許多相關的資料，甚至瞭解與該所相關的活動。

當然，搜尋關鍵字有時會跑出令人啼笑皆非的資料來，你可要去蕪存菁，發揮自己整理歸納的功夫，這也是為進入研究所做的預備工作喔！

二、收集相關書刊

　　許多研究所都會出版自己相關的學術刊物或活動刊物，或辦理各種研究討論會。學校圖書館往往會館藏這些出版品和會議手冊，這些都是非常好的資源。

三、親自參與

　　如果你要報考的剛好是大學本校的研究所，不妨找時間去旁聽課程，有助於你進一步的接觸教授、學長姊，認識環境生態，並初步認識該課程。如果恰好該所舉辦講座、研討會等，你也可親身參與。對於寫作讀書計畫，甚至準備所有的備審資料，都會是很好的基礎。

　　切記！親身參與這些課程活動時，一定要注意自己的禮貌，積極參與、虛心求教，才是獲得更多的良方。

貳、撰寫方式

　　安排讀書計畫的撰寫流程大致為：報考動機→學習計畫/生涯規劃→研究計畫。除了如前所述多瞭解報考該所的資訊外，也要回頭檢視自己本身，如翻閱歷年成績單，針對弱點提出補強方法，不需貪多、誇大，重點要「可行」、「有意義」。

一、開門見山切入要旨

　　什麼動機促使你想要報考研究所繼續進修？此部份必須明確指出自己為何要唸研究所，強調進修意願，並表明選擇該校、該所的理由。首段一定要把自己與本研究所的連結或該所的特色指出來，無論是你的興趣、經歷、修習過的課程、未來的職場規劃……只要與該所的課程或發展宗旨相關，皆可以作為研究計畫切入的主題。

（一）華語文學系報考中文所

　　中國文化博大精深，悠久的歷史和代代輩出的人才造就這個古老文明的光輝燦爛；中國思想，正是引領著歷代文人寫下不朽名作的動力，劉勰的文心雕龍裡強調：「文不滅質，博不溺心。」文章的外在華美，內在更要有豐盛充實的精魂。我總認為：文人盡是至情至性，而筆下詩文，更得吟詠情性，心有戚戚。

　　我現在就讀華語文學系四年級，在文學殿堂悠遊四年，若有幸進入 XX 大學中文所攻讀文學……（例 3）

（二）華語文學系報考兒童文學研究所

　　我是臺東大學華語文學四年級的學生，就讀大二時曾與學姊一起旁聽了兒童文學的課程，對於兒童文學中的「真、善、美」感到大開眼界！我總以為文學是嚴肅嚴謹的，沒想到文學也可以這樣充滿趣味！

這開啟了我對「兒童文學」的興趣之門，後來我也曾參與兒童文學研究所裡的「繪本棒棒堂」討論，那個讀好書、聊想法，充滿天馬行空與思想激盪的溫馨下午，一直在我的腦海裡盤旋。（例4）

二、近程、中程、遠程

有了「報考動機」，表明強烈的意願和自身的關連性後，接下來就是你自己的完整計畫了。以下大略按照近程、中程、遠程三個方向撰寫，近程大多為你在準備考試期間或放榜到開學的期間，你如何規劃生活；中程則屬修業期間的生涯規劃；遠程則包含碩士論文以及將來繼續深造或走入職場的方向藍圖。

基本上中程的內容可以從「修業」和「自修」兩個方向著手。「修業」就是你規劃選修的課程和方向，甚至是你將來撰寫的碩士論文大方向或題目；「自修」則是屬於課外補充的部分，可以與課業相輔相成，或是為將來生涯先行修習的技能。此處要表現的是你的個人特質、其他專長以及對自我的期許企圖心。

由於已在前面的「報考動機」中表明該所對你的重要性，而且該所的教學也確實能提供你對未來規劃、就業之所需技能，則無論「修業」或「自修」都要針對「報考動機」中所提到的不足之技能部分，來做為未來修業及研究的方向。（參見例2）

以下分點論述：

（一）學習計畫

分別說明你在研究所入學前進行的準備工作、入學後想研究的議題及具體學習方針。撰寫重點在清楚表達自己的研究方向和目

標，因此，下筆前，考生應先釐清自己在大學所學過的主要科目中，特別感興趣者為何？想深入研究的領域為何？最近有哪些熱門議題值得深入討論？唯有先釐清這些問題，才能針對研究計畫的動機和方向作一深入剖析，建議考生亦可多參考一些雜誌或別人的論文，找出最適合自己的研究主題。

（二）未來規畫

　　此部份重點主要在評估自己對前述學習計畫的實現能力，以及對未來的自我期許。考生可詳述自己的優勢，包括學習態度、特殊專長、語文能力等，讓老師對你的能力有概略的瞭解，並且從中感受到你堅定的決心。

（三）自我能力評估

　　用實例說明佐證你的能力，不妨將大學時一些比較完整、具代表性、較有深度的作品整理一下，做成另一份獨立的文件，如：資管系的考生，可以附上系統開發時的文件等。

　　當然，你也可以列出自己的讀書時程表，例如研究所計畫念兩年，那麼就是一共四個學期，你規劃修習哪些課程、讀哪些書，都可以參照報考該所的課程表，自己製作一張屬於你的課表，並列出配合課程的參考閱讀書目，這是一份你自己打算閱讀的書單，同時也表現你收集資料、整理重點以及期許自我的功夫。

三、強而有力的結尾

　　無論寫什麼文章，一個強而有力的結尾能幫助你釐清思緒，總結所有的內容。在前面強烈表明你的動機、明確的規劃、審慎的安

排和自己的特質之後，你應在最後清楚、堅定地告訴資料審查教授：
你已經做好準備，並且能完成你所做的規畫。

參、結語

　　備審資料裡有時會包含自傳、讀書計畫（學習計畫）、研究計畫、
小論文等。如果只要求自傳和讀書計畫，不妨將你想深入探討研究
的規劃也納進讀書計畫裡（放在中程或遠程），也就是讓你的讀書計
畫，包含未來撰寫碩士論文的研究計畫。如果要求的是前三者，那
麼讀書計畫就可以是單純的生涯規劃，而研究計畫就按照論文寫作
格式去撰寫。

　　一份好的讀書計畫，等於一份良好的生涯規劃的縮影。由你為
自己的研究生生涯安排各種項目與時程的內容中，可以看到的不僅
僅是你的個人特質，也是你對自己的瞭解、掌握、砥礪與展望。

　　別忘了，除了針對你要報考的研究所安排各種修課與讀書、研
究與課外活動的計畫之外，教授也希望看到一個現代化的、不拘泥
於讀死書的優秀研究人才，所以以下幾點更是你需適時補充在讀書
計畫中的特質：

1. 身體健康：健康的身體是成功的最大資源，無論你打算成為
   研究人才，或將來馳騁於職場，健康的身體都是你的本錢。

2. 應有貫徹執行的毅力與決心：進入研究所，你的生涯規劃將
   是一生的計畫，若缺乏克服困境的毅力與貫徹始終的決心，
   勢必無法達成目標。

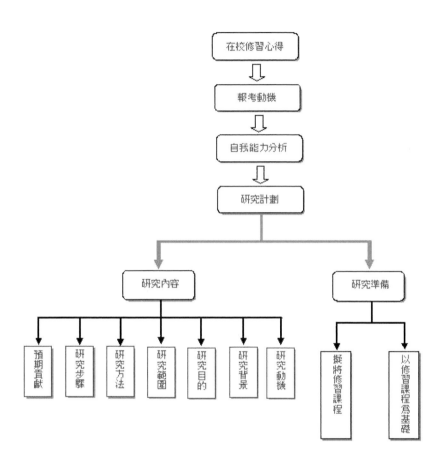

讀書計畫寫作思考流程圖（參考來源[1]）

---

[1] 勝考力研究所 http://www.1493.com.tw/chinese/02_guide/4_1_command.php?ID=7

3. 有改變不良習性與嗜好的決心

4. 良好的人際關係：人際關係圓融者，容易於困境得到意想不到的奧援，與人為善、練習培養人脈，是未來立足社會競爭的基礎。

5. 能接納建言，適時調整自己：切莫固執己見，關閉溝通之管道。作研究者當能廣納各方良言整理疏導，入職場者更不能不讓自己學習心性的磨練，趁著研究所階段，把自己調整呈最佳狀態。

6. 善用社會資源充分發揮效能：在研究所，你將不只是一個學生，也是一個半社會人，除了學校資源外，也要多注意校外資源，隨時利用，充實自我。

寫作練習

一、範例賞析[2]

◎新聞系報考新聞所

　　從小到大，就對新聞工作者的生活持著一份憧憬，所以成長過程，特別是大學階段，儘可能的修習、旁聽或接觸與傳播相關課程或課外活動，只因為想把新聞事業視為自己一生的事業。

　　然而在政治、經濟力量的衝擊下，媒體中所呈現的新聞內容，充斥著權力不平等的刻板印象，因而新聞從業人員的專業水準越來

---

[2] 來源同註一。

越受重視，希望藉由這份「專業」，擔起社會責任，讓公共領域能真正實現。

　　大學期間的實務經驗不算少，亦採訪過不少名人，如：廖永來、陳守國、彭偉華、林俊義等，也寫了不小報導，如：紀富仁案等，更曾在中部天天電臺中實習了半年多的時間。但自己所不足的是未能將在學期間所學加以運用，同時對於新聞專業的技術、知識也相當有限，而貴所所強調的，除了新聞專業技能的訓練外，也重視新聞報導中相關知識與觀念的內涵，更不忘培育一個具有人文素養與批判精神的人才。因此期盼進入貴所後，除了能對新聞事業有更深更廣的了解外，也能結合大學期間所學，更希望能在未來能善盡媒體應盡的社會責任。

　　若能順利入貴所，將約略分三個階段簡述求學階段與未來工作或其他的規劃：

（一）甄試錄取到入所前

　　在這段期間會繼續將在校所修的課程完成，並且會將過去三年半來在公共行政所學的課程重新複習一次，以加強自己本身相關的專業知識。此外，將閱讀一些與新聞傳播相關的理論書籍和期刊、雜誌或是探討整個社會脈動有關的刊物或是其他媒體，用來增進新聞與社會間的感知。

　　更重要的是在這段時間內，為因應全球化下資訊的快速流通及社會環境激烈的變遷，首先將旁聽有關國際歷史、政治、傳播等有助於拓展視野，增加國際觀的課程；其次，在語文方面，除了英文程度的繼續提升外，也會對日文多做進修，以提升自己的競爭能力。

其中,在學課餘期間和畢業後入研究所前,將尋求到媒體工作的機會,以從實務界的前輩中獲取經驗的傳承,也達到「從做中學」的目標。

(二) 入所之後

對於所上必修習的課程及在實務工作的訓練,將依規定進行。而其中「深度報導」論文,基於知識基模的累積,目前所欲探討的方向是關於政府傳播的問題。寫作的方式將依課程的教授與實務界的老師指導做為依歸,而為充實內容的深度與多元,除了所上規定的外系所修習學分數外,將依情況加以選修或旁聽,而針對重點將放在社會科學的範疇,同時為了擁有批判、反省與人文素養的精神,持續不斷的主動閱讀、聽取「好」演講或發表與參與讀書或研討會,以吸取新知,在互動中與學思並重下,能達到最好的效果。

另外,也會旁聽或選修人文學科的課程,增加個人的主觀認知與判斷的價值,以補充社會科學對於知識的客觀性價值的追求。

另外,除了語文與國際觀的能力持續加強外,為因應網際網路的前瞻性,網路科技的基礎理論與技術的應用也是在學期間的著墨重點,盼幫助感知與掌握新興媒體未來發展與運用。

(三) 長程應用

畢業之後,將先盡國民之義務,兩年之後即投入傳播職場。退伍後,目前計劃能先往平面媒體發展(報社或雜誌社),隨後轉戰電子媒體,主因是廣播、電視或網路等新聞內容的品質,在商業利益和時效的壓力與媒介本身的特質及媒介結構的影響下,往往不如平面媒體來得深入,而基於探求事實,給予事件相對的真實下才有此

認知。等到自覺資源累積一定程度，加上由「生手」成為「專家」後，盼能再轉入電子媒體後，能影響當前重量不重質的報導方式。如此大的宏願，不管實踐與否，在自己理想的規劃中，最後想返回學術的研究，接受再教育的過程，達到終身媒體教育的理想，同時將實務的成果支援理論的發展，回到學術界的立場，對整個社會做好監督的角色。

結論

　　此一生涯計劃，相信自己除具備優異的學習能力與態度、堅決到底的決心、主動積極的人格特質外，還有強烈的熱忱與濃厚的興趣。因此，在信心、決心與毅力的互相增強下，將是落實計劃的最大保證。而對於人生長程的規劃，在未來無數的變數下，僅能做概括的預期與描述，但對於終身學習的信念，卻是不變的。

◎工業工程系報考工業工程所

（一）就讀動機

　　自大二開始，真正接觸到工業工程專業領域的課程，逐漸體會到工業工程的真正意函。在修習過工作研究、物料管理及品質管制之後，學習到以最少的資源，透過生產控制，獲得最好的品質以及最大的經濟效益。此外，在修過了物流管制、生產計劃與管制及管理資訊系統等課程，了解在 e 化潮流下的工業工程，不只是單純的減少工作時間、原物料及人員應用，更需結合生產之效率與滿足消費者個人化之需求，同時提升精良運籌管理、減少反應時間，這才是工業工程能夠帶來的最大效益。

在大學四年的專業訓練中，奠定學生紮實的理論基礎，但對於一些專門的課程以及理論與實務相互印證這方面的能力卻仍欠缺。基於上述原因，學生希望經由研究所中學習而能夠與業界有交流的機會，一方面將理論與實務相互佐證，另一方面增加專業領域知識，作為將來就業或繼續深造的助力。

（二）就讀研究所的志趣與方向

工業工程是一項跨領域的學門，學生對於將來研究所的研究方向，大致可分為下列三項：

1. 在工業工程的領域中，無論是在生產管制上或是在品質管制方面，「人」仍是十分重要的一項問題，雖然在企業電子化的趨勢下，從 ERP、SCM、到現在的 CRM 各種系統的引入，都強調 IT 的運用，但人員與組織的配合及建構具彈性的學習型組織企業，亦是決定了系統導入成功與否的重要關鍵。因此，學生期望對於未來 IT 技術導入的管理型態對組織的影響等相關議題，在貴所中有更進一步的研究和探討。

2. Porter 提出之『效率、品質、創新、顧客回應』等四項競爭力源點，學生認為唯有提昇效率、增強品質、產品創新與提高服務才是最為重要的基礎。在追求良好顧客服務的競爭市場，產品的優劣是最直接影響市場競爭能力的關鍵因素。因此，如何將所有生產資源作最佳化的整合以提昇產品在市場上的競爭力，亦為學生未來想要研究的方向。

3. 隨著電腦科技的日新月異與網路運用的日益普及，為使整個產業體系利潤極大化，產業間資訊共享已成為趨勢。在這種既競爭又合作的營運模式下，工業工程透過資訊科技與管理的結合，建構

一套完整的運籌與供應鏈系統，提供產業在這種新興營運模式下的解決方案，而達到雙贏的競爭優勢。而這種企業間營運模式的探討，也是學生在研究所中想要探討的方向之一。

（三）就讀研究所的能力背景

大二時曾修過了一學年統計的課程，當時並不能完全了解統計對於分析有何助益，在大三下學期的人因工程實驗及選修課程專題討論撰寫報告時，實際操作了統計軟體（SPSS）才真正明白到統計對於分析實驗數據的重要性。此外，學生預計大四下學期將再修習實驗設計，增強在這方面的分析能力。在大學四年的課程中，許多課程的成果都是用專題的方式呈現，也讓學生將來在研究所的論文中，有了最實際的練習。

在資訊素養能力方面，除了一些基礎的 Office 軟體與統計分析軟體 SPSS 及 SAS 之外，在大一時曾修習 AutoCAD，大二系統分析使用的 Power Designer，及應用程式設計的程式語言，大四設施規劃實習的 Factory5 都讓學生加強。此外，在專題製作過程中，也能善用電子資料庫，利用本校 SCI、EI Compendex 等索引資料庫及 Elsevier 電子全文期刊資料庫進行查詢及資料收集。

（四）就讀研究所的方式與態度

1. 甄試後準備：若順利甄試上貴系的研究所，在甄試後到研究所這段期間，學生應繼續加強統計分析及英文閱讀的能力，因為這是修習生產系統課程中最基礎的項目，此外，再接觸資料庫系統方面的書籍，以配合產業及目前研究趨勢。

2. 碩一：除了研究所安排的課程，希望能夠多方面接觸與生產系統相關的課程，更希望能藉由研究所與業界有直接的接觸，讓學生能夠將理論與實務相互佐證。

3. 碩二：在碩二時則致力於論文的寫作，與指導的教授充分的討論，進行撰寫的工作，逐步的修正，以完成學位論文之寫作。此外，在課餘時間，持續關心產業的脈動，為將來就業時作最佳的準備。

（五）研究所畢業後的計劃與目標

若能由貴系取得碩士學位，相信能將理論與實務相互印證，將來無論是繼續攻讀博士學位或是就業發展所長皆有助於學生得到更傑出的表現。

1. 短期計劃：在取得碩士學位之後，學生希望能夠將所學應用在實務上，一方面驗證所學，學習業界實務上的經驗，另一方面也為將來繼續深造做準備。

2. 中期計劃：若在業界工作一段時間覺得有需要，亦或是有適當的機會，學生希望能出國繼續深造，不僅能夠在不同的環境下，激發出自己的潛能，亦可藉由在不同的環境中學習、進修、自我成長，取得下一個優勢。

3. 長期計劃：希望能在業界累積更多的經驗，為業界盡一份心，並在事業穩定後利用多餘的時間，藉著贊助活動、擔任義工等來回饋社會。另外，在多餘的時間，繼續學習第二專長，活到老學到老，享受學習的樂趣。

二、練習與思考

1. 你想念哪間研究所？你對那間研究所瞭解多少？

2. 你知道自己的專長和專業技能是什麼？有哪些人格特質的優點與需要加強的地方？

3. 你打算如何安排研究所的生涯規劃？

4. 練習寫一篇 1000 字到 2000 字的讀書計畫。（可搭配表格、甘梯圖等）

第五章　如何寫「目標聲明書」申請研究所

How to Write a Statement of Purpose for Graduate Schools

臺東大學英美語文學系助理教授　沈富源（Fu-Yuan Shen）

臺東大學英美語文學系講師　Brent Walters（鄭威爾）

本章學習重點：

一、瞭解申請研究所的目標聲明書的功能和內容。

二、練習目標聲明書的寫作技巧。

　　申請國內或國外研究所通常需要申請人親自撰寫一份書面文件（written　document），這類的文件有各種不同的名稱：「自敘」（personal narrative）、「封面信」（cover letter）、「意向信」（letter of intent）、「申請論文」（application　essay）、「個人背景」（personal background）、「個人聲明」（personal　statement），「目標聲明書」（statement　of　purpose）、「研究所深造的目標」（objectives　for graduate school）。在此，我們以較常用的「目標聲明書」（statement of purpose）來統一概括其他的名稱，簡稱為 SOP。SOP 在中文通常俗

稱為「自傳」或「讀書計劃」，常誤導學生寫作方向，撰寫無效失敗
的自傳或讀書計劃，錯失入學機會。

第一節　目標聲明書的功用

　　SOP 的內容、格式、用途與中文所謂的自傳（autobiography）
相差甚遠。自傳是類似流水帳式，詳實地記載個人生活成長的故事。
SOP 則是簡潔地把個人的經歷中最重要的教育訓練、工作經驗，濃
縮成精彩的簡介。學生透過 SOP 介紹自己給申請的學校，讓對方的
學校知道你的人格特質（personality traits）、專業知識（professional
knowledge）、學術潛力（academic potential）、生涯目標（career goal）。
SOP 只要把個人的知識、技能、經驗最重要的部份，呈現出來就可
以了。冗長的自傳充斥著不相關的訊息，只會令人心生厭煩望而卻
步，根本無法吸引審查入學資格的教授去詳細閱讀。

　　SOP 也不只是狹隘的讀書計劃（study plan），敘述你要在研究
所修習什麼課程，寫什麼論文題目，何時畢業等瑣碎的事。除非學
校真地要你擬定研究所讀書的時程表，你大可不必要把書單、課程
名稱一一列出。你只要明確說明將來要攻讀的領域及未來研究的方
向就可以。最重要的是，你必須說明：(1)為什麼會對此領域有興趣，
(2)研究此學科的重要性，(3)用什麼方法理論探索你未來要研究的領
域。你必須在 SOP 中清楚明確地顯示：你有能力探討學術性的議題。
總而言之，SOP 不等於廣義的自傳，也不是狹隘的讀書時程計劃表。

中文常說，用自傳或讀書計劃申請國外研究所是不正確的。申請研究所，要準備的是目標聲明書（SOP）。

第二節　目標聲明書的寫作技巧

SOP 不只是要提供個人的訊息，更要展示你的寫作技巧（demonstrate writing skills），證明你具有基本學術寫作能力，可以在研究所進修深造。一定要不斷修改，務必要求文詞簡潔、內容充實、組織嚴謹，達到文情並茂。SOP 絕對不允許有任何錯誤（no single error exists），不可以有任何文法、用字、繕寫等錯誤。

壹、內容要與眾不同

一篇精彩的 SOP 應該有二大特色：與眾不同（make it distinctive）和簡潔有力（keep it brief）。SOP 的主要用途就是申請學校，要與別人競爭獲得入學許可。熱門的研究所競爭者眾，每位申請者的在學成績（GPA）、GRE、TOEFL 分數都在伯仲之間。所以，SOP 必須與眾不同，才能在眾多競爭者中脫穎而出。要如何與別人的 SOP 不同呢？多善用個人生活中獨特的經驗，以生動活潑的小故事（anecdote）呈現，即能吸引讀者的目光，更能表現自己獨特的夢想、希望、目標。SOP 若具有獨特性，就會與一般泛泛而談的自傳不同，自然會得到更多的注意，勝出的機會就大增。準備 SOP 一定要用心

針對每一所學校、每一個別領域徹底研究，再精心撰寫。隨隨便便抄襲一般的範例是很難與眾不同，無法表現獨特性。

貳、敘述要簡潔具體

SOP 的敘述力求具體（specific）、清楚明白（direct and straightforward）以免辭不達意。例如，申請文學研究所時，說自己喜愛研讀文學（I love to study literature）就顯得空洞不夠具體。你應該說明：你喜愛什麼文類，為什麼偏愛此文類，閱讀過哪些作品，修過哪些課程，做過什麼研究。上述模糊不清的句子：I love to study literature，應該修改成：Shakespeare's tragedies inspired me to contemplate about the ultimate values of human life and I wrote a 12-page term paper on the themes of *Hamlet* and *Macbeth*。

例如在申請英語教學研究所時，如果敘述動機只是說：我一心一意想成為英語教師（I have always wanted to be an English teacher），是不夠的。你可以想像每一位想申請英語教學研究所的學生，不都是想成為英語教師嗎？這種千篇一律的臺詞，有寫等於沒寫，只是浪費你的紙墨，浪費審查申請入學資料老師的時間。你應該說明想成為英語教師的特殊動機、理由，才能與其他申請者有所區隔，脫穎而出。上句失敗的敘述：I have always wanted to be an English teacher，應該修改成：English is more than just a subject to study and in fact it has become part of my life which I aspire to share with students。

　　同樣地，當你要描述你的人格特質（personal traits）也不可以用空洞的形容詞來說（tell）：我個人精力充沛有強烈企圖心（I am ambitious and energetic），這句話應該修改成：In order to prepare for graduate school, I regularly study for more than eight hours each day in addition to taking a part-time job in the library after school。用具體的事實：每天花八小時以上準備功課以及課後在圖書館工讀，證明（demonstrate）你的旺盛的活力及企圖心。

　　在 SOP 中，儘量使用活潑生動的文字來說明，使平淡的敘述有所變化。例如，One day on my way to school I met an American who tried to talk to me but I was unable to respond to him, so I intend to improve my English，可以試著改寫成：After being frustrated by trying to communicate with an American on my way to school, I realized how vital English communication skills are and decided to dedicate myself to raising my English abilities。但是，SOP 也不要用華麗辭藻或花俏的文字，而流於輕浮有失莊重。

參、語氣堅定表現決心毅力

　　SOP 敘述的語氣要堅定（definite tone），不要有任何猶豫。例如：我希望攻讀文學（I hope to study literature）語氣不夠明確，應該改寫成：我下定決心攻讀文學（I am determined to study literature），把「希望」換成「下定決心」更能顯示求學的意志。另一個例子：未來工作可能是想成為英語教師（I might like to work as an English teacher in the future），應該修改成：未來矢志終生奉獻英語教學（I want to devote myself to teaching English in the near future）。「可能是想成為」還停留在考慮階段，語氣不夠堅定；「矢志終生奉獻」語氣顯示你胸有成竹，對未來充滿信心。兩者語氣高下，判若雲泥。

要有自信地敘述自己的優點，但是不要吹噓（brag）、誇大（glorify）自己，例如：我是全校最優秀的學生（I was the best student in the whole school）就不恰當，應該改成：我的學業表現都維持班上前百分之五（My academic performance remained steadfast in the top 5% of my class）。另外，不要向讀者說教，陳述一些已知的事實。例如申請英語教學研究所，不要再說：英語是世界上最重要的國際語言（English is the most important of all international languages around the world）。現今，誰不知道英語是最重要的國際語言，用這句話來說明英語的重要性，根本是多此一舉，徒增笨拙而已。

第三節　目標聲明書的內容主題大綱

SOP 像一般的論文（essay）可以分成三大部份：引言（introduction），本文（body），結語（conclusion）。引言介紹整份個人聲明書的大意主旨。本文則詳細敘述個人的成長背景、學歷、專長、生涯目標等。結語簡要綜合各段的大意，重申個人求學的決心毅力。SOP 的主題大綱（topic outline），和各段的寫作要點如下：

I. 引言（Introduction）
　A.構思吸引讀者的開場白（a catchy opening）：
　　引文要有動人的開場白（hook）。可以用個人的經驗(experience)或親

身經歷的小故事（anecdote），來吸引讀者的注意和興趣。說明這個經驗（或小故事）如何啓發你想繼續唸研究所，精進專業知識與技能。

B.陳述生涯目標（career goals）：

從個人的生活體驗，再延伸到生涯規劃，清楚說明人生追求的目標。

C.說明想要申請的學校、學位、課程。

II. 本文（Body）

A.描述動機、內在特質、學術專長：

用數個段落（paragraphs）分別描述求學動機、人格特質、學術專長、工作經驗，並且用具體的例子（specific examples）詳細說明。所列舉的例子一定要和想攻讀的學科領域有密切的相關。

1.簡要背景介紹：

強調生長的背景萌生求學的動機（motivation）、熱忱（enthusiasm）。

2.學術專長：

列舉曾修過最有心得的一、二門課程，詳細說明在課堂上做過什麼計劃、活動、或報告。這樣可以顯示你對未來研究的領域有充份的準備，可以應付未來的課業。

3.課外活動：

敍述課外活動，例如兼差工讀、社區義工、社團幹部等。用這些課外活動來佐證你的人格特質，如勤奮、盡責、有領導才能等。

4.特殊的事蹟成就，例如比賽獲獎，發表作品：

列舉的事蹟成就要和申請攻讀的領域有相關聯，否則不用贅述。例如：新詩創作得獎和申請法律研究所沒有密切相關聯，就不用浪費紙墨敍述。但是，新詩創作得獎與唸文學研究所有關聯，就值得多加著墨，顯示你研究文學的潛力。

B.研究所攻讀的領域：

1.說明想要專精的領域（area of study）。

2.描述近程研究的目標。

3.敍述你研究的學科領域如何運用在未來的工作職場上。

C.列舉數個你想要申請的研究所的優點（strengths of graduate program）：

這一段可以顯示你對要申請的研究所有深入的瞭解，而且暗示你是經過慎重的篩選考慮才提出申請，不是盲目地追求文憑。但是，讚美對方的研究所，不可流於空泛的阿諛，例如：The University of XYZ is my dream school because it is said to be the most prestigious of all universities in the whole world to study literature，這類恭維諂媚的句子只會招惹反效果。

D.強調適性發展（fitness and compatibility）：

1. 說明你既有的專業能力、工作經驗奠定了未來進入研究所深造的基礎，你的各方面條件非常適合專攻某項學科。

2. 再一次重申研究所的課程適合你的生涯目標，可讓你發揮所長。

III. 結語（Conclusion）

A.綜合上述各段落的主題。

B.重申個人到研究所進修的意志堅定不移。

C.說明研究所的深造，有助於職業生涯的發展，個人理想的實現。

D.強調獲得研究所的學位，對未來長期的人生目標有決定性的影響。

本章習作

一、詳細閱讀附錄的英文目標聲明書範例，並且依據上述所列的主題大綱標準，分析其優劣。

二、選定一所你想申請的研究所，詳細閱讀其入學資格要求，參考範例草擬一份目標聲明書。

範例 1　申請歷史研究所

　　"Luscious fare is the jewel of inordinate desires," cautions the author of *The Gentlewoman's Companion* (1673), one of many early modern conduct books I surveyed this past year for an honors thesis entitled "'Chaste, Silent, and Hungry': The Problem of Female Appetite in Early Modern England, 1550-1700." As indicated by the title, this project explores a provocative but as of yet scarcely studied facet of early modern gender constructions: female food desire. I use the word "desire" here rather deliberately, as early modern definitions of appetite extended well beyond the physiological drive to eat to encompass all those physical (and shameful) longings associated with the body. And, in a culture where women were by definition immoderate and sensual, female food appetite, I argue, constituted an unruly desire that demanded both social and moral discipline. In brief, my research concerns the patriarchal control of women's bodies in sixteenth and seventeenth-century England vis-à-vis a cultural idea about food desire and satiation as suggestive and immodest.

　　In lieu of a formal introduction of my research interests and aspirations I offer a summary of my senior thesis, which earned me the 2003 Award for Excellence in Undergraduate Research at the University of Monte Cristo. This first venture into serious historical scholarship has affirmed my passion for early modern culture and history and it has given me the confidence to assert and contest my opinions regarding the status of women in early modern Europe and the current state of early modern historiography. Continuing along these avenues of research in graduate school, I would like to use my thesis as the basis for a future dissertation. Though I remain wary about committing myself prematurely to a specific topic of research, I am also eager to elaborate, modify, and complicate my original assertions about the nature of the "problem" of female appetite in early modern England. Indeed, many of the conclusions reached in the thesis, such as my claim that the cultural eroticization of feminine appetite in early modern England betrayed a deep-seated masculine mistrust of female sexuality and sexual power, serve as starting points for future research and study.

On a more basic level, writing a thesis gave me the chance to become better acquainted with the essentials of historical research. Suspecting that normative discourses in early modern England participated aggressively in the monitoring of women's appetites, I navigated the sea of early English printed sources in pursuit of the slightest mention of food and diet. Those sources I encountered during my research, which ranged from the popular conduct book, *The Education of a Christian Woman* by Juan Luis Vives, to the anonymous sex manual, *Aristotle's Masterpiece*, challenged my basic understanding of history and the original premise of my thesis in ways not anticipated. From deciphering esoteric type-fonts to developing an awareness of the importance of time and funds, I experienced the mundane realities of research that inevitably stunt the historian's aspirations. Even more important was my gradual acceptance of the fact that early modern sources, no matter how we read them, do not always accommodate modern biases and expectations.

Though I cannot predict the course this project might take in graduate school, I expect that it will address the following themes and issues. First is the overarching issue of distinguishing the phenomena I observe from other forms of food restriction and obsession, namely the modern ritual of dieting and its most extreme manifestation, an eating disorder. Though not willing to evade those complicated (and controversial) parallels between modern and early modern usages of food and food symbolism to control the lives of women, I also wish to offer as an historian a nuanced portrayal of how early modern conceptualizations of female appetite were infused with contemporary, historically contingent notions of sexuality and gender.

Furthermore, the question of female agency in a project devoted almost exclusively to male prescriptions for diet and behavior demands further discussion. Admittedly, on more than one occasion, my own extensive use and analysis of conduct books and various obstetric manuals, works composed primarily by educated men, caused me to pause and wonder whether it was best to relate a history about women's actions or the patriarchal apparatus under which those actions were oppressed. While I refuse to see women as simply passive receptacles of masculine command, I neither wish nor aspire to focus solely on their achievements; for, in my mind, the history of women and the history of patriarchy are inextricably related. My goal, then, will not be to detail just another example of how women in history were dominated by men, but, rather, to interrogate the means, in this case food, or, better yet, the cultural meaning of appetite, by which women's desires were suppressed or denied.

Indeed I am proud of my thesis and, given extra time, could say much more. But I should also stress that that at the heart of my specific research concentration lies a more general interest in early modern European history, cultural and women's history to be more exact. To date, my knowledge of the early modern period has been informed and my imagination sustained by an array of courses on early modern history and literature (I was a joint history and English major), including a graduate seminar on Renaissance urban culture taught jointly by Professors Denise Carlson and Harriet Dane. My personal penchant for cultural history stems largely, I believe, from my training in literature and literary criticism, where sensitivity to the importance of language and metaphor is a necessary skill. Also of crucial importance to a professional career in history are my growing skills in Latin and French, and my fluency in Spanish.

This year I find myself in that difficult and frustrating transitional period between undergraduate and graduate studies. Though I would have preferred to directly continue graduate school after graduation, I opted to take a year off. A year away from school, I reasoned, would afford me the time needed to recuperate from an exhaustive undergraduate education, gain some perspective, and work on fulfilling the language requirement for a doctorate in European history. In fact, I am currently enrolled in a French course at a nearby university and plan to take a subsequent course during the upcoming spring semester. This academic hiatus, moreover, has imposed some much needed distance between myself and my thesis, which I can now reread from a more critical, less invested stance. And, finally, a break from school has given me sufficient time to search and research for graduate programs that best suit my needs.

Your university's history program looms large in my mind, largely because of its outstanding faculty and interdisciplinary approach to history. In my own quest for a suitable graduate program, I was thrilled to learn that Professors Laura Taylor and Herman Calliprena both taught at your university. Professor Taylor's new book stands out among the many books I read during my undergraduate education; I credit his book with introducing me to the nascent but fascinating field of the history of sexuality and the body. Together, Professor Taylor's cutting edge research and Professor Calliprena's knowledge of early modern women's history would make my experience at your university a challenging and enjoyable one.

In addition, your university provides an ideal climate for me to develop my cross-disciplinary interests. In particular, I am interested in pursuing a designated emphasis in women, gender, and sexuality, a unique option that distinguishes your university's history program from that of other institutions. The cross-disciplinary nature of your university's graduate program would foster, I hope, fruitful discussions with other departments, notably the department of English and Women's Studies, thus broadening and enriching my research as well as my general understanding of early modern culture and history.

範例 2 申請法律研究所

Throughout my life, I have always known that helping others would be an integral part of my career. My parents raised me with the belief that we must constantly strive to touch the lives of the people around us. In the second grade, I received the first reward of my academic career: my teacher Mrs. Horodowich presented me with the "Most Likely To Be a Peace Maker" award. In later years, whenever I began wondering where my life was headed, my mother would remind me of that award. She has never questioned her conviction that I will one day "be a Peace Maker" somewhere and somehow.

During high school and college, I searched for my walk life. I looked at many possible career paths, yet I always came back to law. It is the only profession that perfectly matches my personality and goals, and gives me the ability to fulfill my lifelong dream of making a significant impact on our society through civil service. A vast majority of Congress and State lawmakers are lawyers meaning that the legal profession is the best career path to affect and improve the lives of others. I believe that God has molded me into the type of individual who cares strongly about his surroundings, and cannot be happy unless he is impacting those around him in a positive way. This conviction is deeply rooted in my everyday routine and in my overall life. I want to touch the lives of as many people as I can.

My burning desire to impact others has been with me throughout my life, but became most firm during my sophomore year in high school when I began serving in the student government as the voice of my constituents. As time progressed, I grew increasingly comfortable with stepping outside of the box. I realized that God had given me a gift to speak and that I could use that gift to benefit others. In May of my sophomore year, I attended the Hugh O'Brien Youth Seminar, which taught me how to think, not what to think. I quickly realized the impact I could have in my everyday life. After that short weekend, my life changed drastically. The leadership conference equipped me with new and unique tools that I could apply throughout my life. I grew hungry for more of these tools and ideas, and this caused me to see law school as a place where I could acquire them.

Although the trajectory of my long term goals has been clear to me for quite some time, I have not lost sight of the immediate future. After graduating from law school and sitting for the bar exam, I hope that my first job is not in civil service but instead in the private sector. The reason for this is that I am fully aware that I must have as much information as possible about the problem to better solve it. Working first in private industry will provide an opportunity for me to learn how the government currently affects people, both good and bad. This experience can provide a knowledge base for me to work from when I do eventually enter public service.

Sandy Beach University has offered me an excellent education, and has given me great opportunities to exercise my dreams. However, I believe that I would gain more from attending a smaller, more personal institution. While visiting your department and university, I found the small school atmosphere very exciting. I felt comfortable with the campus and had a feeling of being genuinely welcomed by all who I met. Bob, the admissions counselor, gave me a tour of the department's impressive facility. He made me feel at home, even though I had yet to apply. I was most impressed with the openness of the faculty who were very friendly and welcoming. I know that attending your university will provide me with the educational foundation to fully realize my professional and personal goals. I hope to make an important difference in society; your university will provide me the opportunity.

範例 3　申請教育研究所

I have often heard it said, "We have the technology; we just don't know how to use it." I believe this is especially true in the field of education. The following study plan for the Master of Arts Program at American Normal University will focus on *educational technology* and *leadership*.

I patterned my study plan from a cross-section of similar programs, from ABC University, CS University, Small Town College, and Winterfield University. For the first two enrollment periods my program will focus on three areas of emphasis (thirty semester hours of credit). Each area of emphasis is designed to answer a separate set of relevant questions in my field. The third and final enrollment period will be devoted to producing a scholarly thesis (12 semester hours of credit) that will demonstrate my mastery of this field. A detailed explanation of each area of emphasis follows.

***

The first area of emphasis, *New Perspectives in Education Delivery*, answers the following questions: What technology should be considered for educational purposes? What can it do? What can it do well? And, what can it not do? More specifically, this area will address questions on current themes and theories on technology and distance education. I will examine the critical issues from three perspectives: students, faculty, and administrators. I will research the social, cultural, and environmental implications of using technology in the classroom, keeping in mind that today a "classroom" has a very broad definition. This will specifically satisfy the college's requirement for demonstrating social and ecological literacies. Finally, this area will conclude with a survey of the educational marketplace to give me a better sense of today's choices for adult education. This may include an evaluation of program choices in general, based upon findings in the existing literature. Courses in this area are:

- Computers in Education and Human Development - 3 credits, Fall. This course requires reading texts on technology's role in the classroom. I will also become familiar with major journals in the field to better understand the various perspectives, publishing requirements, and the overall 'refereeing process' within the field of Educational Technology. By producing an annotated bibliography of my research in this area I will gain an understanding and appreciation of the social context in which higher education is practiced and explore the social, cultural, and environmental implications of using computer technology in adult education.

- Critical Issues in Distance Education - 3 credits, Spring. This course will examine current themes and theories of distance learning from three basic viewpoints: students, faculty, and administrators. I will conduct a thorough literature search of material on the topic, then submit a qualifying packet that answers the following questions: What makes distance education work for students? What kinds of students succeed and which ones fail? What do instructors need to do differently in distance education courses than in traditional classroom environments? What other problems do instructors face with on-line instruction? And what challenges do administrators have overseeing such programs?

- The Educational Marketplace - 2 credits, Fall. This course will survey today's choices for adult education. I will collect, analyze, and interpret information on certificates, trade/vocational skills, extension programs, personal development, and traditional degree programs. To narrow the scope of this project, I will limit my search to programs offered within my geographical area either by correspondence or a one-hour commute. Once a survey is complete, I will then provide a brief written summary of each choice and an evaluation of general types of programs based on the current literature.

***

Technology and Educational Pedagogy is the second area of emphasis. This answers the questions: Why do we use this technology? When should we use it? And, when should we not? More importantly, this area will provide me with a foundation of existing theoretical research and a historical background in the field. This emphasis should get me acquainted with existing literature, demonstrate my ability to evaluate texts in terms of usefulness, validity, relevance, and scholarly value. In addition, I will learn methods for making student assessments and identifying students with special needs. To narrow this area to a more manageable size, I will focus on the use of technology in teaching adult literacy. Courses in this area are:

- The History of Distance Education - 3 credits, Fall. Specifically, this course will require reading three to four texts on the history of correspondence courses for adults seeking formal college degrees. From that point, I will consider theories on the influence of technology, from the industrial revolution and beyond, on distance education programs of all types tracing the development of today's explosion in learning opportunities from its place of historical origin. I will produce an annotated bibliography and a written summary of my research for this course.
- Teaching Adult Literacy - 4 credits, Spring. This practicum provides a foundation in the theories and methods for teaching adults to read and write English. I will attend volunteer training

at [a specific college] and volunteer time teaching adults to read. Additional support will come from reading texts and journal articles on teaching methodology and the use of technology in this process.

- Teaching Adults with Special Needs - 3 credits, Spring. This course will focus on the use of technology to help different students face the same challenges. I will also learn methods of assessment and identification, various labels and classifications for students outside the "norm," demographic identifiers used for funding and research, academic standards and their exceptions, and how administrators can accommodate a diverse student population. To narrow the scope of this course, I may focus exclusively on adult literacy. I will produce an annotated bibliography of my research.

***

The final and largest area of emphasis is *Media and Educational Applications of Technology*. This area will answer the question: How do we use technology? I will focus largely on gaining practical experience and competence in using specific computer hardware. I will learn software applications for instruction and administration, both in the learning assistance and distance education environments. I will develop relevant presentations for students, co-learners and peers. I will research and learn how to use software for on-line courses, on-line tutoring, and on-site programs used within the learning center. Finally, I will learn which software applications are used for data tracking, record keeping and reporting by community college administrators. Courses in this area are:

- Managing Educational Presentations - 2 credits, Fall. This course will provide opportunities to develop and polish my skills in making interesting professional, academic presentations. I will learn software applications, such as PowerPoint. As a result of this course I plan to give informed, scholarly, and passionate presentations to faculty, staff, students, and co-learners at my both local community college and Prescott College.

- Educational Hardware Systems and Networks - 4 credits, Spring. This course will make me familiar with the technical aspects of using computers, peripherals, and local networks in an education/learning center environment. Completion will be a written and graphical explanation of a sample network for an adult learning center.
- Applying Educational Media and Technology (Part One: Learning Assistance) - 2 credits, Fall. This course is designed to become familiar with software applications used in learning assistance. I will learn how to run programs for on-line tutoring, as well as individual software applications that give students practice in reading, grammar, and writing, such as Learning Plus, Pass Key, etc. This course includes completion of CRLA requirements for the Master Tutor certificate.
- Applying Educational Media and Technology (Part Two: Distance Education) - 2 credits, Fall. This course is designed to become familiar with software applications used in distance education. I will learn how to run programs for on-line courses such as Connect, Common Space, etc. Completion will require the student to directly assist in developing a web page for at least one department at the local community college.
- Record Keeping and Reporting for Community College Administrators - 2 credits, Fall. This practicum will introduce me to data tracking, data warehousing, institutional research, and the necessary reports colleges use to document individual student and program success. I will develop a master calendar of required reports and submit them as directed by my practicum supervisor.

- Thesis - 12 credits, Fall. I will write a thorough, academic thesis, which demonstrates a mastery of current knowledge and theory in the field of educational technology and leadership, as well as demonstrate my ability to integrate theory with the practical aspects of the previous two enrollment periods. I will develop my research ideas more fully during the first two semesters of study and complete a full thesis plan by the fourth packet of my second semester.

***

In conclusion, my goal is to fully prepare for a career as an administrator at an adult learning center or community college campus. I want this program to help me build the skills that will allow me to:

- answer questions about learning assistance and distance education;
- counsel students on their educational choices;
- test students to determine their educational levels and needs;
- assist students in setting and reaching goals;
- find appropriate text books and computer software;
- develop individual, on-line, and distance learning programs;
- help adult students learn new material and update their skills;
- keep records and compile reports for administration and state agencies;
- and promote programs through media and speaking engagements.

範例 4　申請英文研究所讀書計劃

I.　Motivation and preparation for an advanced study of literature

It is really unbelievable to me that I have chosen to study literature in graduate school. Four years ago, I knew very little about literature even though I had some basic instruction prior to beginning my undergraduate study. The first time I really began to seriously consider literature can be traced to the first semester of my undergraduate period. In my undergraduate program, all freshmen are required to take Introduction to Literature. The textbooks for this course include World Literate Made Simple by Richard A. Alcock, Bible Story by Pearl S. Buck, and An Introduction to Literature by Sylvan Barnet. These books gave me a general, basic idea about literature and I suddenly realized that English Literature was an area of study unto itself.

As a sophomore at National Taitung University, I took several other courses about literature. Gradually, the literature courses I took became more and more challenging. The first threshold for me was English Literature. Our professor chose The Norton Anthology of English Literature, and Essay from Contemporary Culture by Katherine Anne Ackley. Those books opened my eyes to the breadth of English literature. Later, I chose to take the elective course, English Poetry, and with this the world of English poetry was opened to me. For this course our professor utilized Sound and Sense: An Introduction to Poetry by Perrine and Arp, and we also read several Shakespearean plays such as King Lear, Romeo and Juliet, Hamlet, and A Midsummer Night's Dream. These courses help to shed more light on each historical period of literature.

However, I know becoming a literature teacher does not solely require me to interpret and explain the story at hand. Instead, I must delve into other fields of study to be able to explain my concepts and criticism of literature. For this reason I chose prose and drama as my optional courses to expand my critical thinking of these areas. I also read books such as Educating Rita by Willy Russell, A Doll's House by Herrick Ibsen, A Picture of Dorian Gray by Oscar Wilde, and other timeless novels such as Pride and Prejudice, Wuthering Heights, and Heart of Darkness. Through these various courses and readings, I acquired more professional knowledge about various English genres of literature from individual, historic, economic, and social perspectives. However, from this broad background, I am most interested in researching socio-affective factors present in literature.

During the third and fourth year of my undergraduate study, I realized that I wanted to study literature in graduate school. I took more literature courses, such as "American Literature", and "British Drama," and "Shakespearean Plays." I read The Taming of the Shrew by William Shakespeare, A Doll's House by Herrick Ibsen, and Wide Sargasso Sea by Jean Rhys. Meanwhile, my understanding of literary theories, for example, feminism, imperialism, and naturalism, gradually grew as I was exposed to more and more Western classics.

II. Preparation before attending the graduate school of Teaching English

My undergraduate study in English was comprehensive as I spent equal time studying literature and poetry and improving my speaking and writing skills. Among the speaking courses I took were: six semesters of English listening and speaking; two semesters of English debate; and one semester of English grammar and rhetoric. The literature classes I took consisted of: two semesters of introduction to literature; four semester of general English literature study; two semesters of American literature; literature theory; English poems; English prose; Shakespearean plays; and feminism and literature. I also have taken six semesters of linguistics, four semesters of children's literature, and three semesters of Japanese.

As I have been planning to study literature in graduate school for quite some time, I took relevant preparatory courses as much as possible. I spent a significant amount of time pondering various literary theories such as racialism, post-modernism, and naturalism in anticipation of graduate school. I know that although I may not research in most of these areas, I must have a firm theoretical foundation so that I can more efficiently spend my time in graduate school researching my own topic of interest.

For English as a second language learner like myself, there is a need to continually improve and sharpen reading skills. With this in mind, I have forced myself to read English works independent of my undergraduate courses. For example, I am most interested in the Renaissance and Romantic period of Western literature and have read many works from this period outside of my coursework. By doing this, not only do I increase my language ability but also continue to familiarize myself with what will likely be the focus of my graduate research. I also spend time improving my professional awareness by reviewing domestic and international magazines and research papers on English literature. I believe this extracurricular exposure may give me a head start on my graduate school classmates because I am already familiar with contemporary criticism and current research.

Humanities students usually are not the most technologically sophisticated and I believe this is a point of major weakness in our fast paced, computer-oriented society. For this reason, I have taken the time to stay up-to-date on the latest technology and informational tools. As a result of this, I am perfectly comfortably working in Microsoft Word, Excel, Power Point, and Front Page, as well as fairly competent in conducting electronic research. These skills will allow me to easily transition to computer-assisted instruction which is emphasized at your university. Being familiar with electronic research will allow me to more easily obtain foreign literary sources.

III. Objectives for graduate school

A. Course study plan

I plan on taking fundamental courses, such as *English Literature*, theoretical courses, such as *Imperialism: Theory and Method*, and some professional courses, such as *English Ability Measurement*, *Language Assessment*, and *Curriculum Design*. I believe this balanced approach will allow me to increase the breadth of my knowledge and make me a more versatile teacher in the future.

Table 1. Tentative Plan for Graduate Courses.

Time	Course	Goal
Prior to graduate school	Compulsive literature texts and theories; English listening, speaking, and writing.	To acquire a comprehensive grasp of literary criticism while continuing to develop my knowledge of Western classics.
Master Year 1- First Semester	1. Theory and Method 2. Second Language Acquisition 3. English Writing 4. Old English period 5. Medieval English Period	
Master Year 1- Second Semester	6. Literary Theory 7. Second Language Acquisition 8. Renaissance 9. Neoclassicism	

Master Year 2- First Semester	10. Second Language Acquisition 11. Romanticism 12. Victorian 13. American Literature	Formulate, refine, and outline my master's thesis topic; continue to improve
Master Year 2- Second Semester	14. Modern American Literature	my professional competency
Master Year 3- First Semester	Master Thesis	Research and draft thesis.
Master Year 3- Second Semester	Master Thesis	Complete and defend thesis.

I plan to regularly read research papers in order to stay on top of current topics in literature as well as to deepen and broaden my vision. I will actively take part in many seminars, conferences, or other relevant activities that correspond to the domain of literature in order to uplift my research ability and professionalism.

B. Personal goals for graduate school

Graduate school will most certainly educate me in the substance of English literature as well as improve my professional competency. However, some things that develop in graduate school are not measured by tests or exams. The following abilities are traits that I hope to continue to develop in graduate school:

   i. Being able to explore, analyze, criticize, compare, and think critically.

   ii Being better able to express my thoughts eloquently, clearly, and properly.

   iii Being able to illustrate and observe things objectively and professionally.

   iv Being able to communicate, negotiate, interact, and cooperate with group members.

 v Being able to go forward on research professionally and individually.

 vi Being able to practice and write professional and critical research papers.

C. Potential thesis topic

  After entering graduate school I will determine the topic of my research <u>paper for my Master Thesis</u> and begin to search for relevant references. <u>collect data, information, and reference.</u> <u>For the smooth fulfillment of my paper,</u> I would like <u>to spend time researching</u> to do research in the Renaissance and Romantic Period <u>in English</u> literature.

  We all know that William Shakespeare is a world-famous playwright and sonnet writer and Christopher Marlowe is famous for his articulation of the human's desire for forbidden knowledge and power. We can make use of modern theories such as imperialism, feminism, industrialism, and materialism to take a fresh look at Shakespearean plays. For example, some scholars have recently identified and expounded on the presence of feminism in <u>The Twelfth Night</u> and imperialism in <u>The Tempest.</u> In my opinion, it is interesting and innovative to apply modern theories to classical literature. Truly innovative thinking and criticism is much more valuable than conventional literary analysis. Also, the social, economic, and political background of Romantic Poets must not be separated from a careful review of their works. For instance, William Blake's The Songs of <u>Innocence and Experience</u>, and Byron's <u>The Childe Harold's Pilgrimage</u> are reflections of society and their own comment on socio-economic injustice.

  In this way, I hope my research can arouse more critical inspection of these classic works. I would like to analyze the writer and poet's social background and make use of modern theories in order to make my research more active, independent, and efficient.

D. Ultimate career objectives

After receiving my Master's Degree, I plan to challenge myself to complete a doctoral program either at home or abroad. To me, literature is so profound and sophisticated; I would like to devote myself to its study. Furthermore, studying literature does not mean just a shallow textual reading, but the application of various theories and the association of the poets or authors to their environment and social background. Also, being a female researcher, I would like to continue to explore feminist theories and perspectives in various works. Feminist research remains a central vehicle for the continued advance of sexuality equality. Not only did female writers state the indignant situation of women, some authors were observed to show the reverse discrimination among women, such as Alice Walker's The Color Purple and William Shakespeare's The Taming of the Shrew. For my exploration of literature, I would like to dedicate myself to the research and be given the chance to share my knowledge and love with others.

IV. Conclusion

In order to achieve my objectives, my dreams, and my goals, the best choice is to enter Green Sea University's Literature Master's Degree program. I am an ambitious student who is eager to learn and I really hope I will have the opportunity to study, learn, and research at your great university.

範例 5　申請商學研究所（市場行銷）

　　Since the economy has been in a slump, I felt frustrated when my English department received less funds than expected for our English drama performance. I asked my father for a solution to this problem. This was the first time that I became aware of the clever strategies that are needed when fund raising. My father told me that I should do my homework on a strategy before acting to raise funds. Specifically, we needed to alter our drama to provide for product positioning and targeted marketing so that sponsors will be allured to support our program. From this experience I discovered that marketing is not only interesting, useful, and challenging, but can be extremely personally rewarding when it is successful.

　　My father works as a marketing manager in a food-products company. He always offers his unsolicited analytic opinions when we watch television or go shopping in supermarkets. From my father's constant and unrelenting critiques and opinions, I believe I developed an innate marketing sense. I think marketing is more than just a subject at school. Actually, it is part of everyone's life. However, because I studied English during my undergraduate study, there is a lot of marketing knowledge I am eager to acquire. With that in mind, I decided to apply to the Marketing Program at National Kaohsiung First University of Science and Technology.

　　Globalization is the paradigm of the twenty-first century. Communication in English is now a prerequisite to global success. Since my career goal is to be an international marketing manager, I must master English and possess a focused knowledge of business. During college, I took eight English Writing and Speaking classes. I am confident that I can communicate with foreigners in English. For example, my English skills were challenged last summer vacation when I got the opportunity to study in America for two months after winning a scholarship. While in the United States, I took English Reading and Writing courses which help me to develop my critical analysis skills and at the same time exposed me to American ways of thinking. I now have no difficulty sharing my opinions with class members from different countries or foreigners that I meet outside of school.

Studying in America was invaluable because it helped me develop a global perspective for viewing the world. Part of my motivation to continue studying is the high degree of international competition that I witnessed in America. I now regularly read business magazines in my free time in order to learn about business and stay up to date on current developments. Besides absorbing important business concepts, reading business journals help me enlarge my analytical and critical thinking skills.

In the field of marketing, I have developed a special interest in service marketing by participating in extracurricular activities involving underprivileged children. My volunteer work concerned teaching aboriginal children English. During my time teaching I came to see that children are similar to consumers who should be treated individually. From this perspective I searched for the appropriate ways to meet every child's needs. I applied the concept of individual marketing to my teaching and it had very positive results.

I have also been able to intimately experience service marketing during my part-time job working as a waitress in a Japanese restaurant. I always like to introduce new customers to our specialty and where its materials come from; therefore, our customers are more likely to feel that our restaurant is reliable. In addition, verbalizing invitations and cordial phrases such as "Thanks for coming" and "Thank you and see you again soon" shows our service enthusiasm to the customers. Maintaining a neat and tidy uniform also presents the image of a highly disciplined team who will spare no detail to carefully serve our customers. All of these strategies are effective to demonstrate to the customers the restaurant's management ideal. This embodies the values of service marketing.

What I expect in my life is to be creative and innovative. I want to expand business knowledge and hopefully I will one day acquire an expertise in a core competency. I believe your school can help me to achieve my goals. I am especially attracted to study at your school because of the school's "sandwich teaching style" which blends knowledge with practice. This teaching design perfectly suits my outgoing personality and I believe I can excel in such a program.

Although evolving from an English major to a business student is a great challenge, I am confident that I can meet the challenge because I have much more global perspective than other competitors and I have successfully tackled difficult challenges before. There is no obstacle great enough to stop me from studying business and marketing, and, in this vein, I have even enrolled in a cram school marketing class. There is much yet that I must learn, but if given the opportunity to continue studying at the graduate level I will persist with all dedication and determination.

第六章　契約書、報告書

臺東大學華語文學系助理教授　許文獻

本章學習重點：

一、考察契約之成立要件。

二、瞭解契約之義界、性質、分類與結構。

三、熟稔契約之實務事項。

四、契約基礎概念之建立，包括：契約之定義與性質。

五、瞭解現行契約之主要分類。

六、強化契約撰立之前置步驟——契約之結構與格式。

七、透過現行契約範例之導讀，引入實作教學之基礎觀念。

八、實務習作。

第一節　契約書

　　契約乃人類生活信譽機制之主要構成要素，舉凡生活中任何約定事項，皆可透過契約而加以約制。而我國契約始制於西周史牆盤

與戰國侯馬盟書，或可視為我國契約之肇始雛型，且從其內容亦可
得知：舉凡國中大小事，皆可以用契約之制約內容加以統一律定。
然而，現代生活事務日益機要繁瑣，為求各項事務能順利推展，確
有熟稔契約章法之必要性，因此，本文將從契約之定義、分類、格
式與實例等內容著手，試說現代契約之相關作法與實務。

壹、契約之定義與性質

《說文》釋「契」為「大約也」（卷十下「大」部），有慎重約
束之意，而經傳多以為「契」字乃「栔」字之假借，即「栔」字乃
「契」字之本字，寔亦可知「契」字字義或具有刊刻載明之引申義；
又《說文》釋「約」為「纏束也」（卷十三上「糸」部），據此，可
知我們所說之「契約」，應該是一個義近之準同義複詞，是為了表達
約定或約束之最高意恉，而古漢語亦有所謂「契據」、「文契」、「契
券」等詞，也都屬於這類意義之相關詞彙。

而張仁青以為「契約」乃：

> 二人以上，根據法律、條例或一般習慣，同意訂立互相遵守
> 之條件，而以文字為憑證者。[1]

蔡信發師則以為：

> 訂立契約，是一種法律行為，用來規定當事人的權利與義務，
> 凡是兩人以上，就某一事項，在不違背法律或一般習慣的原

---

[1] 詳見成惕軒校訂、張仁青編著《應用文》，臺北市：文史哲出版社出版，2002
年9月第三次修訂，913頁。

則下，彼此商訂條件，相互遵守，而用文字寫明作為憑證的，都叫做契約。[2]

黃俊郎則為「契約」之定義，復增幾項條件，其云：「二人以上，就某一事項，在不違背法律或一般習慣的原則下，彼此商訂條件，相互遵守，而用文字寫明作為憑證的，都叫作契約」，而黃俊郎又據我國現行法律，擬歸了幾條契約之法律要件，分別為「當事人均須有行為能力」、「必須經過要約承諾的程序」、「一定要依法定的方式」、「不得違反法律強制或禁止的規定」、「不得以不可能之給付為契約之標的」等。[3]今綜考張仁青、蔡信發師與黃俊郎之說，知契約之性質，大抵可以歸納為五大項：

一、相關人需為兩人以上。

二、需以文字載明契約之相關內容。

三、契約內容包含權利與義務，並具一定之約束力。

四、契約之內容與形式，不可違背法律與社會道德之規範。而所謂法律要件與道德規範，當包含：

　(一) 契約之相關人需符合我國法律所訂定「行為能力」之標準。[4]

　(二) 契約之成立，需經訂約各方之要約與承諾履行。

　(三) 契約需有法定書面之形式。

---

[2] 詳見蔡信發師編著《應用文》，臺北市：萬卷樓圖書公司出版，2005 年 9 月四版，325 頁。

[3] 詳見黃俊郎編著《應用文》，臺北市：東大圖書公司發行，2008 年 1 月修訂五版，311 頁~312 頁。

[4] 依我國《民法》之規定，凡具完全行為能力之人，指滿二十歲之成年人以及未成年人已結婚者。

(四) 契約之內容皆需合乎各項法律之規定與規範，包括刑法、民法、刑事訴訟法與各相關法律之條文精神、法定方式、法律強制或禁制等。

(五) 契約之內容需合理化，並合乎社會道德之規範，包括：

1、不得訂立危害國家社會安全之契約內容。

2、不得要求行使難以執行之行為。

3、不得違背善良民情風俗。

五、今謹試列「契約」之行為關係示意圖：

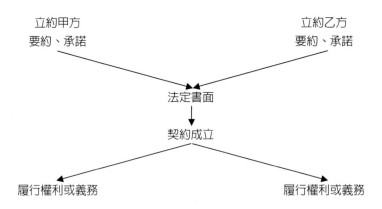

貳、契約之分類

現行契約之種類繁多，以內容性質而言，包括商業契約、人事契約、典押契約、租貸契約、民事契約與其他相關契約等，茲分作簡略說明如下：

一、商業契約：舉凡牽涉商業行為之相關契約，皆屬此範疇。而此類契約又可分為：

(一) 買賣行為契約：財產權之移轉與價金約定乃此類契約成立之兩項條件。

(二) 招商工程契約：以契約內容而言，招商工程契約大抵有二：為立約一方執行工程者，此亦稱承攬契約；二人以上相互約定標包工程之契約。

(三) 圖書出版契約：此為記載編撰者與委託出版單位相關權利義務內容之契約。

二、人事契約：即聘請契約或僱用契約，其內容包含時間、約定義務與報酬等要項。

三、典押契約：此乃以不動產之典權與抵押為主之契約。

四、租貸契約：租貸契約之對象較典押契約更多、更廣，舉凡牽涉動產或不動產之租賃或借貸行為，皆屬此範疇。

五、民事契約：舉凡民法上所規定協調和解等相關事項之契約，皆屬此一範疇。

六、其他相關契約：其他經立約雙方約定，未違反法律規定或社會善良風俗之契約皆屬之，例如：借據、保證書、協議書、同意書、協調會報、眾人集會規範等。

因此，凡經立約雙方同意，並書面資料為證者，皆可屬契約之一類。然而，契約所涉及之層面亦非無所不包，倘不依法律規定、違反社會善良習俗與不合理要求者，皆未可屬契約義界之範疇也。

參、契約之格式結構

　　契約之內容依性質而異，如果依細目而分，則契約之格式結構大抵可分為八個部分：

一、契約名稱：需依上述契約之分類，明列該契約之性質，並儘量以更詳細之性質分類為主，例如：聘僱契約、房屋買賣契約、房屋租賃契約。

二、立約人：立約各方所約訂行使權利義務之人，即目前契約中所習見之契約甲方或契約乙方。惟立約人之身份不限個人，倘載明清楚，一般之機關團體亦可為立約人之單位。

三、立約緣起：即立約之前提與原因。

四、憑願文字：前已有言，契約之成立要件必需建立在「相互同意」之基礎上，因此，一份正式之契約亦需載明其相關內容，例如：「雙方相互同意」、「此係兩願同意」或「雙方一致同意」等字詞。

五、契約正文：即契約之主幹，其內容需包含幾項內容：

　(一) 立約雙方之權利與義務。

　(二) 標的與標的物。[5]

　(三) 契約期限。

　(四) 立約保證。

六、署名用印：完成契約之內容後，仍需於契約之末尾署名用印，倘情況許可，署名與用印皆可同時並載，以昭誠信。

---

[5] 即依法律行為所產生之法律目的與效果，而標的物則指法律標的過程中之主要關鍵事物。

七、見證人或保證人：為強化契約之信度，往往在契約正文後，增列見證人或保證人之署名或用印資料。[6]

八、日期：此為契約生效之關鍵，尤需以大寫正楷數字標明清楚。

如果對契約之格式結構復作統整與分析，則其撰寫結構又可分為「主旨」、「願旨」、「正文」與「憑證」等四大要素。今試擬契約之結構表：

要素	內容
主旨	契約名稱
願旨	立約緣起
	立約人
	「相互同意」基礎
正文	立約雙方之權利與義務
	標的與標的物
	契約期限
	立約保證
憑證	署名用印
	見證人或保證人
	日期

若依執筆人或契約表格而言，蔡信發師則以為契約之格式當分為「單方敘述式契約」、「雙方條舉式契約」與「表列式契約」等三類，此亦可從之。[7]

又契約文辭之撰寫，需符合幾項原則：

---

[6] 傳統舊式契約又可見「三面言明」或「三面議定」之詞，此所謂「三面」者，即立約雙方與見證人或保證人三方之謂也。

[7] 詳見蔡信發師編著《應用文》，臺北市：萬卷樓圖書公司出版，2005 年 9 月四版，332 頁~336 頁。

一、文辭之使用需符合簡潔扼要之原則。

二、契約內容之陳述，需具條理性，或用條列式，方易於明瞭。

三、契約文字之使用，需筆跡工整無誤，倘出現誤字之修改狀況，則需另於其旁署名用印，並註明修改之內容。

四、數字儘量使用大寫正楷字型，尤避免使用阿拉伯數字。

五、契約於兩頁以上時，需於裝訂處接縫處蓋上騎縫章。

六、若情況許可，契約立約可經法院公證，以昭公信。

因此在撰立契約時，尤需辨明契約之主要結構格式，以免損及立約各方之相關權利與義務，而記載內容亦需詳實、少塗改，以避免履約時不必要之糾紛。

肆、現代契約範例說明——以學生生活所需為主之契約[8]

前已有言，現代契約所含括之內容甚廣，而所牽涉之層面亦頗為複雜。今暫以學生生活所需之契約為主，試說明其撰寫製作時之相關問題：

一、房屋租賃契約：房屋租賃與學生之生活息息相關，然而，目前市面已可見多種房屋租賃契約之版本，整體而言，此類契約之撰立，應注意幾個要項：

　（一）立約人雙方之身份與產權，尤當釐清租授人與此房屋之產權關係，以避免不必要糾紛。

---

[8] 本章節所引範例，為因應電腦排版格式，暫以橫式書寫行之，然而，一切契約之實例撰寫，仍需以契約書實件之要求格式為主；而實例中所列人名，皆虛擬之名，相關事件亦僅為虛構耳。

(二) 租賃房屋之住址範圍，需載明清楚，包括公共設施、陽臺、套雅隔間或衛浴設備等。

(三) 租金之數量、付租方式與保證金金額等，皆需載明清楚，甚至繳納期限、保證金之退還方式等細項，亦需載列於文。

(四) 立約雙方均需同意契約書中所載明之使用房屋注意事項（使用與維修）、違約處理與其他相關事項。

(五) 房屋水電費或電腦使用費之付款方式，亦需於契約書中載明清楚。

(六) 茲簡列房屋租賃契約之實例如后：

房屋租賃契約書

立約出租人李大同 署名用印 （以下簡稱甲方）
立約承租人王小明 署名用印 （以下簡稱乙方）
乙方連帶保證人（周中人 署名用印 ）
立約雙方協議租賃，訂立本契約，相關條件如左：

第一條：甲方房屋所在地與使用範圍：臺北市中正區愛國路 11 巷 9 號 15 樓（包含陽臺）

第二條：租用房屋相關時程
　　　　一、甲方自民國九十七年八月一日至民國九十九年六月三十日，將上述所議定房屋租予乙方。
　　　　二、租屋期間，甲乙雙方若欲臨時變更租屋時程，當於一個月前通知對方。

第三條：租金、保證金與租金之相關事宜：
　　　　一、乙方每月一日前交付新臺幣陸萬元整租金予甲方。
　　　　二、乙方於租屋簽約時，當另交付保證金玖萬元予甲方。
　　　　三、於租約期滿時，甲方需將保證金無息還予乙方。
　　　　四、若乙方積欠租金達參個月以上，則甲方得終止租約，並停止租賃關係。

第四條：房屋使用注意事項：

一、未經甲方同意，乙方不得擅自將房屋轉租或頂讓，亦或變更用途。

二、乙方需善盡維護房屋一切設施之責任，若因不可抗力因素而致損壞，則由甲方負責修繕。

三、房屋用途不得危害公共安全，亦不得影響鄰居生活作息為要。

第五條：其他事項：

一、房屋之自來水、電力與電腦使用等費用，由乙方承擔，並自行憑據繳納；若因延遲繳納，以致遭斷水、斷電或斷訊者，其恢復之費用，亦由乙方負責。

二、租賃期間之房屋捐稅，由甲方繳納。

三、本契約如有保證人，則保證人負連帶保護責任。

第六條：本契約書乙式貳份，甲乙雙方各執乙份為憑。

甲方　姓名：李大同 署名用印
　　　住址：○○○○○○○○○
　　　身分證號碼：○○○○○○○○○

乙方　姓名：王小明 署名用印
　　　住址：○○○○○○○○○
　　　身分證號碼：○○○○○○○○○

保證人　姓名：周中人 署名用印
　　　　住址：○○○○○○○○○
　　　　身分證號碼：○○○○○○○○○

中華民國玖拾柒年捌月壹日

二、汽機車租賃契約：由於交通事業之發達，現今學生生活與汽機車密不可分，或以為通勤器具、亦或作為閒暇娛樂之用，因此，亦常接觸汽機車租賃之相關事項。今本文試以現行汽機車之租賃辦法，簡要說明汽機車租賃之注意事項：

(一) 需注意提供出租之商家，是否為合法之營利商家單位。

(二) 現行汽機車租賃契約皆已電腦制式化，惟簽約時仍需注意契約之規定內容。

(三) 租用時間需載明清楚，尤可詳細載明至刻鐘或分鐘之單位，而計價方式亦需於簽約時問明清楚，若能詳載於契約書中，則更能避免交易時所產生不必要之糾紛。

(四) 部分契約書具有油量顯示圖，此亦需於簽約時，注意其所填具之數量，以作為計價之參考。

(五) 部分商家要求租用汽機車時需另附證件影本、甚至押放證件或簽立本票等，此於撰立契約時，皆需於契約中作說明。

(六) 租用汽機車最重視安全度，簽立租用契約時，亦應同時注意所欲租用汽機車之性能與保養情況，並請隨身攜帶租用汽機車之行車執照。

(七) 日後倘有交通罰單，則亦需於契約中載明處理方式，以避免糾紛。

(八) 任賃汽機車，需特別注意安全，所欲租賃汽機車之使用與維修狀況，皆需於立約取用汽機車時問明或查明清楚。

(九) 茲列汽機車租賃契約之簡例：

汽機車租賃契約書

立約人李大海 署名用印 （以下簡稱甲方）
承租人王小明 署名用印 （以下簡稱乙方）
連帶保證人 （劉大陸 署名用印 ）
立約雙方協議租賃，訂立本契約，相關條件如左：
第一條：甲方提供租用之汽機車車號為：AAA999，屬 125C.C.排氣量之重型機車，出廠年份為 1998 年 6 月（附行車執照）（油量：低　中　高）
第二條：租用期限：
　　　　一、乙方向甲方租用此汽機車之時程為：自 2007 年 9 月 3 日 07 時 00 分至 2007 年 9 月 5 日 19 時 30 分止。

二、每小時租金為新臺幣壹百元整，乙方需於取車時繳納。

三、乙方同意提供證照影本，以作為身分證明之用，而甲方需於乙方歸還所租用之汽機車時，將乙方所提供之證照影本銷毀。

第三條：使用汽機車相關規定：

一、當遵守交通規則，不得有危害交通安全之情事。

二、歸還油量，請依據出車時之標準，倘差異甚大，則酌予依油價計價。

三、日後如有罰單之情事，據查明清楚，則由當時之租用者負責。

第四條：本契約書乙式乙份，正本由甲方收執，影本則由乙方收執。

甲方　姓名：李大海 署名用印

住址：○○○○○○○○○

身分證號碼：○○○○○○○○○

乙方　姓名：王小明 署名用印

住址：○○○○○○○○○

身分證號碼：○○○○○○○○○

保證人　姓名：劉大陸 署名用印

住址：○○○○○○○○○

身分證號碼：○○○○○○○○○

中華民國玖拾陸年玖月參日

三、人事僱用契約：此類契約可分為聘請契約與僱用契約，實則兩類之性質相同，其惟聘請契約之禮遇程度較高而已。而現今學生常在外打工兼職，甚至已有全職工作，因此，亦常接觸人事僱用方面之契約。整體而言，此類契約撰立時，需注意之事項，大抵有六：

(一) 需確立僱用期限，儘量以年或月等較大之時間單位為訂立原則。

(二) 此類契約之工作性質與內容，至為重要，需載明清楚，以避免勞資糾紛。

(三) 薪資報酬需載明清楚，且其是否含健保費用，亦需載明。

(四) 勞資雙方需詳訂續約與解約原則，以建立雙方之互信機制。

(五) 此類契約為勞資雙方約議，毋需保證人。

(六) 茲列人事僱用契約之簡例：

人事僱用契約書

立約人李大山 署名用印 （資方，以下簡稱甲方）

受僱人王小明 署名用印 （勞方，以下簡稱乙方）

立約雙方協議僱用，訂立本契約，相關條件如左：

第一條：甲方僱用乙方為財務專員，負責協助處理本公司每月之財務報表，工時依本公司專員時數之規定：每週伍天，每日捌小時。

第二條：僱用時程：

　　　一、甲方僱用乙方之時程，自民國玖拾捌年捌月壹日起，至民國壹佰年柒月參拾壹日止，為期貳年。

　　　二、甲乙雙方若欲解除僱用關係，則雙方需於參個月前以書面告知對方。

第三條：薪資報酬：

　　　一、甲方每月付予乙方薪資新臺幣肆萬元整（含健保費）。

　　　二、甲方給薪以轉帳方式為之，乙方亦不得要求貸提薪資。

第四條：其他相關事項

　　　一、於僱用期間內，乙方需恪守甲方之職場工作規定，不得有危害安全之情事。

　　　二、乙方執行業務，需以甲方之整體利益發展為優先，不得有私心或懈怠之行為。

第五條：本契約書乙式貳份，甲乙雙各執持乙份存參。

　　　　　　　　　　立約人（資方）

　　　　　　　　　　甲方　李大山 署名用印

　　　　　　　　　　住址：○○○○○○○○○

　　　　　　　　　　身分證號碼或公司單位登記號碼：○○○

中華民國玖拾捌年柒月參拾壹日

四、圖書出版契約：今大學院校競爭激烈，學校多鼓勵學生寫
　　作出版，因此，無可避免地將會面臨撰立圖書出版契約之
　　問題。關於此類契約之撰立注意要項，大抵有八：

(一) 立約雙方需確立著作權、智慧財產權與出版權之歸屬。

(二) 現行法律尤重智慧財產權，出版時需對己書內容斟酌再
　　　三，並於契約書中載明絕無侵犯他人智慧財產權之保證
　　　文字。

(三) 出版權之版印情況，亦需於契約中載明。

(四) 出版期間之校對與增補，亦需於契約中訂明時程與內容。

(五) 需於契約中載明版稅之分配狀況。

(六) 版稅比率建議以比例文字表示。

(七) 是否製作光碟或手冊等附屬品，亦需於契約中載明清楚。

(八) 茲列圖書出版契約之簡例：

圖書出版契約

立約編作者李大陸 署名用印 （以下簡稱甲方）

圖書出版者永遠出版社 署名用印 （以下簡稱乙方）

立約雙方協議出版圖書，訂立本契約，相關條件如左：

第一條：甲方編著《華語文學》乙書（含光碟），由乙方出版。

第二條：甲方需擔保以下各事項，並負法律上之責任，且不得有損害乙方權益
　　　　之行為：

　　　　一、甲方所編著本書之內容，並無侵犯他人智慧財產權之情事。

　　　　二、甲方未曾將出版權交予乙方以外之出版單位。

　　　　三、甲方未曾將著作權讓予他人。

　　　　四、甲方未曾以其他名義出版或發行此書。

第三條：乙方需謹守出版之相關規定，不得有損害甲方權益之行為：

　　　　一、未經甲方允許，乙方不得將出版權轉讓。

　　　　二、未經甲方允許，乙方不得擅自更動或增刪本書出版內容。

第四條：註冊與版稅

    一、乙方需協助甲方向主管機關註冊出版項。

    二、乙方需於此書出版後，按實售價壹成之版稅原則，付予甲方，付
        款結算方式，依本公司之會計年度結算而定。

    三、本書出版後滿壹年，由甲乙雙方評估再版之可能性。

    四、本書出版後，若有違反著作權法、出版法或其他法令者，應由甲
        方負責。

    五、本書出版前之校對，由乙方負責，並經甲方簽校後付印。

    六、甲方同意乙方於本書中酌予刊登廣告。

    七、本書出版後，乙方應無償贈與甲方樣書拾冊，其後每版再版時，
        亦應無償贈與甲方拾冊。

    八、本契約規定之版稅不可分割。

第五條：本契約書乙式貳份，甲乙雙方各執持乙份存參。

                          甲方　姓名：李大陸 署名用印
                                住址：○○○○○○○○○○○
                                身分證號碼：○○○○○○○○○

                          乙方　姓名：王小明 署名用印
                                住址：○○○○○○○○○○○
                                身分證號碼：○○○○○○○○○

                          保證人　姓名：劉大山 署名用印
                                  住址：○○○○○○○○○○○
                                  身分證號碼：○○○○○○○○○

                  中華民國玖拾壹年玖月壹日

五、民事和解契約：今學校與社會生活息息相關，而學生生活
    事務亦時有牽涉民事之情況，尤以和解契約最為常見；而
    民事和解契約之撰立，著重於立約雙方和解之方式過程與
    權利義務之說明，其撰寫要項大抵有五：

(一) 需載明原民事事件之緣起。

(二) 關於和解之處理方式，亦當於契約書中載明清楚。

(三) 立約雙方之權利義務需載明詳實，以免損及彼此之權益。

(四) 因民事和解契約之法律效力甚高，建議於撰立本契約書時，當請益法律專家，並邀請調解人具名、亦或另邀請保證人或見證人具名。

(五) 茲列民事和解契約之簡例：

和解契約書

立約債權人李大陸 署名用印 （以下簡稱甲方）
立約債務人王小明 署名用印 （以下簡稱乙方）
立約雙方因債務關係，今協議擬償還和解，訂立本契約，相關條件如左：

第一條：乙方於民國玖拾陸年伍月陸日，因創業基金周轉之故，向甲方以無息借貸方式借款新臺幣捌萬元整。依甲乙雙方議訂，乙方自民國玖拾柒年玖月柒日開始無息償還借款新臺幣捌萬元整。

第二條：償還方式：
　　　　一、乙方以分期方式償還：第壹期簽約日即償還新臺幣貳萬元整，第貳期於壹個月後當日續攤還新臺幣參萬元整，第參期復於第貳期之壹個月後當日還清剩下之新臺幣參萬元整。
　　　　二、乙方付款方式為支票償還。

第三條：甲方於本契約簽訂三日內，需向法院具狀撤回已立案之案件。而與此相關之法律程序費用，共計新臺幣壹仟貳佰元整，需由乙方負擔。

第四條：本契約書乙式伍份，甲乙雙方當事人、見證人與律師各執乙份為憑。

　　　　　　　　　　　立約人
　　　　　　　　　　　甲方李大陸 署名用印
　　　　　　　　　　　乙方王小明 署名用印
　　　　　　　　　　　調解人　劉青山 署名用印
　　　　　　　　　　　見證人　劉大海 署名用印
　　　　　　中華民國玖拾柒年玖月柒日

參考資料

成惕軒校訂、張仁青編著：《應用文》，臺北市：文史哲出版社出版，2002
　　年9月第三次修訂。
黃俊郎：《應用文》，臺北市：東大圖書公司發行，2008年1月修訂五版。
蔡信發師編著：《應用文》，臺北市：萬卷樓圖書公司出版，2005年9月
　　四版。

本章習作

一、某生王小明於九十八學年度考取國立臺東大學，並計畫於臺東
　　市大義路一段12號3樓，向房東劉強租賃房子，以作為未來四
　　年大學生活起居之處。試撰立此房屋租賃契約：

房屋租賃契約書

立約出租人（以下簡稱甲方）
立約承租人（以下簡稱乙方）
乙方連帶保證人
立約雙方協議租賃，訂立本契約，相關條件如左：
第一條：甲方房屋所在地與使用範圍：

第二條：租用房屋相關時程

第三條：租金、保證金與租金之相關事宜：

第四條：房屋使用注意事項：

第五條：其他事項：

第六條：本契約書乙式貳份，甲乙雙方各執乙份為憑。

　　　　　　　　　　甲方　姓名：
　　　　　　　　　　　　　住址：
　　　　　　　　　　　　　身分證號碼：
　　　　　　　　　　乙方　姓名：
　　　　　　　　　　　　　住址：
　　　　　　　　　　　　　身分證號碼：
　　　　　　　　　　　　　保證人　姓名：
　　　　　　　　　　　　　住址：
　　　　　　　　　　　　　身分證號碼：
　　　　　　　中華民國年月日

二、為了週日班遊之需求，某生陳大明打算向東東租車行租賃一部
　　汽車。試擬此租賃契約書：

　　　　　　　　　　汽機車租賃契約書

立約人　　　　　　（以下簡稱甲方）
承租人　　　　　　（以下簡稱乙方）
連帶保證人（　　　　　　）
立約雙方協議租賃，訂立本契約，相關條件如左：
第一條：甲方提供租用之汽機車車號為：　　　　　　（油量：低　中　高）
第二條：租用期限：

第三條：使用汽機車相關規定：

第四條：本契約書乙式乙份，正本由甲方收執，影本則由乙方收執。

甲方　姓名：
　　　住址：
　　　身分證號碼：
乙方　姓名：
　　　住址：
　　　身分證號碼：
保證人　姓名：
　　　　住址：
　　　　身分證號碼：
中華民國年　　月　　日

三、某生計畫利用暑假期間，至大大速食店打工。試擬其相關契約書：

人事僱用契約書

立約人　　　　　（資方，以下簡稱甲方）
受僱人　　　　　（勞方，以下簡稱乙方）
立約雙方協議僱用，訂立本契約，相關條件如左：
第一條：甲方僱用乙方為財務專員，負責工作為：

第二條：僱用時程：

第三條：薪資報酬：

第四條：其他相關事項

第五條：本契約書乙式貳份，甲乙雙各執持乙份存參。

　　　　　　　　　　立約人
　　　　　　　　　　甲方
　　　　　　　　　　住址：
　　　　　　　　　　身分證號碼或公司單位登記號碼：
　　　　　　中華民國　　年　　月　　日

四、某生王大明負責國立臺東大學華語文學系系刊之編輯工作，並
　　將於 98 年 4 月 30 日前出版。試擬此圖書出版契約：

圖書出版契約

立約編作者　　　（以下簡稱甲方）
圖書出版者　　　（以下簡稱乙方）
立約雙方協議出版圖書，訂立本契約，相關條件如左：
第一條：甲方編著　　　　　　，由乙方出版。
第二條：甲方需擔保以下各事項，並負法律上之責任，且不得有損害乙方權益
　　　　之行為：

第三條：乙方需謹守出版之相關規定，不得有損害甲方權益之行為：

第四條：註冊與版稅

第五條：本契約書乙式貳份，甲乙雙方各執持乙份存參。

　　　　　　　　　甲方　姓名：
　　　　　　　　　　　　住址：
　　　　　　　　　　　　身分證號碼：
　　　　　　　　　乙方　姓名：
　　　　　　　　　　　　住址：
　　　　　　　　　　　　身分證號碼：
　　　　　　　保證人　姓名：
　　　　　　　　　　　　住址：
　　　　　　　　　　　　身分證號碼：
　　　　　　中華民國　　年　　月　　日

五、某生王大明於 96 年時，向劉大海商借伍萬元，今欲和解。試擬
　　其和解契約書：

和解契約書

立約債權人　　　　　　（以下簡稱甲方）
立約債務人　　　　　　（以下簡稱乙方）
立約雙方因債務關係，今協議擬償還和解，訂立本契約，相關條件如左：
第一條：乙方於民國　　　　　，因　　　　　　之故，向甲方以　　　借
貸方式借款　　　　　。依甲乙雙方議訂，乙方自民國　　　　　償
還　　　　　　　。
第二條：償還方式：

第三條：甲方於本契約簽訂三日內，需向法院具狀撤回已立案之案件。而與此
　　　　相關之法律程序費用，共計新臺幣壹仟貳佰元整，需由乙方負擔。
第四條：本契約書乙式伍份，甲乙雙方當事人、見證人與律師各執乙份為憑。

立約人
甲方
乙方
調解人
見證人
中華民國　　年　　月　　日

第七章　活動企畫

臺東大學華語文學系副教授　許秀霞

本章學習重點

一、了解活動企畫的意義和作用。

二、能依目的撰寫適宜的活動企畫。

三、能有效執行各項活動企畫。

第一節　何謂「活動企畫」？

　　在大學生活裡，課業、愛情、社團是必修的三個重要學分。不管是任何一項，想要順利「達陣」，老實說，非要點「心機」不可。這「心機」可不是什麼壞事，不過就是擬訂個「攻略計畫」，從選定對象／目標開始，就步步為營，將每個環節會出現的因素考慮進去，如此，就能攻無不克，百戰百勝了！

　　這樣的「心機」，以學術用語來說，就是所謂的「活動企畫」。[1]「活動企畫」並非單指文字的撰寫能力而已，它是一項綜合、多元的能力，包括判斷能力、創造能力、組織能力、資訊能力、溝通能力、執行能力等等。易言之，活動企畫能力是一項個人綜合才能的展現，具備良好的活動企畫能力，就像擁有了哆啦A夢的百寶箱，在任何時候，都找得出解決問題的最佳法寶。

　　有鑑於這項能力的重要性，國內已有臺灣企劃塾推出「青年活動企劃師」的證照培訓班，專門接受各大學、機構委託辦理「青年活動企劃師」的證照培訓。該公司對於這項證照的開辦，有以下開宗明義的介紹：[2]

> **活動企劃已成為一項徵才的職務職能：**
>
> 不僅在當刻臺灣，廣大「活動產業」，早在各國、各城鄉漫燒。各類型活動已成為人們生活中共同話題、記憶、乃至主要期待，是人文采風、文化經貿、城市印記、乃至知名、產業競爭力的一環。企業、政府、非營利組織、工作室……藉「活動行銷」造就產業、文化、經濟、組織、個人發展的高潮，此項專業人才需求甚殷！
>
> **企劃力是校院菁英離校前最後一哩就業準備工程：**
>
> 職場上沒企劃能力，等於沒競爭力，但目前學校沒能教！校院青年培育企劃力最好的實作管道就是「活動企劃」。校院

---

[1] 到底是「企畫」還是「企劃」？這兩個字該如何分辨呢？請參見本章附錄〈中文期刊部統一用字表〉，就能有所依循。

[2] 參照 http://www.planning.com.tw/ccapp/page001.htm，98/4/26 瀏覽。

青年透過校院內外活動實際籌辦參與，不僅豐富擴展大學生
涯與見識，藉由活動萃鍊養成的企劃、執行能力，更是未來
在職場上得以發揮貢獻的重要憑藉。各學系所學知識，需透
過企劃力「轉化」才能符應實務工作需求。

這項青年活動企劃師（CCAPP）已連續辦理了三十期，並有各
大學與之合作辦理，可見得活動企畫的重要性，與人才需求之殷。

國內大學中，中正大學是國內辦理大專校院青年企畫師認證學
分班的先驅，該校校長羅仁權談到，「outcome base」是他當初的考
量，亦即依照未來想培養的人才，來規劃目前該有的在校訓練。由
於看中活動企畫能力的重要性，但也發現學生構思活動的創意與真
正落實執行的落差太大，畫了大餅卻缺乏實際執行力，導致整個活
動失敗。因此，他希望透過青年活動企畫師認證學分班及證照的辦
理，增強學生的企畫能力，進一步提升畢業生的職場競爭力。

其實，「活動企畫」的能力，不僅是在職場搶手，即使是在學
的學生，也常常遇到需要活動企畫的時候。例如各個學系在每年固
定會舉行為期一週的學系活動，如「語文週」、「特教週」、「幼
幼週」、「英美週」等。在辦理這些活動時，就需要一份良好的活
動企畫，以確保每個環節都能順利執行，讓活動圓滿成功。

第二節　「活動企畫」的預備能力

臺灣企畫塾執行長林俊廷提出所謂的「企畫七力」，包括了：「觀
察鑑賞力」、「資訊運用力」、「判斷預測力」、「創造加值力」、「系統

合整力」、「表達說服力」、「執行控管力」，說明在撰寫企畫書時，需具備的七項重要指標。這些面向較廣的能力係應用在產業推廣產業品牌、產品而言；而就在校學生而論，所謂的「活動企畫」，則是針對辦理各系、系際、校際，或是向校方、各機構申請辦理活動、活動補助的重要文案。今將在撰寫活動企畫時所需具備的能力條列如下：

壹、蒐集資訊的能力

大專院校在學學生所辦理的活動，大致上以傳承類的活動居多，亦即一些具有歷史意義、傳承不衰的活動，例如臺灣師大的西瓜節。這些例行性的活動，只要能好好參考歷屆活動檢討，要辦出像樣的活動其實難度不高。但若是要有些創意，在某些特定的時間、地點，辦理叫好又叫座的活動，則必需勤於蒐集相關資訊。

例如本校學生會近幾年來所辦理的「校園演唱會活動」，就需要事前縝密的規劃。例如邀請的歌手人選、場地的安排、是否收取費用等等，都必需經過問卷、訪談、觀察同學們的喜好、經濟能力等等，才能將校園演唱會活動辦理得盡善盡美。

貳、活潑的創造力

相同內容的計畫書，最後能否受到評審者的青睞，取決於計畫書的「創意」。商業時代注重的是利潤；是否有利潤牽涉的則是人氣與人潮。君不見現在各式各樣的平面、媒體廣告中，最受重視的就是「創意」一項。如果能有令人眼睛為之一亮的臺詞、文案，吸引著眾人的目光，人氣居高不下，當然也就能創造出活動的最主要價值及其延伸的附加價值。

例如，2009 年由 YAHOO 所辦理的「4A YAHOO 創意獎」最佳立體廣告獎金獎，是由公益廣告協會委託臺灣電通所製作的公益觀念推展——沒用篇。其訴求是「態度改變，孩子的人生也會跟著改變。」

廣告畫面是由二十個人舉著字卡排成兩列，先排出

「什麼都不能跟人家比」

「誰像你一樣沒有用啊」

一陣隊形變換之後，人員重組，同樣的文字經過不同的組合，就變成了：

「沒有誰能像你一樣啊」

「不用什麼都跟人家比」

本則廣告的創意在於文字的重組變化，這意味著同樣的一件事情，換個角度思考，往往就能海闊天空！

參、整合資源的能力

一項活動所牽涉到面相極為龐雜，各項要素必須能完美的組合，否則就有功虧一簣的危險。例如在辦理「迎新宿營」的活動時，首先要面臨的就是場地的租借問題。這部份必須考慮租金的多寡，設備的齊全與否，是否允許燃燒營火？以及路程多遠？同學們以何種交通方式到達，三餐、住宿、盥洗的解決等等。這些外在的因素解決了，還有晚會活動的安排，主持人人選、工作人員的安排輪值等等，務必要能面面俱到，才能使活動盡善盡美。

這時候，如果能善用一些社會資源，例如選擇願意提供場地的國中、小學，或是到救國團、學校各社團租借帳篷、睡袋等等，將能大幅減少人力、財力的支出。

第三節 「活動企畫」的架構

一份完整的活動企畫書，必須包含標題、緣起或目的、主辦／協辦單位、活動時間、活動地點、經費概算表部份。如果文件內容過長，最好再加上目錄以供讀者檢索。

壹、標題

一個好的標題能令人眼睛為之一亮，吸引讀者繼續往下閱讀。標題的訂立方法，可分成實務與創意兩種。如果是校內固定的活動，而且是具有歷史的，在標題上可著墨的地方較少。例如語文教育學系／華語文學系舉辦多年的「砂城文學獎」，在進行活動計畫的書寫時，為延續傳統，通常不再更改名稱。

但如果是將作品集結出版，則必須另取具有意涵、響亮易記的名稱來代表。例如97學年度集結出版的「砂城文學獎得獎作品集」主標題即為《邊地發聲》。[3]又例如華語文學系九十七學年度辦理的「知本空間命名」比賽，宣傳文案上以「命名點睛」吸引大家注意，但在出版專書時，書名則為《那景、那師、那後山》。[4]

一般常見的廣告招牌，常以諧音的方式來讓人印象深刻。例如臺東市「留校察看」（飲料）、「登堂入飾」（飾品）、醉大餓極（餐廳）等。某生啤酒的使用方法說明，更是得此諧音之妙：步驟一「卑鄙下流」（沿著酒杯杯壁注入啤酒）；步驟二「改邪歸正」（將傾斜的酒杯慢慢扶正），其想像之豐富，令人拍案叫絕。

---

[3] 《邊地發聲》書名命名者為華語文學系董恕明老師。

[4] 《那景、那詩、那後山》書名命名者為華語文學系簡齊儒老師。

訂定活動標題時，如能善用諧音，將能令人耳目一新。

貳、目的／緣起／宗旨

一個活動的意義與價值，是能夠吸引人們參加與否、或是審核單位是否同意補助的重要關鍵。計畫之性可分成「急迫性」、「重要性」。例如颱風過後對於災區的復建，必須即刻進行，則此類計畫當然排序最先。至於其它應行、應做的活動，則必須詳細述明理由，以使大家能深切感受其重要性，進而願意共襄盛舉。

活動目的的撰寫可長可短，例行性的活動、規模較小的活動、不需爭取經費的活動，通常以簡短幾句說明即可，以收提綱挈領之效。例如「國立臺東大學九十五學年度第一屆兒童語文夏令營招生簡章」中，主旨只有短短兩行。

> 提供多元及有趣的方式，讓孩子在自然親切的環境下，耳濡目染地認識語文、喜愛語文，從而提升孩子的語文能力。

而若是新創的、規模較大的活動，則需要以較長的內容以闡述活動目的。

例如華語系九十七學年度辦理「臺東大學・知本校園『新心美學・空間命名』暨票選活動」活動宗旨如下。

> 校園是求學過程中，最重要的場域，本校遷址知本甫滿一年時間，雙校區對全校師生來說，是跨界、移動、在地視野的起始。為締結學生與校園之間情感緊密繫連，特舉辦「校園空間美學・文藝徵文」活動，以文學獎形式（散文、新詩、報導文學暨圖像組），鼓勵學生參與書寫投稿，增益學生學

習從事校園文藝書寫的實踐，珍視人與土地的感知文藝聯繫，提升學生對校區的瞭解與認同感。其目的乃欲勾連學生熟習校區的感性記憶，興發熱愛校園的文藝感懷，並藉此刺激活絡寫作風氣，提升中文能力表達與文學創作水準，培養文學創作人才。[5]

參、主辦／協辦單位

辦理活動的單位，經常是人們考慮是否參加該活動的主因。以目前坊間流行的各類音樂比賽而言，雖然種類繁多、令人目不暇給；但各級學校能採認做為加分項目者，只有由政府辦理的「全國學生音樂比賽」才能做為積分的依據。因此，也就不難理解，為何民間在辦理各項活動、競賽時，通常會將政府機構列為指導單位或協辦單位了！

辦理的單位如果形象良好，口碑相傳，自然就容易引來人潮；或是由多部門一起協辦，也能營造專業、團隊的良好訊息。因此，在校內辦理各項活動時，盡量結合相關系所，也不要忘記請教校內學務處課外活動組，必要時，也可將課外活動組列為指導單位。

例如：華語系活動：「臺東大學‧知本校園『新心美學‧空間命名』暨票選活動」中，主辦單位為：華語文學系協辦單位則為通識教育中心、語文教育研究所。

肆、活動時間

這部份是較容易掌握的部份，只要將活動時間明確列出即可。通常除了日期之外，最好也將星期列出，以利讀者快速判斷屬於平

---

[5]　本活動文案撰稿者為華語文學系簡齊儒老師。

日或是假日的活動。如有時效性，則必須將時間明確標出。例如文學獎的收件係究竟是以「郵戳」為準；還是以「寄達」為準，這部份若牽涉到評選、獎金事宜，就必須明確給予規範。

伍、活動地點

對於活動地點的說明越詳細越好，資訊越明確，越能提供讀者便利，減少摸索、問路的時間。如能附上地圖，並說明附近的交通狀況，對讀者助益更大。

尤其是臺東縣地處偏遠，大眾交通不便，如能將前來本校的交通資訊如航班、火車時刻、公車時刻、計程車叫車服務電話等詳細記載，必能提供讀者相當大的便利。如係重要的考試活動，通常在計畫、簡章中還會特別加註：「為免天候影響交通，敬請提早到達、預作準備。」

例如本校為九十八年度甄選入學第二階段指定項目甄試所提供的交通訊息，就包含了學校的位置簡圖及住宿資訊。茲轉載如下：

臺東大學位置簡圖及住宿資訊

本校置於臺東市區內，正門位在中華路上，校區緊鄰臺東縣旅遊服務中心（鼎東客運海線總站旁），從上述地點步行至臺東大學僅需 5-10 分鐘路程。位置簡圖如下：

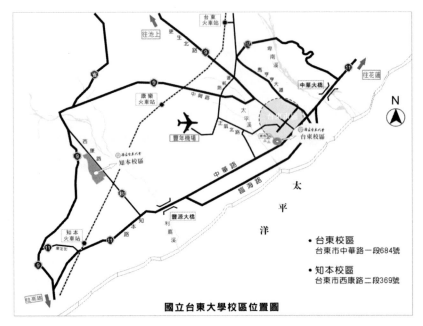

國立台東大學校區位置圖

※外地前來臺東大學方式：

一、搭乘飛機（請考量天候因素飛機可能延遲之風險），從豐年機場
　　至臺東大學，可搭鼎東客運到鼎東客運海線總站費用約 20 元，
　　再由鼎東客運海線總站步行至臺東大學約 5～10 分鐘。若搭計
　　程車費約 250～300 元。

二、搭乘火車至臺東火車站，從火車站轉搭鼎東客運至鼎東客運海
　　線總站費用約 20 元，再由鼎東客運海線總站步行至臺東大學約
　　5～10 分鐘。若搭計程車費約 200～250 元。

三、自行開車。

陸、活動方式與辦法

　　每項活動的內容繁多，為了使有興趣的讀者儘快掌握資訊，最好以條列式的方式依「時間先後」順序列出。範例如下：

　　「臺東大學・知本校園『新心美學・空間命名』暨票選活動」競賽項目與規則：

(一) 本活動將針對知本校區十一處定點（照片如後）空間景致，開放全校學生投稿命名，另外亦接受學生自由選擇校園其他空間（十處定點之外，請自附照片）之命名稿件。

(二) 投稿同學除了檢具「命名題稱」之外，尚須「簡述命名之理念」約 100 字，作為文學性及創意評判依據。

(三) 請於 11 月 10 日 之前下載報名表（如附件二），並完成送件。

(四) 送件時請備妥：1、報名表。2、A4 作品一式四份。3、自由空間之命名請檢附照片。4、請將所有作品及照片燒錄成光碟，並註明系級、姓名。

(五) 繳交地點：

　1、知本校區：華語文學系系辦行政助理林姵伶小姐，分機 5601。

　2、臺東校區：語文教育學系系辦行政助理王裴翎小姐，分機 4414。

　3、郵寄者，請寄至 950 臺東市西康路二段 369 號　臺東大學華語文學系　林姵伶小姐收。信封上請註明「投稿：新心美學・空間命名」。

(六) 本活動將於 11 月 10 日至 11 月 16 日舉行網路或定點票選
　　活動，歡迎全校師生參與投票。詳情請見華文系網頁公告，
　　網址：http://dpts.nttu.edu.tw/dcll

1、知本校園十一處命名定點：

　　【1】校門口背後小山丘、【2】行政大樓旁草坪、【3】東農
　　超市前大廣場、【4】文學院通往宿舍迎曦樓東大一街小徑、
　　【5】行政大樓與教學大樓之間草坪、【6】行政大樓前之大
　　湖、【7】環湖小徑、【8】東大二街通往宿舍旁小湖、【9】
　　華文系前小廣場、【10】文學院鄰近西康路側邊小徑、【11】
　　西康路（照片如後）。

2、競賽評判標準：創意 30%、文學意象 50%、全校師生網路
　　票選 20%

3、優勝錄取名額：校園十一處定點命名，選取十一位決選，
　　頒發獎狀與獎金，每名獎金 1,000 元。不定點命名，入選
　　兩名，頒發獎狀與獎金，每名獎金 1,000 元。

4、注意事項：

　　甲、投稿作品如有抄襲或侵害他人著作權者，除取消得獎
　　　　資格、追回獎金及獎狀外，一切法律責任由參加者自
　　　　行負責。

　　乙、本競賽規則如有未盡事宜或補充說明，將於「後山新文
　　　　藝」網站及華語系首頁公告宣佈，網址：http://dpts.nttu.edu.
　　　　tw/dcll。

　　此項是針對辦理活動而言，目的主要在讓參與者了解整個活動
的流程。

　　另有一類企畫的目的是為了申請補助，則必須讓審查單位了解這項活動是切實可行的。茲以華語系 98 年申請「學海築夢」到韓國華語實習的計畫書為例，說明如下。

執行方式：

1、本系傅濟功副教授係韓國成均館大學東洋哲學博士，具有 6 年韓國中文系及韓國國家電視臺華語教學資歷。本計畫由傅教授與韓方接洽，選定釜山市沙上高中及東一中央初等學校為實習學校。

2、韓國釜山市沙上高中及東一中央初等學校業已甄選對華語學習有熱忱之學生，共計兩班各五十人。

3、本系經由公開徵選的方式，業於三月中旬甄選出四名修習「對外華語教學學程」之學生，前往韓國釜山進行為期一個月的華語教學實習。

4、本系自三月下旬起，由許秀霞教授、傅濟功教授，以及外聘連育仁老師、余坤庭老師為獲選之學生提供行前訓練。行前訓練內容包括：華語語音訓練、華語教材教法理論、聽說讀寫教學理論、教案撰寫、教具製作、多媒體教材編輯方法，遠距網路視訊教學方法等。期間並且安排學生至本校附設實驗國小、臺東縣外配協會暨外配家庭服務中心教學觀摩並實習，以使學生獲得更多的實務經驗。

5、本計畫之教學方式為兩兩一組，分別負責一個班級之教學。每個班級之內，均有兩位華語教師。其中一位於臺上教學，另一位則負責拍攝教學錄影帶，並適時提供教學協助。

6、每次教學之後，依據教學錄影帶後進行教學檢討，並逐日撰寫教學日誌、教學反思。

7、兩位主持人將輪流前往韓國輔導學生教學，俾能隨時提供意見與支援。

8、本系外聘之兩位具有資訊專長之教師，將於臺東大學華語系架設線上同步教學系統，進行同步教學實習，藉以協助學生改進教學方法並訓練學生習於運用網路同步及非同步教學，期使學生擁有自製線上教材及施教能力，延展本次海外專業實習計畫之教學場域。

　　透過如此明確的說明，將有助於主辦單位了解華語系在華語教學上的準備。

柒、經費概算表

　　活動的執行免不了需要經費，在編列經費預算前，必須先了解相關的費用基準。例如辦理校園演唱會時，A 咖、B 咖的演出費用肯定不一樣；場地、音響、燈光的租借恐怕得貨比三家，才不會吃虧。而辦理各項競賽時，評審的酬勞、工讀的費用、餐飲的支出，這些都有固定的編列基準，如果涉及核銷經費的問題時，一定要事先研讀相關規定，以免發生錯誤，導致不能核銷，只能自掏腰包的慘劇。

　　校內活動最常編列的經費大概是工讀費用、便當費用等。工讀費用依教育部規定，大學生為每小時 95 元；研究生為每小時 120 元。而考量學生的學業學習、身體負荷狀況，學校通常還會規定每月工讀的時數上限，以使學生們有足夠的時間研讀課業及休息，而不是把時間都花在工讀上。

　　教育部為了使各級學校經費使用有所依據，特制定了「經費編列基準表」，供各級學校參考。附錄如下：

教育部補助及委辦計畫經費編列基準表

項目	單位	編列基準	定義	支用說明
一、人事費			凡委辦計畫所需人員之酬金屬之。	人事費應併入所得並請受委託機關代扣繳稅款。
(一) 計畫主持人	人月	5,000 元至 8,000 元		一、資格規定：請參考本部委託研究計畫辦理。
(二) 協同計畫主持人	人月	4,000 元至 6,000 元		
(三) 兼任行政助理	人月	3,000 元至 5,000 元		二、各委辦計畫人數以不超過 4 人為原則，但應業務需要，經機關首長同意，得酌予增列。
(四) 專任行政助理	人月	比照國科會補助專題研究計畫助理人員工作酬金參考表。若 12 月 1 日仍在職者，始得按當年工作月數依比例編列年終獎金。		三、專兼任行政助理之聘用，應依各單位人員進用辦法進用與管理。
(五) 專任行政助理勞、健保費		核實編列		四、支用限制： 　(一) 補助案件除因特殊需要並經本部同意者外，以不補助人事費為原則。 　(二) 本項經費除經本部同意者外，不得流入；除情況特殊者，所須經費占總經費之比例以不超過 50%為原則。 　(三) 已按月支領固定

				津貼者不得重複支領本計畫之其他酬勞。 (四) 研究生兼職應按各校訂定之兼職規定辦理。 (五) 同一時間內計畫主持人或協同計畫主持人承接二項以上委辦計畫以及本部連續三次以上委託同一單位或人員辦理之計畫,應予列為計畫成效查核重點。 (六) 專任行政助理不得再兼任本部或其他機關委託計畫。
二、業務費 (一) 出席費	人次	1,000 元至 2,000 元	凡邀請個人以學者專家身分參與會議之出席費屬之。	一、以邀請本機關人員以外之學者專家,參加具有政策性或專案性之重大諮詢事項會議為限。一般經常性業務會議,不得支給出席費。又本機關人員及應邀機關指派出席代表,亦不得支給出席費。 二、已按月支領固定津

				貼者不得重複支領本項經費。 三、核銷時應檢附會議簽到紀錄。
(二) 稿費		一、整冊書籍濃縮： 　　每千字 　　1.外文譯中文： 　　　690 至 1,040 　　　元，以中文計 　　2.中文譯外文： 　　　870 至 1,390 　　　元，以外文計 二、撰稿：每千字 　　1.一般稿件：中 　　　文 580 元至 　　　870 元 　　2.特別稿件： 　　　a.中文690元 　　　　至1,210元 　　　b.外文870元 　　　　至1,390元 三、編稿費： 　　1.文字稿：每千字 　　　a.中文260元 　　　　至350元 　　　b.外文350元 　　　　至580元 　　2.圖片稿：每張 　　　115元至170 　　　元 四、圖片使用費：每張 　　1.一般稿件：230	凡委託本機關學校以外人員或機構撰述、翻譯或編審重要文件或資料之稿費屬之。	一、依「各機關學校出席費及稿費支給要點」辦理。 二、稿費含譯稿、整冊書籍濃縮、撰稿、編稿費、圖片使用費、圖片版權費、設計完稿費、校對費及審查費。 三、稿費之支給，若依政府採購法規定以公開方式辦理者，得不受上開支給標準之限制。 四、稿費中之譯稿項目，由各機關本於權責自行衡酌辦理，不訂定標準。 五、依行政院主計處 93年1月20日處忠字第 0930000424 號函釋，專家學者於出席會議前先行對相關文件所作審查，如係作為出席會議時發表意見之參考，則屬會前準備工作，與某些業務文件或資

		元至 920 元 2.專業稿件： 1,160 至 3,470 元 五、圖片版權費： 2,310 至 6,930 元 六、設計完稿費： 1.海報：每張 4,620 元至 17,330 元 2.宣傳摺頁： a.按頁計酬： 每頁 920 元 至 2,770 元 b.按件計酬： 每件 3,470 元至 11,550 元 七、校對費：按稿酬 5% 至 10% 支給 八、審查費： 1.按字計酬：每 千字中文 170 元，外文 210 元 2.按件計酬：中 文每件 690 元；外文每件 1,040 元		料，必須先經專家學 者書面審查後再行 開會之情況有所不 同，不得在出席費外 另行支給審查費。敬 請從嚴認定會前準 備與實質審查之區 別，於開會前確有實 質書面審查之必要 者，始有審查費之支 給。

(三) 講座鐘點費	人節	外聘－國外聘請2,400元 外聘－專家學者1,600元 外聘－與主辦或訓練機關（構）學校有隸屬關係之機關（構）學校人員1,200元 內聘－主辦或訓練機關（構）學校人員800元 講座助理－協助教學並實際授課人員，按同一課程講座鐘點費1/2支給	凡辦理研習會、座談會或訓練進修，其實際擔任授課人員發給之鐘點費屬之。	一、依「軍公教人員兼職費及講座鐘點費支給規定」辦理。 二、授課時間每節為五十分鐘，其連續上課二節者為九十分鐘，未滿者減半支給。 三、凡本部補助及委辦計畫，本部人員擔任之各類訓練班次，其鐘點費應依內聘講座標準支給。 四、專題演講人員各場次報酬標準，由各機關（構）學校衡酌演講之內容自行核定支給。
(四) 裁判費	人日	國家級裁判上限1,500元 省（市）級裁判上限1,200元 縣（市）級裁判上限1,000元 全國性競賽上限1,200元 省（市）競賽上限1,000元 縣（市）級競賽上限	凡辦理各項運動競賽裁判費屬之。	一、依「各機關（構）學校辦理各項運動競賽裁判費支給標準數額表」辦理。 二、主辦機關（構）學校應視各項運動競賽項目之範圍、難易複雜程度、所需專業知識訂定裁判費，最高以不超過上開支給標準數額為上限。

	人場	800 元 每場上限 400 元		三、主辦機關（構）學校之員工擔任裁判者，其裁判費應減半支給。 四、已支領裁判費者，不得再報支加班費或其他酬勞。
(五) 主持費、 引言費	人次	上限 1,000 元	凡召開專題研討或與學術研究有關之主持費、引言費屬之。	
(六) 諮詢費、 輔導費、 指導費	人次			得比照出席費編列。
(七) 訪視費	人次	1,000 元至 2,500 元	凡至部屬機關學校瞭解現況，對未來發展方向提出建議，並作成訪視紀錄者屬之。	

(八) 評鑑費	人次	2,000 元至 4,000 元	凡至部屬機關學校評估計畫執行情形、目標達成效能之良窳,並作成評鑑記錄者屬之。	
(九) 工作費、工讀費	人日	每人每日760元或每小時 95 元	辦理各項計畫所需臨時人力屬之。	一、應依工作內容及性質核實編列。 二、辦理各類會議、講習訓練與研討(習)會等,所需臨時人力以參加人數 1/10 為編列上限,工作日數以會期加計前後 1 日為編列上限。
(十) 印刷費		核實編列		一、為撙節印刷費用支出,各種文件印刷,應以實用為主,力避豪華精美,並儘量先採光碟版或網路版方式辦理。 二、印刷費須依政府採購法規定程序辦理招標或比議價,檢附承印廠商發票核實報支。

(十一) 資料蒐集費		上限 30,000 元	凡辦理計畫所須購置或影印必需之參考圖書資料或資料檢索等屬之。	一、圖書之購置以具有專門性且與計畫直接有關者為限。二、擬購圖書應詳列其名稱、數量、單價及總價於計畫申請書中。三、檢附廠商發票核實報支。
(十二) 國內旅費、短程車資、運費	人次	短程車資上限 250 元	凡執行計畫所需因公出差旅運費屬之。	一、國內旅費之編列及支給依「國內出差旅費報支要點」辦理。二、短程車資編列上限比照「國內出差旅費報支要點」雜費額度,為膳雜費之 1/2。三、運費依實際需要檢附發票或收據核結。
(十三) 膳宿費	人日	一、辦理半日者:膳費上限 120 元二、辦理 1 日(含)以上者:(一)參加對象為政府機關學校人員者,每人每日膳費上限為 250 元或 275 元;每日住宿費上限為 1,400 元或 1,600 元	凡辦理各類會議、講習訓練與研討(習)會所需之膳宿費屬之。	一、各類會議、講習訓練與研討(習)會之辦理場地及經費編列應依「教育部及所屬機關學校辦理各類會議、講習訓練與研討(習)會相關管理措施及改進方案」規定辦理,其中膳費內應含三餐及茶點等,不得額外編列茶水飲料等費用。二、有關膳宿費規定,應

		(二) 參加對象主要為政府機關學校以外之人士者，每人每日膳費上限為500元；每日住宿費上限為1,400元 (三) 辦理國際性會議、研討會（不包括講習、訓練及研習會），每人每日膳費上限為 1,100 元；每日住宿費上限為 2,000 元		本撙節原則辦理，並得視實際需要依各基準核算之總額範圍內互相調整支應。
(十四) 保險費	人		凡辦理各類會議、講習訓練與研討（習）會及其他活動所需之平安保險費屬之。	一、「公務人員因公傷殘死亡慰問金發給辦法」施行後，各機關學校不得再為其公教人員投保額外險，爰不能重複編列保險費，僅得為非上開與會人員辦理保險。 二、每人保額應參照行政院規定「奉派至九二一震災災區實際從事救災及災後重建工作之公教人員

				投保意外險」，最高以 300 萬元為限。
(十五) 場地使用費		核實編列	凡辦理研討會、研習會所需租借場地使用費屬之。	一、補助案件不補助內部場地使用費。 二、本項經費應視會議舉辦場所核實列支。
(十六) 勞工退休金或離職儲金		以每月薪資 6%為編列上限	專任行政助理之勞工退休金或離職儲金屬之。	如委辦計畫所核定之經費項目中，包含聘僱專任行政助理，用人機關可依「勞工退休金條例」或「各機關學校聘僱人員離職儲金給與辦法」於每月薪資6%的範圍內擇一編列。
三、雜支		一、屬補助計畫者，按業務費之 5%編列。 二、屬委辦計畫者，按人事費及業務費合計數之 5%編列。 三、有關雜支已涵蓋之經費項目，除特別需求外，不得重複編列。	凡前項費用未列之辦公事務費用屬之。如文具用品、紙張、錄音帶、資訊耗材、資料夾、郵資、	

			誤餐費等屬之。	
四、行政管理費		一、計畫期程不滿6個月者，得按業務費及雜支合計數之 8%以內編列，最高不得超過 15 萬元。 二、計畫期程達 6（含）個月以上者，得按業務費及雜支合計數之 10%以內編列，最高不得超過 30 萬元。 三、有關行政管理費已涵蓋之經費項目，除特別需求外，不得重複編列。	凡機關、學校、法人因辦理委託計畫所支付具不屬前述費用之水電費、電話費、燃料費及設備維護費屬之。	一、補助案件不補助本項經費。 二、本項經費除經本部同意者外，不得流入。 三、依本部83年12月8日臺83會066545號函，行政管理費以領據結報。

　　至於在申請國際性活動，或是出國研習、參訪時，則必須依據政府所訂立的標準數額，例如「中央政府各機關派赴海外各地區出差人員生活費日支數額」；如果牽涉到外幣的兌換，則記得要以計畫送出時臺灣銀行所公告的匯率為準。

　　例如華語系申請「學海築夢」計畫時，編列的經費如下：

項目	額度	編列標準及用途說明	小計
生活費	教師：7050（元）*14（天）*2（人）	根據中央政府各機關派赴海外各地區出差人員生活費日支數額，派赴韓國釜山每日為 207 美元，折合臺幣約 7,050 元。(依臺灣銀行 98/03/25 公告匯率為 34.062)	197,400
	學生34,062(元)*4(人)	根據教育部公費留學生請領公費及支給項目，其他國家每名學生一年 12,000 美金，實習時程為一個月，按比率計算為 1,000 美金，折合臺幣約為 34,062 元。(依臺灣銀行 98/03/25 公告匯率為 34.062)	136,248
桃園－釜山機票費	16,000(元)*2(人)	根據行政院國家科學委員會補助國內專家學者出席國際學術會議機票費，韓國釜山為臺幣 16000 元。	32,000
	11,000(元)*4(人)	根據復興航空，桃園國際機場直飛釜山經濟艙來回機票（季票）為臺幣 11000 元（未稅）。	44,000
合計（A）			409,648
自籌經費來源			
項目		額度	小計
教材製作費用（包含黑白、彩色印刷、護貝、及其他教材製作工具）由國立臺東大學學生出國進修獎助學金項下支付。		10,000 元／一式*2 班＝20000	20,000
指導教授臺東-臺北往返機票：由國立臺東大學校務基金項下支付		2,238*2 人*2 次	8,952
四位學生臺東-臺北往返火車票：由國立臺東大學華語文學系業務費項下支付		800 元*4 人*2 次	6,400
合計（B）			35,352
計畫總需求：合計（A）＋（B）=445,000 元			

　　活動執行完畢，辦理經費核銷時，特別需注意領款人的簽章，會計法規為了避免弊端，通常要求將所支付的款項直接匯入受款人的帳戶，以免收付之間金額有所誤差。這時就必須提醒受款人提供銀行帳戶資料。直接將所得匯款入戶有許多好處，其一是承辦人不必事先墊付現金；其二是帳目清楚。

捌、成果報告及檢討

　　活動結束之後，除了慶功、慰勞相關工作人員之外，最重要的是召開活動檢討會議，討論活動的優缺點，並提出成果報告，以作為下次活動的參考。

　　成果報告主要以活動成效、可量化的數據為主。例如參與的人數、人員的滿意度、目標的達成，以及經費的執行與利潤等。是以在事前就得先行準備簽到表、回饋單等資料，供參與的人員填寫，系統地整理相關資料，將能更完美地呈現活動結果。

　　成果報告另一重點，當然是照片的呈現。如有重要貴賓蒞臨，一定要記得拍照存證，並且記下貴賓的職銜與姓名，以便在成果報告時為活動加分。

本章習作

一、請以迎新活動為主題，撰寫活動計畫一份。

二、請參考教育部「學海飛颺、學海惜珠、學海築夢」簡章，以小組為單位，撰寫申請計畫一份。

附錄　中文期刊部統一用字表

● 容易弄錯的詞語—

常用詞	錯	常用詞	錯	常用詞	錯	常用詞	錯	常用詞	錯	常用詞	錯
部分	份	一份	分	品嘗	嚐	嘗試	嚐	菜肴	餚	麵食	
家具	傢	家具	俱	傢伙	夥	同夥伴	伙	這裏面	裡	只有	祇
老闆	板	黐米	厘	公釐	厘	恭喜	禧	痠痛	酸	酸葡萄	痠
欲望	慾	利情慾	欲	貿然	冒	蘊藏	醖	醖釀	蘊	孕育	醞
氣概	慨	璀璨	燦	坐鎮	陣	坐莊	做	坐落	座	坐月子	做
座位	坐	縹緲	渺	俘虜	孚	俘虜	擄	弔死	吊	弔唁	吊
一弔錢	吊	疾速	急	嫉妒	忌	妒忌	嫉	託付	托	託付	負
托兒	託	歎息	嘆	部署	布	注定	註	裨益	俾	俾使	裨
紮營	札	重複	覆	反覆	複	清澈	徹	徹底	澈	倒楣	霉
黴菌	霉	渾水	混	混球蛋	渾	渾噩	混	混帳	渾	渾身	混
參與	予	賦予	與	牴觸	抵	製作	制	癥結	徵	症候	癥
裝潢	璜	餬口	糊	掃描	瞄	瞄準	描	瑜伽	珈	番茄	蕃
麻痹	痺	內訌	鬨	起鬨	哄	鬧烘烘	哄	哄堂	烘	哄騙	烘
顛簸	跛	青睞	徠	覽勝	盛	交代	待	待在	呆	擔待	代
毆打	歐	魁梧	武	打烊	佯	佯裝	烊	必須知	需	需要	須
耽擱	擔	逾越	踰	寒暄	喧	唯一	惟	惟獨	唯	一副	付
推薦	荐	怪癖	僻	孤乖僻	癖	獻醜	現	服膺	應	贗品	膺
遷就	牽	盡量	儘	儘管	盡	僅有	儘	熱中	衷	卻是	
腳步		五彩	采	丰風采	彩	精采	彩	喝采	彩	光彩	采
多彩多姿		床上		華佗	陀	身分	份	制定	訂	訂定	
凌亂	零	凌晨	零	零時	凌	英里	哩	薈萃	匯	閒静	嫻
閒事	閑	侄女	姪	希有奇	稀	希罕少	稀	稀疏	希	芝麻	
局限促	侷	扣釦子	扣	鈕釦	扣	導致使	至	至於	致	以致於	至

常用詞	錯	常用詞	錯	常用詞	錯	常用詞	錯	常用詞	錯	常用詞	錯
淹沒（水淹）		湮沒（＝埋沒）		述說	敘	敘述		淳樸	純	流傳	留
店鋪	舖	偶爾	而	稍微	為	姊姊	姐	小姐	姐	優閒	悠
優游	悠	優游	遊	保鏢	鑣	飄忽然	漂	拇指	姆	腳趾	指
其他	它	證券	卷	保庇佑	祐	炫目	眩	目眩	炫	絢爛	炫
搞著	捂	忤逆	仵	忿忿	憤	憤慨世	忿	憤懣	滿	翱翔	遨
遨遊	翱	含意		涵義		意涵		不止	只	只有	止
藉助	借	歷練	鍊	錘鍛鍊	煉	提煉乳	煉	煉鐵	鍊	神祕	秘
祕密	秘	祕魯	秘	火氣焰	燄	一只杯	隻	一隻襪	只	厄運	惡
噩耗	惡	惡夢	噩	游牧	遊	漫遊	游	聯絡繫	連	聯繫	係
連接	聯	聯合	連	餘興	娛	紀實	記	記事	紀	記載	紀
手表	錶	帳棚	篷	車布篷	蓬	形式	型	形態	型	模型	形
倏忽	乎	紓解難	舒	了解	瞭	明瞭	了	翔實	詳	影圖象	像
計企畫	劃	重劃分	畫	啞巴	吧	蓬蓽	壁	篳路藍縷		衣衫襤褸	
衣履	褸	了然	瞭	明瞭	了	蔓延	漫	蒼穹	倉	倉皇	惶
徨徨	惶	惶恐	徨	霎時	煞	刹那	霎	當作為	做	做事	作
搏鬥	摶	火併	拼	鄙人	敝	保母	褓	下襬	擺	備加受	倍
倍增	備	板著臉	扳	扣扳機	板	屏息	摒	摒棄除	屏	齙牙	暴
拼湊	拚	拚命	拼	傾圮	坍	圮上	圯	一抔土	坏	慓悍	驃
褊狹	偏	偏袒頗	褊	蓬鬆	膨	媲美	比	沉湎	緬	平添	憑
爛漫	熳	瀰漫	彌	沈湎	緬	摩擦	磨	磨滅	抹	哈密瓜	蜜
臨摹	模	茅坑	毛	汨羅江	汩	汩沒	汨	消弭	敉	敉平	弭
親密	蜜	甜蜜	密	誹謗	毀	妨礙	防	蜂擁	湧	發憤	奮
奮發	憤	氾濫	泛	制馴服	伏	螺絲釘	丁	片段	斷	耽誤擱	擔
閒扯淡	蛋	慘澹	淡	掉包	調	掉書袋	弔	到底	倒	倒不如	到
濕答答	溼	坍塌		蹧蹋	塌	蹚渾水	淌	前提	題	垃圾桶	筒
統鋪	通	凸顯	突	袒胸	坦	努著嘴	呶	泥淖	沼	都曬	嚷
大聲嚷	曬	殺戮力	戳	郵戳	戮	砥礪	勵	斑斕	爛	劉海	流
瀏覽	流	棟梁	樑	高粱	梁	下三爛	濫	孤零零	伶	吃黃連	蓮

常用詞	錯	常用詞	錯	常用詞	錯	常用詞	錯	常用詞	錯	常用詞	錯
溜鳥	蹓	籠絡	攏	捅樓子	漏	粗獷	曠	梗塞	哽	如鯁在喉	
馬褂	掛	功夫（技藝）		工夫（時間）		個別	各	勘察	戡	戡亂	勘
暌韋	暌	暌暌	暌	閒磕牙	嗑	闔府	閤	豁拳	划	湊合	和
硫黃	磺	呵欠	哈	獨角戲	腳	伎倆	技	菁英	精	揭櫫	揭
迥然	迴	急遽	劇	劇烈	遽	翻觔斗	跟	翻跟頭	斗	飢餓	饑
饑荒饉	飢	年輕人	青	青年	輕	歉收	欠	撳喇叭	按	蒸汽機	氣
水蒸氣	汽	電氣用品		電器行		蜷曲	踡	起用	啓	淒涼	悽
悽慘	淒	驅策使	趨	寒暄	喧	喧嘩	暄	必需品	須	必須	需
倖存	幸	安詳	祥	祥和	詳	泄漏	露	嘻嘻笑	嬉	嬉戲鬧	嘻
戲水	嬉	真相	像	朽木	杇	不可杇	朽	動輒	轍	沒轍	輒
煙熏	燻	鬍碴兒	渣	百褶裙	摺	縐摺	皺	嶄露新	斬	支解	肢
肢體		捉弄	作	一炷香	柱	吱唔	支	吱唔	唔	裙釵	衩
敲詐	榨	黃橙橙	澄	化妝品	粧	貂蟬	嬋	寒磣	傖	相稱	襯
衝激	擊	煞車	剎	抹煞	殺	首飾	手	架式	勢	擅長	善
善於	擅	豆豉	鼓	生火	升	頭蝨子	虱	引申	伸	伸張	申
發軔	韌	乾枯燥	躁	暴煩躁	燥	聒噪音		蹧踏	糟	糟糕	蹧
咋舌	怍	詛咒	咀	贊助	讚	稱讚	贊	床笫	第	倉卒	促
匆促	卒	精粹	淬	燦爛	璨	璀璨	燦	粲然	燦	舌粲蓮花	
流竄改	篡	篡位	竄	躥升	篡	剪綵	彩	人才	材	傳誦	頌
稱頌		抽噎	咽	哽咽	噎	尤其	由	由於	尤	瘖啞	暗
床沿	簷	帽屋簷	沿	沿著	延	遙控	搖	銀幕	螢	螢光幕	銀
惋惜	宛	委婉	宛	一味	昧	斡旋	幹	駕馭	御	統御	馭
元配	原										

● 如何分辨我們―

度：度日、度假、度過、普度 渡：渡水、橫渡；渡海、渡船	分：身分、情分、過分、水分、一分子 份：股份、一份、月份、省份（單位量詞）
致：景致、導致、雅致、標致、別致、 　　興致、一致 緻：細緻、精緻、緻密	周：周圍、四周、周到、周知（指完整完 　　全） 週：一週、週年、週轉（指循環不止）
布：布置、公布、分布、宣布、布局 佈：佈道	升：升官、升級、升學、升遷、旭日東升、 　　直升機、升降、升空 昇：昇平、昇華
蕩：飄蕩、晃蕩、闖蕩、掃蕩、放蕩 盪：空空盪盪、盪鞦韆	熏：熏天、熏人、熏黑、煙熏 薰：薰心、薰習、薰陶、薰香
畫：計畫、繪畫、規畫 劃：筆劃、劃分、重劃、比手劃腳	兇：兇手、元兇、兇神惡煞、很兇（指人） 凶：吉凶、凶殺案（指事）
練：洗練、歷練、磨練、練就（反覆 　　練習） 鍊：鍊子、項鍊、鍛鍊、錘鍊（有冶 　　製義） 煉：煉鋼、煉丹、提煉、煉乳（以火 　　燒鎔）	蹟：事蹟、古蹟、奇蹟、遺蹟（前人手澤） 跡：痕跡、跡象、蹤跡、遺跡（前人建築） 績：成績、功績、戰績
鋪：店鋪、鋪陳、鋪排、鋪設 舖：（無此字）	裏：這裏、那裏、裏面、裏頭 裡：（無此字）
複：重複、複習、複述 覆：反覆、答覆	度量：指心胸氣量 肚量：指食量
做：做文章、做作、做生意、做事、 　　做活指具體東西的製造，有「興 　　辦」之意 作：作罷、作文、當作、裝模作樣抽 　　象的形容	聯：關聯、聯繫、聯絡、聯名、聯姻、聯 　　貫、聯想 連：連署、連接
里：公里、英里、海里 哩：指英里（一英里＝1609.315公尺） 浬：指海里（一海里＝1852公尺）	記錄：當動詞，用「記錄」。 紀錄：當名詞，用「紀錄」。

屈：屈指一算、委屈（指受冤枉）、屈膝 曲：曲折、曲解、委曲求全（指勉強將就）	形：形狀、形體、形態、形勢、相形之下 型：模型、體型、類型、典型
嘻：指笑聲 嬉：指遊戲	查：巡查、查驗、調查、明查暗訪 察：觀察、診察、明察秋毫
紓：（解除）紓困、紓解 舒：（呼氣）舒緩、舒口氣 抒：（表露感情）抒發、抒情	聲請：對法院用 申請：對行政機關用
菸：香菸、菸草、抽菸 煙：濃煙、煙囪、冒煙	地：……地＋V（當副詞使用，後接動詞） 的：形容詞＋的（當形容詞用，後面沒接） 如：漸漸的、無法克制的、……似的

第八章　讀書心得

臺東大學兒童文學研究所博士生　鐘尹萱

本章學習重點：

一、培養自我學習能力，養成主動的閱讀習慣，並從中鍛鍊「思維與寫作」此一學習利器。

二、以書籍的選擇、認識一本書、閱讀的方法等面向作為討論的基底，延伸析述讀書心得的寫作類型、以及書寫時須注意的內容與重點。

三、能瞭解讀書心得寫作依內容要求和書寫重點等強調面向，而有報告（report）、「分析評論」（analytical essay）兩種類型之分。報告形式的重點多為描述性的內容，主要目的為展現文本與課堂主題之間的關係。分析評論則強調要有獨特的論點、清楚的書寫架構，以及足夠的內容長度。

四、提供寫作範例與思考習題，冀能提供有效的練習。

壹、前言

　　讀書心得，顧名思義指在閱讀的過程中、或是讀完特定的閱讀
材料後，將內心的心智活動進行整理而寫下的心得感想。此處的閱
讀材料，可為小說、詩集等文學作品，也能關乎個人的興趣，例如
植栽、編織等技藝性書籍，還能包含語言學習等工具性用書。郝明
義在《越讀者》（2007）一書中，即以四種「美食閱讀」來說明人類
的各種閱讀需求：提供諸如職業、生活、生理和心理等現實問題需
求的「主食」，教科書即為此類；滿足哲理思考需求為主的「美食」，
例如昔時賢人著述的經典等；能解決閱讀過程中所遇到諸如字義、
語義、典故或出處等疑難雜症的「蔬菜水果」；最後則是娛樂、休閒
取向的「甜食」閱讀（52）。

　　儘管閱讀有著如此豐富的面向，然而此處強調的是在大學生活
裡，那些為了增進學術研究能力所進行的閱讀活動，如同艾德勒
（Mortimer J. Adler）所云「閱讀是一個由心智不假外力而孜孜於可
讀物的符號上面，靠其努力的力量而超升到了解得較多的境界，而
使其達到這個變化的關就是那些組成閱讀藝術的各別活動。」
（Adler 81）讀書心得即為「各別活動」裡的重要一環，其多半源自
課堂作業的指定或學生自發性的修習，學生必須以書寫的方式表現
其從閱讀而來的所得或所知，「人們常以閱讀寫作的能力做為有教育
的基本標記，下自初級中學以下，上至學士學位乃至於博士學位都
以此為準。」（Adler 74）

　　尤其重要的是，大學的教育目標除了使學生具備某一學科的專業
知識外，還要能發展其欣賞文雅教育、獨立思考、批判自省等能力，
以求就業或繼續升學。依此，個人自我學習的能力就顯得相當重要，

是所有學習的基礎。而讀書心得的書寫則是培養自我學習能力的最佳途徑，不僅能使我們成為主動閱讀的讀者，更能藉此鍛鍊學習的利器——思維與寫作。本文即從選擇書籍、讀書技巧等閱讀相關面向進行討論，延伸析述讀書心得的類型、以及書寫時須注意的內容與重點。

貳、書籍的選擇

叔本華（Schopenhauer）曾謂：

> 我們讀書時，別人在為我們思想。我們只不過重複他的思想
> 活動的過程而已。……我們的思想活動在讀書時被免除了一
> 大部分。因此我們暫不自行思想而拿書來讀時，會覺得輕鬆。
> 然而在讀書時，我們的頭腦實際成為別人思想的運動場了。
> 所以讀書甚多，或幾乎整天讀書的人，雖可以休養精神，而
> 漸漸失去自行思想的能力。（Schopenhauer 1）

其論點看似認為書本與讀者之間僅存在著單向的交流：書本「給予」，讀者「接受」，因此閱讀的過程中，不可能產生批判或不贊同書中所述的想法。

事實上，叔本華更強調的是閱讀材料的選擇，他認為一般人容易只讀新出版的書、而不讀所謂的「原典」（叔本華謂「古人的原書」）。叔本華指出相當普遍的一種閱讀現象：在瞭解思想家的觀點或理論時，人們都僅只是閱讀相關的介紹或評論，很少回歸原典的閱讀。這種經由傳述或轉述的閱讀材料，在叔本華看來都是種「濫讀」（Schopenhauer 4）。就叔本華的概念來說，若想要掌握亞里斯多

德（Aristotle, 384-322 BC）討論悲劇與喜劇的概念，就應該先讀其
作《詩學》，而非從後人對於亞里斯多德的論述著手。

　　然而我們怎麼知道要閱讀哪些書籍呢？一個最直接取得閱讀書
目的方式即是參考選修課程所附的課程大綱（syllabus）。熟知課程
大綱內容有一個最大的好處，能讓我們在學期初始就掌握了指定閱
讀和參考書目等訊息。指定閱讀指的是上課用書或教授認為學生在
選修課程時應該掌握的知識內容，參考書目則為提供學生自行補充
該課程領域的建議書單。另外，教授在課堂上所提及的書籍也是很
好的選擇。有了書單，接著就要知道如何找到這些書。通常圖書館
在每一學期的開學期間整理好各個課程的上課用書或其他教師指定
參考書，再依課程名稱或教師姓名整理至特定區域，以供學生在圖
書館內參考閱讀（這些書常被規定不能外借）。

　　除了圖書館，一般市售或連鎖書店依不同類型的陳列方式則提供了
另一種搜尋書籍的管道，即從眾多同一主題或作者的其他選擇中挑選所
需。不過書店常因為庫存機制與銷售策略等因素，無法陳列所有相關的
書籍。即使如此，自己到書店找閱讀書目的方式，某種程度上來說補充
了課程大綱以外閱讀範圍的廣度。除了實體書店，現今網路書店的資料
庫則提供了更深廣的連結，可依需求針對書籍主題、作者、譯者或出版
社等進行搜尋，在書籍資訊的獲得上跨越了時間與空間的限制。

參、閱讀的方法

　　找到了可供參考的書籍之後，接續為瞭解閱讀一本書的方法。
值得注意的是，不論那一種閱讀的方法，都應該從「認識一本書」

做為開始。因為若能在閱讀初始便掌握了書的「基本資料」，則更能增加對閱讀內容的理解、擴展自己的論點。一般而言，書籍的基本資料包含書名、作者、出版日期、出版社等，這些在寫作讀書心得時都必須先於篇首逐一寫明。

　　書名，猶如一本書給人的第一印象，讀者能從中掌握其所屬類型、內容、重點等閱讀「基底」。值得注意的是，如果讀的是外文譯書，就須注意到原文書名與譯名的關係，比如有些書採取直接翻譯的策略，也有書名與原文差距甚遠的譯書。翻譯自澳洲的圖畫書《爸爸，你愛我嗎？》就是一個很好的例子，其中文書名看似是孩子對父愛的呼求，然而故事內容卻為講述一個很愛盒子的爸爸不知該如何表達對孩子的愛，最後利用紙盒做了許多玩具（城堡、飛機）和兒子一起玩，因而找到一種特別的方式告訴兒子「我愛你」，由此可知中文書名與原文 *The Man Who Loved Boxes* 書名其實是兩種不同的敘述立場。

　　至於先前提及《越讀者》一書內容雖是以中文寫成，但其英文的書名 *Reading in the Internet Age* 卻更能傳達此刻的閱讀現狀：整個寫作、出版、販售、閱讀等文化流通結構面對網路時代所產生的變化。另外，讀者在閱讀過程中有時會被期望能經由內容來掌握作者的書寫風格與創作理念——即使不是每一個作者在這方面都能引起注意。至於外文譯書的中文譯者也是值得注意的區塊，以兒童文學為例，林良、馬景賢和張劍鳴等資深譯者，都有各自對童書翻譯的標準與見解。值得注意的是，閱讀一本書的時候不妨注意三個「時間」：寫作完成、出版和閱讀等各自所屬時代的意義。以羅柏・寇米耶（Robert Cormier）的《巧克力戰爭》為例，原書於 1974 年出版，卻直到下個世紀（2008）才有中文譯本的出現。除了出版時間，出

版的機構也是很重要的書籍資訊，它的重要性在於涉及機構的屬性
和出版取向等重要文化意義。

接下來將繼續討論文本（text）內容的閱讀方法。讀書方法何其
多樣，舉凡略讀、溫習、精讀皆屬之。僅管閱讀屬於個人心智的內
化活動，但既然是為心得寫作而準備，則在方法和個人觀點等層面
上就必定會有一定程度的要求。而要想達到這種要求，首先便得面
對如何「記憶」的挑戰。蒙田（Montaigne）曾謂其在閱讀過程中，
為了要「彌補記憶的破弱和變形」（36），會在書的末尾加註讀完整
本書的日期和閱讀後的心得。阿德勒（Montimer J. Alder）則更進一
步描述閱讀活動的屬性，「閱讀，假如它屬於『活』的，便必是思想
的，而思想必易於用文字或言語來表達」（67-8），因此他亦強調讀
書心得的重要，「用你自己的手，做心得的這種實際動作，必可將書
本上的思想，帶入你心靈的深處，而且會更妥切地珍藏在你的記憶
之中。」（Alder 67-8）

前述利用心得書寫來記憶文本內容的方式，對厄斯金（John
Erskine）而言，卻另有一種更「科學」的技巧，即為自己正在讀的
書製作「索引」：先寫明頁數，接著註寫從此頁所得的心得與感想。
如此則往後每一次重讀這本書時，就能不斷擴充所引的內容（Erskine
126）。此外，在書寫時若有需要用到書上的資料，也能快速的找到
所需內容與頁數。繼續用《巧克力戰爭》進行討論，若我們想要以
「你敢不敢撼動整個宇宙？」做為讀書心得寫作的中心題旨，那麼
就該將書中相關的內容紀錄下來，它們在書中至少出現了五次：

一、城鎮倒塌。地球裂開。星球傾斜。星星殞落。整個宇宙掉
入恐怖的寂靜之中。（127）

二、描寫傑瑞儲物櫃裡海報的段落。（137）

三、一陣憂傷襲向他，如此深沉、穿透骨髓的憂傷，將他帶入
　　孤寂荒漠中，他就像一位船難的倖存者，被海浪拋擲上岸，
　　孤零零地致伸於滿是陌生人的世界中。（139）

四、我敢不敢去撼動整個宇宙？是的，我敢，我敢。我想我敢。
　　傑瑞聳聳肩，突然了解到海報上的意思——那個孤單的男
　　人站在海灘上，抬頭往上看，孤寂，無畏，平靜地融入當
　　下宇宙的瞬間，讓他自己被全世界聽見，被天地萬物所理
　　解。（200）

五、千萬不要去撼動整個宇宙，羅花生，不管那張海報上是怎
　　麼說的。（256）

　　待掌握了主題和相關內容後，即可在其中發展出自己的論點，
進行論述。

　　當然，在現今網路時代裡，班雅明（Walter Benjamin）所稱「不
要讓你的任何思想偷偷爬過去，要像有關當局使用外國人登記簿那
樣，嚴格的使用你的筆記本。」（61），也有了更方便的紀錄形式：以
電腦文書處理或個人數位助理（PDA, Personal Digital Assistant）來整
理閱讀筆記。待閱讀時勤做筆記的習慣養成之後，接著便是進入閱讀
的核心，在這個步驟裡，最重要的是要能以文本為基底、建構出自己
的觀點。其中最基本的功夫為進行摘要整理，訓練自己能以簡短、有
效的文字敘述整本書的大意（Adler、Doren 88）。除了摘要的寫作練
習之外，還可藉由大綱的形式來組織文本的內容，試圖從中建立起自
己論點的網絡。通常一本書的目錄本身即可視為其架構，但我們仍須
練習能依自己的觀點將書中的重要部分逐一列出綱要，且能說明這些
部分是如何印證、發展出全書的主題。這樣的方式尤其適合論說性的
書，甚至可以用來閱讀其中某個特別重要的部分。

　　然而不是所有的文本都有脈絡清楚的目錄，小說就是最好的例子。事實上，閱讀小說有時需要的不只是清楚的頭腦：

> 閱讀小說並不如一般人所想像的那麼簡單，事實上，讀小說是一椿困難而複雜的藝術，你不僅需要有能力去體會小說家偉大的技巧，同時如果你想進一步的利用偉大的小說藝術家所給你的東西，你必須具備豐富的想像力，才能達成你這個願望。（Woolf 50-51）

一般而言，我們會認為吳爾芙（Virginia Woolf）此處所指出的「想像力」是一種無法用文字落實的思想狀態，但弔詭的是它也可以用來說明讀者與作者兩者之間非常有趣的對應立場，「讀者是要『發現』書中隱藏著的骨架。而作者則是以製造骨架為開始，但卻想辦法把骨架『隱藏』起來——用藝術的手法。」（Adler、Doren 100）這說明了閱讀小說仍需要一種「條理分明」的想像力，好讓讀者能鑿砌出從自己見解而來的架構。

　　誠然，文學體會的技巧和想像力需要不斷的訓練才能累積，然而除了以前述提及的幾個閱讀方法為基點之外，更重要的是要能不斷地練習從閱讀材料裡提煉出自己的觀點，此即為閱讀的價值所在。對此，叔本華用的是反例來讓人理解思考的重要，「經常讀書，有一點閒空就讀書，這種辦法比常做手工更會使精神麻痺；因為在做手工時還可以沉湎於自己的思想。」（Schopenhauer 2）比更進一步擴展叔本華觀點的是羅蘭巴特，他以「作者已死」的概念來說明閱讀本身的意義就是讓書本不斷產生新的作者——讀者自身，意即讀者的閱讀行為使其擔任起作者的角色，重新賦予解讀文本的意義，如此也就打破了過去文本和作者牢不可破的神聖性。

　　要注意的是，寫作讀書心得時論述的重點不需貪多，即使只有一個論點但在發展得宜的情況下也就足以成為文章的重心。同時我們也鼓勵學生能將主要閱讀書籍與其他文本連結成，呈現主題式的書寫網絡，尤其現今討論文學已不能排除圖像或影像文本（音樂當然也包括在其中），因而電影、流行歌曲、雜誌等都可以是討論的範圍。以青少年性議題中的未婚少女懷孕為例，相關文本的產量甚為驚人，因此不妨選擇一個主題做為習寫的重點，例如討論以性別為差異主體的敘事手法，這類型的文本有以少女生產為主的電影《鴻孕當頭》（Juno, 2007）[1]、《女孩第一名》（Where the heart is, 2000）等，也有描述一名十六歲少年因女友懷孕意外必須擔任起父親角色的小說《砰！》（Slam, 2009）。若能以文本裡主述者聲音的性別差異作為論述主題，就會比僅用一個文本來得深入而有意義。

肆、讀書心得的類型

　　一般而言，文學課程裡所要求的讀書心得寫作類型，可依篇幅、內容等要求分為「報告」（report）與「分析評論」（analytical essay）兩種，選擇哪種類型端看個人的書寫目標或課堂作業要求來決定。值得注意的是此處類型的區分並不意謂其等具有各自獨立的寫作要求，相反地，它們彼此有極大部分是重疊的，只是在寫作類型、書寫重點等層面上各有不同的強調，因此有了類型之分。茲將讀書心得寫作類型依序分述如後，並提供寫作範例：

---

[1]　臺灣上映時間為 2008 年 5 月。

一、報告

以報告形式呈現的讀書心得所需篇幅約 A4 紙兩頁（2000 字），主要包含五到八個段落。論述重點在於展現對文本的熟悉度，內容可以描述性為主，但要注意必須於文中表現兩層書寫內容：一為文本的風格或特殊之處，二為提出整篇報告的重點，後者強調要能展現文本與課堂主題之間的關係。例如，在討論共產主義與文學發展的課堂上，假設指定閱讀為《動物農莊》一書，那麼在寫作閱讀心得時即可將焦點置於文本帶有的反共產主義色彩，強調文本利用人類（農場主人瓊斯）與農場裡各種動物角色的關係來表現社會主義發展的歷程，甚至進一步分析每隻動物的名字和個性所影射的歷史人物。

讀書心得報告的最重要意義，在於學生能在閱讀材料和課堂內容兩者間架起一個有意義的橋梁。以下提供幾個書寫讀書心得報告的重要問題，可供每次完成報告後進行檢視：

(一) 是否寫出與課堂主題相關或教授所要求的報告內容？

(二) 報告內容是否能展現對文本熟悉度的掌握，並且提及文本的一至兩個特點？

(三) 針對你所提出的特點，是否能用相關語句、角色刻劃或情節鋪陳進行佐證？

二、分析評論

儘管讀書心得報告的寫作很難不包括評論或意見，但相較於分析評論式的文章，報告仍偏重敘述性的內容。分析評論的重點在於論者要能提出自己的論點，清楚的書寫架構，以及足夠的內容長度

（約 A4 紙二至五頁，5000 字以內）。以下將分別就內容架構、書寫步驟與寫作範例等，說明寫作分析評論式讀書心得須注意的要點：

(一) 清楚的內容架構：一篇分析評論應包含內容描述、論點和延伸討論等部分，內容主要有三個組成要素：

1、簡要內容敘述和文本相關的背景知識：與報告相同的是，分析評論亦須提及重要的文本內容，但強調的是更仔細而深入的書寫，以供其後觀點發展的證明。另外，也可以單就主要分析的段落進行介紹，甚至以表格或其他整理形式呈現重要的段落。

2、提出論點：可從分析評論的主題意識、對文本所提出的批判來發展論點。書寫論點時，宜呈現清楚的邏輯思考。另外須注意無論是自己歸結而出或從他人沿伸而來的論點，都須有有力的理由和例證來支持評價。

3、注意傑出的技巧：此點可置焦於文本傑出的文學技巧或內蘊的時代意義的等，但要注意避免諸如「完美的傑作」或「不值得一讀」等過於個人主觀的評斷。

在剛開始寫作分析評論式的讀書心得時，通常會對提出論點感到較為困難。此處以《哈利波特》（Harry Potter）為例，將分析評論的重點置於文本所引發閱讀的風潮和文學價值爭辯等，而在設定「閱讀熱潮和文學價值的關係」之主題後，便能以相關文章來輔助自己的論點，在此礙於篇幅所限，僅以南方朔和蘇友貞等兩篇文章進行討論。南方朔的〈童話故事與「共讀」傳統〉一文，從對兒童文學而言不算薄的書本厚度、少見的購書風潮談起，論及這本書所造成旋風的深層理由。更重要的是，南方朔認為主要還是由於西方從 16 至 18 世紀逐漸形成家庭共讀的閱讀形態所致，彼時的沙龍傳統與睡

前故事使童話故事成為新興的文類，也才有可能出現一套隸屬於兒童文學類型的魔法故事卻大受歡迎的暢銷現象。

蘇友貞的〈小哈利波特不能承受之重〉則由成人閱讀的現象來探討，從文學論戰談到連成人都對哈利迷戀之現象所透露出來的隱憂，爬梳成人讀者的世代（作者指出《哈》的成人讀者多屬嬰兒潮世代出生、已為人父母者）與文本的關係，「他們閱讀《哈》的最大原因，是這本書提供了一個難得的親子共讀的機會。對他們而言，《哈》的吸引力並不是建立在文學的層面，而是建立在倫理的層面。」（蘇友貞 220）因而兩人論點雖各有側重之處，但都以共讀的閱讀形態來切入，剖析這股閱讀熱潮，因而在寫作評論式文章時，即可從兩篇文章的探討觀點來延伸自己的論述。接下來繼續討論寫作分析評論時的步驟。

(二) 書寫步驟：依序分為資料蒐集、準備書寫、擬寫草稿（prewriting）與正式書寫等。

　　1、資料蒐集：包含文本閱讀後的筆記和心得整理，也可利用學術論文、期刊等資料庫瀏覽與寫作文本相關的研究成果。在資料蒐集的階段裡，很重要的一個工作為提出研究的問題，意即能夠清楚的說明從文本延伸而來、想要更進一步瞭解的問題為何。

　　2、準備書寫：一般認為分析評論的內容比報告來得深入的理由，在於前者要能在行文間論述獨特的主題，主題可以從小處著手，例如選擇某些特定的段落進行特殊技巧（諸如寫作技巧、人物塑造、文本氛圍等）的分析；也可以擴大討論範圍，將討論文本和其他相關（同一主題或作者）的書籍進行連結，或是引述其他學者對此主題

的評論進行更深入的探討。在文學領域裡，評價或論述一本書的文章可能不計其數（尤其所謂的「經典」更是如此），因此在寫作分析評論時，首先要能針對研究問題發展一個值得討論的主題，接著再搜集相關論文作為參考，從中發展自己的論點便可開始著手寫作。

3、擬寫草稿（prewriting）：在這個步驟裡，可以試著建立寫作大綱，從中釐清自己的論點與其根據。

4、正式書寫：強調寫作材料彼此間的組織，以及論點之間的銜接。並在書寫時，依需要而加入輔助說明的資料（插圖、地圖、表格等）。另外也要注意在寫作分析評論時，容易被忽略的寫作技巧和語言使用等層面。

（1）介紹內容：可依文本內容的時序來簡介，或是只強調某個重要段落來做細部的討論。

（2）發展論點：論點要具有獨創性且以清楚的邏輯思考進行闡述。

（3）旁徵博引：將蒐集到的資料加以運用於心得寫作之中，也可將其他同一主題或類型的文本納入討論，例如以「父親」形象作為主題，中外文學可供討論的文本甚為豐富，如契柯夫的〈牡蠣〉、余華的〈闌尾〉、劉大任《晚風習習》與王文興的《家變》等，就能擴增論述的範圍。

（4）其他輔助說明資料：為求幫助釐清、支撐論述重點，可依需求而加入插圖、地圖、表格等資料，須注意標示和內容要能簡潔清楚。

（5）寫作技巧和語言使用：在寫作時應避免煽動性的文
字，同時注意錯別字的訂正與使用正確的標點符號。
尤其重要的是，由於要在有限的篇幅裡進行完整的析
論，因而寫作的技巧就顯得相當重要，開頭和結尾兩
處更須注意仔細著墨，要讓讀者在一開始就能清楚掌
握論述的重點，結尾時宜再次重申論點、並且以有力
的語句作為結束。以蘇友貞的〈小哈利波特不能承受
之重〉為例，一開始論及英美學界重量級人士卜倫
（Harold Bloom）、薩凡爾（William Safire）和英國小
說家拜耶（A. S. Byatt）等人對於這一系列小說的輕
視，卜倫認為「快快讀完《哈》即可」，薩凡爾更是
直接表示「讀《哈》浪費時間！」（轉引自蘇友貞
215）。然而在作者析究出小說本身「提供親子共讀的
倫理層面功能」的觀點後，蘇友貞提出對卜倫等人的
回應：

以「格局不夠宏偉」去論斷文學作品的高下，自身其實也是
一種侷限。有人用這個理由批評過只寫男婚女嫁的珍・奧斯
汀（Jane Austen），也有人用這個理由批評過在抗日的大時
代裡寫鴛鴦蝴蝶的張愛玲。是在過境時遷之後，用心的讀者，
在歷史的場景裡，才讀到了珍・奧斯汀和張愛玲在小格局中
的視野和安靜的顛覆性。……一部兒童文學驚動了學院派的
文評家、專欄作家以及小說家，的確不是一件太平常的事。
但是卜倫、薩凡爾及拜耶的評論文章所成就的，也不過就是
把《哈》掃回到它原只是一部兒童讀物的地位，並否定了暢

> 銷等於文學品質的迷思，所以他們的聲音也是在《哈》的狂
> 飆裡必要的冷靜聲音。（蘇友貞 221）

文中可見評論者選擇以一種冷靜的筆調陳述彼此相扣的論點，並重新檢視文章開頭所提學者觀點的社會意義與學術自恃。

是類分析評論很多，但通常散見於藝文版報紙或特定的新書評論專欄，不過評論者在累積一定的產量後常會集結成書出版，范銘如的《像一盒巧克力——當代文學文化評論》、楊照的《文學的原像》等就是很好的例子。《像》為作者於 2000 年至 2005 年間持續評論當時新出版文學性著作的選集，《文》則集結了楊照於 1986 年至 1994 年間所撰寫的文學評論。依此，則閱讀分析評論類書籍最大的好處，在於掌握特定時期出版品的同時，也能學習到評論的方法與觀點的切入技巧。

最後簡列幾個書寫讀書心得分析評論的重要問題，以供檢視：

1、書寫的架構是否層次分明？有包含內容描述、論點和延伸討論等面向嗎？

2、是否提出強而有力、具有獨創性的論點？在文章的開頭或頭幾個段落的結尾裡，是否已清楚陳述這些論點？

3、用來佐證論點的理由或參考的學術文章具有足夠的分量嗎？從文本內容中擇選而出的例證，是否都能支持相關的論點？

4、寫作的技巧能否讓觀點更為突出？

(三) 分析評論範例

以下選文為一名研究所學生為文學與電影課程寫作的分析評論，文中仔細分析海明威（Ernest Hemingway）的《老人與海》

（1952）、以及由俄國動畫家亞歷山大佩特洛夫（Aleksandr Petrov）
改編的動畫電影（1999）等兩個文本特點。並將論述的重心置於文
字與影像文本各自所表現的老人孤獨境遇，尤其在影像文本方面，
其利用特殊媒材的表現手法、建立鏡頭的描寫、老人與男孩的關係
的鑿刻，乃至敘事人稱等種種差異，型塑老人更為深層的心理狀態。
文中並且使用截取自動畫的圖像，作為連結文字與圖像的有效說明。

伍、塗抹海明威作品中的稜角鑿痕：《老人與海》觀後感

一、海明威與《老人與海》

　　《老人與海》（The Old Man and The Sea）為海明威（Ernest
Hemingway, 1899-1961）1952 年的作品，這位出生於美國伊利諾州
橡樹園的作家於 1953 年以此作得到普立茲獎，隔年（1954）更獲得
諾貝爾文學獎的殊榮。《老》描述一名古巴老漁夫與巨型馬林魚（身
長 18 呎）長達四天的海上搏鬥。小說以位於哈瓦那東邊、名為柯希
瑪（Cojimar）的小漁村為場景——實際上它也是海明威鍾愛的海釣
地點，常與他一同出海的漁夫佛恩提斯（Gregorio Fuentes）被認為
是老漁夫桑蒂阿哥（Santiago）的原型。

　　在電影史上，《老人與海》可謂歷久不衰，從 1958 由史賓塞・
屈賽（Spencer Tracy）主演的版本至今，其後又有 1990 年（電視版）、
1999 年等影像文本，而在上個世紀末（1999）則終於出現了難得一
見的動畫創作。在這部長達 22 分鐘的動畫影片裡，導演俄國動畫大
師亞歷山大佩特洛夫（Aleksandr Petrov）以手指沾染油彩在玻璃板

上作畫，仔細描繪老人與大魚之間的搏鬥情節、以及老人在孤獨與
回憶交纏中的內心世界。油畫的彩度與色調所形成的風格，更使作
品本身傳達出與海明威筆下世界不一樣的意境。本文即以此部動畫
作品的藝術表現進行討論，並試圖與海明威的原典相互交織論述，
析究兩者對於老人一角於人性特質的形塑與其內蘊的精神內裡。

二、《老人與海》的版本比較

　　海明威的小說藝術創作，向來遵循其獨有的審美觀念與寫作信
念，即文字要精簡、含蓄，以合乎言不求盡與省略的原則，並且強
調事件場景與角色內心間的配合，傳遞一種完美的制約力量（朱炎
138）。依此，佩特洛夫筆下的《老人與海》，以指腹在玻璃上繪製油
畫所產生的厚實藝術手法，不斷強調角色面對外在境遇和內在心理
活動的交相衝突，尤能詮釋此一文學題材。

　　以開場的建立鏡頭為例，原典中首先描述老人漁獲上的不甚
順遂與衰老的外型：老人已經八十四天沒打到任何一條魚，衰老
的外表益形消瘦憔悴，臉側佈滿棕色的疙瘩，雙手則因長年持網
捕魚而留下疤痕。儘管如此，老人藍的眼睛卻透露出特異的訊
息，「他全身都衰老
了，只有雙眼例外，眼
珠子是海藍色，顯得很
愉快，彷彿從未遭到挫
折。」（海明威1）這當
然是個隱喻，預示了老
人後來面對大魚的挑戰
時所發出的呼喊：「人

圖一 Aleksandr Petrov 的《老人與海》

不是為挫敗而生的。」、
「人可以毀滅,卻不能
挫敗。」等語(海明威
74)

佩特洛夫則將原
點中甚為重要、老人始
終難以忘懷的非洲經
驗作為開場。船上一名
年輕的水手正迎風遠

圖二男孩想要爬高好能看到獅子

眺島上大象、羚羊、獅子等動物,而為了能看到更遠、立於瀑布頂
端的獅子與母獅,水手於是爬到船杆高處⋯⋯等到畫面一轉,才明
白這原來是老人夢中的景色。明顯地,佩特洛夫試圖以意象的傳達,
取代海明威對老人現實與生理狀況的描寫。佩特洛夫的描寫手法反
而凸顯老人長久未捕到魚的情形其實已為一種常態,因而在後來遇
到大魚時,老人竟生年輕時的自己與大魚一同奔遊於海中的懷想。
與海明威筆下的人性精神相比,佩特洛夫的創作反而傳達出一種歷
經大風大浪後的人生哲理。

再者,即使故事中強調了老人孤獨的處境——沒有親人、後代,
也無產業,甚至連一點兒運氣都沒有,但兩個文本對此的表現手法
卻各自相異。佩特洛夫似乎以老人所居住房子的座落地點來表現其
孤獨的境況:這間房子不僅與漁村的其他房子區隔開來,甚至還須
先走完一條長長的斜坡才能到達老人的家。此外,對於桑蒂阿哥孤
獨的另一層描述,也可從佩特洛夫對老人與男孩馬諾林(Manolin)
的關係設定得以窺知。在海明威筆下,男孩的年齡較大(他可以與
老人一起喝啤酒),甚至曾與老人一起面對血腥的獵捕場面,「我記

得你把我丟到濕線圈堆放的船頭，覺得整條船都在顫抖，還有你棒打大魚的聲音，像砍樹似的，我全身都是甜甜的魚血味兒。」（海明威 4）並且在老人捕魚的過程中，男孩常被老人提及「真希望有小伙子幫忙。」（海明威 30、43）

佩特洛夫作品裡的男孩雖然仍是老人與外界的聯繫，但小男孩的年齡似乎顯得更為稚弱，與老人的互動也不多，僅在開場時出現其幫老人送飯的情節，僅管有提到小男孩向老人學習捕魚的事情，但較原典所先設定的，都顯示出佩特洛夫的老人角色更為孤獨。也由於對老人孤獨的境遇有不同的描述，因而衍伸兩個文本對於老人和魚之間的關係有著互異的描述。佩特洛夫形塑老人身上人定勝天的毅力，幾乎在一開始觀眾就知道大魚的樣子，並從牠不斷躍出海面的畫面來堆砌與老人之間的張力，凡此都使文本呈現全知的觀點。

海明威描寫的老人與魚的關係則較複雜，有時他會表現出「強烈的人性自覺」（a speck of intense human consciousness），「不過我要讓牠看看人類有多大的能耐，能忍受什麼痛苦。」（海明威 46）有時他又為了大魚的處境而擔憂，「我得讓牠的傷痛保持原位，他想。我自己的算不了什麼。我可以控制自己的痛苦。但是牠太痛就會發瘋。」（海明威 63）然而絕大多數時候，老人對於大魚是充滿敬畏的，「魚啊，你簡直要我的命嘛，老頭子想。但是你有權這麼做。老兄，我從來沒看到比你更大、更美、更安詳、更高貴的東西。來弄死我吧，我不在乎誰弄死誰。」（海明威 66）依此，則海明威筆下的老人所展現的乃是由其內省中產生道德和心智上的勇氣（朱炎 24），尤其所使用的第三人稱敘事手法，因著讀者同老人一起對於大魚充滿各種複雜情緒、甚至產生同理心。反觀佩特洛夫雖然讓觀眾

立於全知觀點，卻因此產生旁觀的距離，也讓老人的境遇傳達出更為孤獨的氣息。

三、本文參考書目

朱炎。《海明威、福克納、厄卜代克：美國小說闡論》。臺北市：九歌。
　　1998 年 7 月。
Hemingway, Ernest 著，宋碧雲譯。《老人與海》。臺北市：遠景。1978 年 9 月。

陸、本章習作

　　閱讀完本章後，可以後列問題思考、複習讀書心得寫作的重要面向：

一、讀書心得寫作的重要性為何？

二、如何建立閱讀的習慣？

三、在閱讀習慣上，是否有主要閱讀的文學類型？如何涉獵其他類型的書籍（如科普讀物、詩集等）？

四、在讀書的技巧上，應先對所讀的書籍有所認識，有關一本書的基本資料可以包含哪些重點？

五、讀書心得的寫作類型可分為報告和分析評論等兩種，請說明這兩種類型書寫的情況。

六、在書寫報告式的讀書心得時，應注意的重點有哪些？

七、分析評論的內容架構可以包含哪些面向？

八、請找出一本你認為值得閱讀的書，試著用分析評論的書寫步驟來進行寫作，並分析文中的論點是如何發展、成形的。

參考書目

王文興。《家變》。臺北市：洪範。1987。

余華。〈闌尾〉。收錄於《黃昏裡的男孩》。臺北市：麥田。2003。頁 89-98。

南方朔。〈童話故事與「共讀」傳統〉。《聯合文學》第 16 卷第 10 期（總數 190）。1991 年 8 月。頁 15-17。

范銘如。《像一盒巧克力——當代文學文化評論》。中和市：印刻。2005。

郝明義。《越讀者》。臺北市：大塊文化。2007 年。

楊照。《文學的原像》。汐止市：聯合文學。1995。

劉大任。《晚風習習》。臺北市：洪範。1991。

蘇友貞。〈小哈利波特不能承受之重〉。收錄於《禁錮在德黑蘭的羅麗塔》。臺北市：立緒。2006。頁 214-223。

Alder, Montimer J.著。林衡哲、廖運範譯。〈如何閱讀〉。收錄於《讀書的藝術》。臺北市：志文。1996 年再版。頁 67-86。

Adler, Montimer J.、Doren, Charles Van 著。郝明義、朱衣譯。《如何閱讀一本書》。臺北市：臺灣商務。2003。

Aristoteles 著。陳中梅譯注。《詩學》。臺北市：臺灣商務。2001。

Benjamin, Walter 著。李士勛，徐小青譯。《單行道、柏林童年》。臺北市：允晨文化。2003。

Chekhov, Anto Pavlovich 著。唐國維譯。〈牡蠣〉。收錄於《契訶夫短篇小說選》。臺北市：志文。1995 年再版。頁 101-106。

Hornby, Nick 著。曾志傑譯。《砰！》臺北市：馥林文化。2009。

King, Stephen Michael 著。余治瑩譯。《爸爸，您愛我嗎？》。新店市：三之三。1998。

Montaigne 著。林衡哲、廖運範譯。〈談書〉。收錄於《讀書的藝術》。臺北市：志文。1996 年再版。頁 22-38。

Orwell, George 著。孔繁雲譯。《動物農莊》。臺北市：志文。1998 再版。

Cormier, Robert 著。周惠玲譯。《巧克力戰爭》。臺北市：遠流。2008。

Rowling, J. K. 著。彭倩文譯。《哈利波特：消失的密室》。臺北市：皇冠。
2000。

Woolf, Virginia 著。林衡哲、廖運範譯。〈為什麼我們要讀一本書？〉。收
錄於《讀書的藝術》。臺北市：志文。1996 年再版。頁 47-59。

Schopenhauer 著。林衡哲、廖運範譯。〈讀書論〉。收錄於《讀書的藝術》。
臺北市：志文。1996 年再版。頁 1-9。

Hornby, Nick。曾志傑譯。《砰！》。臺北市：馥林文化。2009。

Blackford, Holly. "Apertures in the House of Fiction: Novel Methods and Child
Study, 1870-1910." *Children's Literature Association Quarterly* 32.4
(2007): 368-89.

第九章　報導文學

臺東大學兒童文學研究所博士生　鄭宇庭

本章學習重點：

一、知道何謂報導文學，這個文類有什麼特殊要求。

二、認識臺灣報導文學發展史及其影響。

三、從實作中，學習分辨純淨新聞寫作與報導文學作品之間的差異。

第一節　說一說

壹

　　初識報導文學，從字面上可以下一個簡單而廣泛的定義：「凡是具有真實事件、報導性質、故事紀錄等內涵的作品，皆可稱之為報

導文學」。報導文學作家們可上溯至中國古代記事記言之官，流傳下來的如《春秋》、《左傳》、《戰國策》等等，都是廣義下可稱之為報導文學的作品。回顧中國文學史，漢代司馬遷所作之《史記》，無疑就是一本廣義的報導文學結集，他的作品不但可以以古觀今，同時具有精錬的文字、精彩的故事與真實的人物。以今之報導文學觀點視之，此書隨手拾來、恣意翻閱，都是一篇篇發人深省的報導，這同時也是報導文學作品所應該發揮的功用。

但若要真正定義報導文學，我們應該採取更明確的說法，陳光憲認為：「**報導文學是二十世紀以報導真人真事，藉以伸張社會正義，促進社會人文關懷，重建事實真相的新興文學**」。（陳光憲，2000：75）在這個定義之下，報導文學的特殊性得以確立，它起源於工業革命後，報業蓬勃發展的二十世紀，是一種具有揭露性質的文學作品，報導文學用文學的眼睛，讓讀者去思考新聞報導背後的真實事件及其影響。

臺灣的報導文學發展和整個時代環境密不可分。日治時期的「臺灣議會設置運動」（1921），開啟了往後十四年臺灣人民與日本政府之間的權力政治拉扯，文化界與民間呼應，成立了臺灣文化協會、臺灣左翼文化聯盟等組織，但隨著日本在亞洲大陸的軍事侵略行動，這些由民間所成立的社團組織紛紛被日本政府的高壓管制政策所肅清，轉向地下發展。在當時，知識分子的抵抗運動並未被消滅，反而由一群具有社會意識的文學家所繼承，作家們成立「臺灣文藝研究會與臺灣文藝協會」（1932），並串連全島作家組成「臺灣文藝聯盟」（1934），同一陣線中的楊逵在《大阪朝日新聞》臺灣版中發表文章談報導文學，可以視為臺灣報導文學理論建構之始（須文蔚，2002：10）。

追尋楊逵的思維而下，其定義是一種非常廣泛的概念，報導文學與臺灣新文學運動息息相關，它**「是一個基本的領域，可以讓作者走出書房，尋求抽象與具體、理論與實踐、思考與觀察之間的關係，以期能把握社會事物的真面目」**（須文蔚，2002：10）。在這樣的觀念裡，報導文學得重視讀者、報導事實、報導者要有熱心以主觀的見解向人表達，但絕對不可採取自慰式的寫作方法、憑空虛構、作品沒有生命以及不講求其結構。直至中華民國政府撤退來臺，楊逵仍在《力行報》上繼續提倡實為報導文學的「實在的文學」（1948），直至隔年發生的四‧六事件，他與諸多文友所擬的和平宣言完成後，被政府當成滋事份子，判處徒刑十二年，臺灣文學開始進入反共文藝與現代主義交錯的創作時代，寫實的報導文學只有噤聲。

自由的引線雖長，但燃燒個二十年，火焰終究會被點燃。政治氣氛與社會環境在極度壓縮的五零六零年代，報導文學缺乏可以發展的因子，發表的作品自然急速減少，但隨著保釣運動（1971）而來的思想覺醒終究還是蔓延到了文學圈，不但有「現代詩論戰」（1972）與「鄉土文學論戰」（1977），高信疆在《中國時報》人間副刊上籌畫的系列專欄「現實的邊緣」（1975），成為了報紙推動報導文學的濫觴。繼之而來的由瘂弦所主導的《聯合報》聯合副刊的系列專欄「大特寫」與「傳真文學」（1977），開啟了報導文學蓬勃發展的七零年代。除此之外，如時報文學獎的報導文學獎，也推波助瀾的產生了一定的影響作用，誕生了許多知名報導文學作家如古蒙仁、邱坤良、陳銘磻、馬以工等人。

報紙之外，編排精美，概念與主題明確的雜誌如《漢聲》雜誌（1978）與《人間》雜誌（1985）相繼出現，同時也讓報導文學提

昇更多的能見度。黃永松創辦的《漢聲》雜誌強調鄉土、傳統與攝影技術接合的模式，讓報導文學有了一種不同的面貌，它成為「**一個並不強調批判的現實主義，而是將鄉土文化精緻化的平面媒體**」（須文蔚，2002：17），在這樣觀念主導思維之下的《漢聲》雜誌，模糊了報導文學與純文學之間的界線，削弱了報導文學抗爭的力道，而其在強調田野調查與資料收集的創作模式所造成的影響，至今仍可在知名作家如曹麗娟、陳月文的作品中得見。

八零年代後期，陳映真懷抱著「**從社會弱小者的立場去看臺灣的人、生活、勞動、生態環境、社會歷史，從而進行紀錄、見證、報告和批判**」（須文蔚，2002：22）的理想所創辦的《人間》雜誌，是延續報導文學寫實與批判力量傳統路線的雜誌，它回到了當初楊逵提倡報導文學的初衷，強調兩個態度，分別是「**以文字和圖像為媒介，從事對於生活的觀察、發現、紀錄、省思與批評**」；以及「**站在社會上的弱小者的立場**」（須文蔚，2002：22），對社會、生活、生態環境、文化和歷史進行調查、反思、紀錄和批判。《人間》雜誌影響深遠，與解嚴後社會遞變密不可分，報導文學作家如官鴻志、藍博洲與廖嘉展在《人間》發表的許多具有強烈批判力量的作品，充分的反映了那個時代的臺灣。

貳

筆者認為，報導文學進入上世紀九零年代後至二十一世紀的今日臺灣，呈現了一股豐收的氣勢，這正導因於前人們的努力以及後現代各種文類之間的模糊書寫。在長期的路線摸索後，我們應該從

後現代對主體的認知來思考，報導文學的身份其實並不定位於作品本身，它是相對於其他虛構與想像的文學作品，以及真實的新聞報導之外的文學創作，而其身份本就存在於作品之中。今日的臺灣報導文學可歸納出三種不同的變化，值得注意：

一、首先，文學獎的停辦又重開，雖反映一種報導文學市場優勢的消失，實則能將某些以獎項精神為創作目的的準則弱化。報導文學作品可以不需以理念為優先，只要有話想說，就可以透過詳實的調查訪問或田野工作合併真實的事件寫作，不需被「永恆」與「博大」的概念所限制，盡情揮灑。

二、其次，《漢聲》雜誌的轉型與《人間》雜誌的停刊雖令人扼腕，但由文化界主導的寫實與批判精神長期努力下，間接推動主政者的思考模式。老牌如《光華》雜誌與重生的《新活水》雜誌等官辦雜誌挾政府資金接下了報導文學的棒子，與民間互動後又回頭影響文化界的思考，這種雙向的交流，影響可見。

三、最後，學術界為報導文學注入諸多外來思想的活水，活化了長期以來臺灣新聞媒體觀點上的劃地自限。伴隨學術研究而來的報導文學作品，必有其背後的思想脈絡，如影響深遠的女性主義、後殖民論述及當紅的文化研究開始批判性思考大眾媒體背後的權力運作時，這些從學術界傳來的聲音，都值得被更深入聆聽思索。

第二節　看一看

壹

　　報導文學有個特殊的文學意識，造成許多作家在寫作時的風格上有著明顯的差別。有的往往帶著強烈的個人批判意識；有的隱含深刻的思想情感；某些則特別強調寫實的冷調書寫。報導文學與其它文學作品不同之處正在於其真實性，它讓事實說話，因此田野調查與觀察訪問絕不可少。同時，報導文學作品時而具有一定的實效性，但決不可以便宜行事，提供讀者虛構的認知。本節提供兩篇不同風格類型的作品予以賞析，進一步探究其寫作技巧。

貳

　　在報導文學史上佔有重要地位的時報文學獎，第一屆（1978）的頭獎頒給了曾經短暫從事新聞工作的作家陳銘磻所作之〈最後一把番刀—泰雅族原住民的昨日、今日、明日〉，這是一篇擲地有聲的大作，作者則是七零年代報導文學健將，寫作多篇作品如〈賣血人〉（1978）於報導文學蓬勃發展的年代，投注許多心力在弱勢族群與弱勢人物的報導。他的作品多為一種報導文學「弱勢關懷」的樣式，在這個樣式底下的作品，皆是由對於社會弱勢的觀照出發，進而由點到面，擴及整個問題的揭露。作者自述其寫作所要探討的是：

這一篇報導從原住民的教育、傳統、婚姻、工作現況出發及
他們所面臨的生存遠景來探索極度發展的科技、文明下,他
們如何去正視與自己切身有關的心理、文化問題;同時強化,
在固有模式的生活環境、人文背景的制約中,如何在不同的
文明國度裡,建立部落文化的觀念,和謀求改善他們在平地
工作或留守家園──身為原住民,他們應有的文明變遷的認知
和正視生活體質改變的事實。(陳銘磻,2002:136)

同時透過深入的觀察、訪問、資料統整後,形成一篇由表象切入,
最後深究問題癥結的報導文學作品,在理論與敘述之間又不失文學
的「感染力」。其中最深刻的一幕便發生在作者與那羅村的謝姓老人
之對話:

「這把番刀陪我度過好幾十年,有一天,當我要把它交給我
的孫子時(按:謝老先生唯一的兒子在一次嚴重的肺病中,
被族人用竹子編成的擔架,挑下山求醫時,不幸死於途中),
他竟然說:『這是什麼時代了,還用番刀?』」
「難道他不覺得那把番刀的可貴嗎?」
「他一心要去平地唱歌,哪裡會想到這些!」
「那把番刀現在還在不在家裡?」
「我已經把它扔到山上的湖裡去了。既然他對種地的工作沒
興趣,留下番刀還有什麼意思。當初他要走的時候,我一直
反對,我跟他講:『唱歌有什麼好的。』但是他一句也聽不
下去。留著山上的香菇寮,這一季到現在還一直沒動手。
老師,你說這些孩子要怎麼辦?成天聚在彭老闆的店舖裡看
電視學唱歌,正經事一點也不做,想想當年,老師,有空請

你跟他講講，這些孩子多少也應該知道一些我族的事，唉！當年啊……」（陳銘磻，2002：151-152）

從對話中，可以看出這把日治時期留下的番刀在老人心中的重要性；在文學的欣賞中，番刀成為象徵物，代表傳統文化與現代思維的衝突，最後落敗的一方只有被捨棄，現代思維終究取代了傳統文化。作者在報導中擔任提問者的角色，而老先生的回答中則帶著無限的惆悵淒涼，報導文學作家將這樣的對話紀錄下來，是紀實同時也是反思，不論是老先生食古不化還是年輕人輕忽傳統，番刀的意象凸顯了原住民部落與城市文化之間的互不相容。由此可見，陳銘磻的報導文學作品，具有強烈的文學感染力。

參

後現代模糊了文類之間的界線，報導文學此一文類在成形時就是在真實的新聞與虛構的文學邊緣游移，只要不違背報導文學強調真實的初衷，生態書寫也可以視為報導文學作品。筆名徐如林的作家王素娥，長期從事生態書寫，對臺灣的古道文化頗有貢獻，她與丈夫楊南郡長期從事古道及人文史蹟調查的寫作工作，而作品多描述自我的登山經歷，集結出版如《臺灣風景線》（1981）、《孤鷹行》（1993）等書，都是既具有報導文學之真實，又兼具生態書寫真誠之美的當代作家。

《源自聖稜線》（1995）此篇作品，可謂報導文學樣式中屬「環境保護」的一類，它紀錄北臺灣幾條主要的河流如淡水河、大安溪

與大甲溪的共同發源地聖稜線，並輔以述說紀錄河川兩岸的人文歷史與今昔變化。徐如林與這個領域裡的早期寫作者如心岱、馬以工等人，皆秉持著一種對環境與人文思想上的反省，這個類型的報導文學作品有著強烈的使命感與敏銳的觀察能力，透過發表，引發更多人對環境保護的重視。不同於其它嚴肅的作品，徐如林將報導文學獨有的批判性格化作描述，但也不忘同時帶出對自然的關切：

> 宇內溪下游，就在它注入大漢溪的會流點，這個昔日令人驚艷的、公認是大漢溪最美的景點，現在被一個巨大醜陋的砂石場所盤距。採砂石的卡車道、怪手濫掘的大水坑，使一路穿越高坡峽谷而來的大漢溪和全速衝刺到終點的宇內溪雙雙被打敗了。
>
> 如果破壞大漢溪的平衡，像破壞風動石的平衡那樣令人戒懼，是否還有人敢在這裡肆無忌憚地挖掘溪床、擅改河道？大自然以宇內溪的風動石，讓人類見識了高難度的平衡技巧。而人類則以極端拙劣的手法，粗暴地破壞了一個溪口的平衡，就在高坡峽谷的終點，留下大漢溪第一個潰爛的傷口。
>
> （徐如林，2002：405）

再則，本篇突出了報導文學中的田野調查工夫，徐如林用腳走遍了聖稜線寫出的紀錄，較之一般的時興式的生態書寫更有統整的效果：

> 秋天，縱走聖崚線的登山隊伍，在較低的鞍部，欣喜地發現刺柏的樹幹上，歪斜地刻著水字及一個箭頭。
>
> 循箭頭而下，通常可以找到一泓自岩縫中汩汩流出的泉水；有時，水源是冷杉林下的一個沼池，因浸泡著半腐的倒木而呈現

出濃茶般的水色；有時，所謂水源，只是一個像碟子般淺而小
的水窪，涓涓滴滴的出水，還需靠杯子，一點一點地舀起來用。
甚至在較長的旱季之後，原本的水源完全枯竭，而必須繼續朝
下走，直到二、三百公尺深的溪谷中，才能找到水源。
這就是淡水河源流的真實面貌。然而，也就是這些細細小小
的源流，像樹根一樣地深深探入大霸尖山、巴莎拉雲山、布
秀蘭山、素密達山、品田山、池有山、桃山、詩崙山、喀拉
業山等諸山的山腹，從森林下鬆軟的土壤、從沼池底層、從
碎石坡中，努力擷取每一絲水脈，由四面八方匯聚起來，才
能構成河的主幹。（徐如林，2002：387）

徐如林行文充滿魅力，當寫到山林境況時，有寫景的纖細妍麗，而
描繪山川河流的風景時，又透露出壯麗的恢宏大氣。林元輝認為：「**此
作脫胎於清朝酈道元水經注的書寫模式，充分發揮了『因水以證地，
即地以存古的精神』**」（須文蔚，2002：409）。全篇讀來並無報導文
學資料層層堆疊的繁瑣，也無文字與論述環環相扣的沉悶，適足以
視為讓報導文學氣象一新的作品。

第三節　寫一寫

　　報導文學脫胎於新聞，其特質游移於新聞寫作與文學創作之
間，寫作時，我們應該向新聞寫作取經，但也不可忘記文學應有的
美感。欲完成一篇優秀的報導文學作品，筆者認為首要的重點還是

要培養閱讀傳統文字報導的習慣，而非時下盛行的以圖像為重點的流行報導；再則，在閱讀思索過程所激起的想法十分重要，就算手邊沒有紙本的報紙也無妨，只要可以隨手寫下對新聞時事的想法，經過深入的資料整理與調查，也許就能夠化作一篇優秀的報導文學作品。

報導文學寫作明顯受到美國 1973 年開始的「新新聞學」影響，而此學門又導因於 1960 年代開始，美國人民對權威與理性的不滿。它力求擺脫傳統純淨新聞寫作嚴守中立與客觀的報導方式，可以不受約束的運用主觀態度，創造性與積極蒐集資料的方式來報導新聞，甚至可用第一人稱參與者的角色評論與採訪事件相關人物。同時，新新聞學認為新聞報導無法作到絕對客觀，即使紀錄所有事件真實狀況，亦不等於能夠完全重現事實真相，在真相難現，而可藉由文字創作重整事件脈絡，資料輔證事件焦點的主觀認定下，只要運用文字的記者適當將這些材料予以重新安排，就可能發現更接近事實的真相（周慶祥、方怡文，2003：331-332）。

以下，試作兩個類型新聞作品，第一則為改寫一般新聞媒體所用之純淨新聞寫作；第二則為以新新聞寫作為原則，試作整理之報導文學作品，讓兩者之間的區分會更清楚明瞭。

壹

純淨新聞寫作即是傳統強調客觀的新聞報導，它的特色在於只陳述事實，而不加入主觀意見。這同時也是一般新聞的前提，可以將其運用實作的第一個層面上，即如何寫作一篇客觀的新聞報導作

品。純淨新聞報導的寫作型式基本上可以分為五種，分別是：「倒金字塔」、「正金字塔」、「倒、正金字塔折衷式」、「平鋪直敘」與「鑽石型」五種形式（周慶祥、方怡文，2003：157-158）。在此衡量與報導文學的差異性，僅提出第一個與最後一個寫法來加以實作練習。

　　倒金字塔式的寫作其關鍵在於將讀者最感興趣的部份置於首段導言，而次要的部份則依序向下報導。舉例來說，近日（2009/4/21）中央社記者盧太城報導臺東有一則特別的地方新聞，即阿美族欲將其傳說中風箏救弟的故事形象化，在發生事件的杉原海水浴場立碑，以資紀念。[1]這個新聞可以倒金字塔式寫作將新聞首段導言試作改寫如下：

> 東海岸風箏救弟的傳說，在原住民間口耳相傳已久。卑南、阿美、排灣族皆有相同的故事，近日阿美族人協議在傳說發生地杉原海水浴場防風林中立碑，卻引來其它二族對此佔有土地的行為感到疑慮。卑南族及各族代表召開多次長老會議，建議阿美族改採傳統祭典方式表達追思，更勝立碑。

導言已將全文重點摘要提出，這樣的寫作方式符合現代人閱讀新聞作品時所強調快速掌握重點的習慣，繼而方便閱讀與引起興趣，故事的安排可置於導言之後，最後再以後續的報導追蹤作結，這樣的寫作方式，是目前報紙與媒體在寫作新聞稿時所普遍採用的方式。

---

[1]　記者盧太城寫作的三篇報導分別為〈阿美族風箏石立碑，卑南族排灣族籲慎思〉、〈卑南族風箏救弟傳說，佐證資料完整〉、〈卑南族風箏救弟傳說，彰顯不同時代的價值〉。參見 http://www.cna.com.tw/SearchNews/doSearch.aspx?q=杉原海水浴場，查詢日期：2009/4/26。

　　鑽石型寫作則是比較深入探討的類型，又稱焦點寫作法。它透過由小見大，由個體呈現整體的寫作方式，報導一件複雜的新聞，前述關於阿美族風箏救弟的新聞，可以以下列的步驟予以改寫：

一、先將寫作焦點集中在立碑事件所造成的影響上，引起讀者注意。

二、再將新聞轉接到較大且複雜，如各原住民部落之間的差異主題，並以此帶出故事。

三、進一步擴寫內容更複雜的主題，關於原住民與土地之間的關係是本文可以繼續發展的報導。

四、最後回到一開始引發爭議的事件，以一個有力的結尾收束全篇。

依上述筆者所列步驟，試作改寫如下：

　　風箏救弟的神話故事，分別流傳於東海岸卑南族、阿美族、排灣族間。近日，阿美族決議在杉原海岸立碑紀念；不過，由於故事爭議性使然，卑南、排灣族籲請阿美族慎思，以免造成部族間不必要的糾紛。

　　在卑南、阿美、排灣族的口傳故事中，風箏救弟的故事梗概大致相同，皆為弟弟偷甘蔗被抓，哥哥利用風箏救人，不同的是卑南族故事中，抓人的是阿美族，而阿美族故事中，兄弟偷的是卑南族的甘蔗，抓人的自然是卑南族。相傳這塊綁風箏的石頭今存於臺東杉原海水浴場內，每年兩族族人都會到此地尋根祭祖。

　　阿美族人為了傳頌故事，由族內長老出面，欲在風箏石立碑紀念。此舉卻引起卑南族內強烈震撼，南王部落為此事舉行

兩次長老會議因應，並且和臺東全境排灣族等十一個部落共
同發表聯合聲明表示：卑南族及阿美族居住地相近、世代通
婚及年代久遠等地緣因素，口傳故事或有相似重疊處；但根
據臺大宋龍生教授研究著作中，曾清楚表列「風箏救弟」之
家族系譜，佐證故事主角確為卑南族，另故事中兩兄弟搭建
集會所 trakuban 歷程，並不符合阿美族傳統文化。阿美族在
此立碑勢必破壞生態環境；再則，若其他團體爭相立碑，在
遺跡恣意加上建設，侵佔土地，反而破壞原始遺跡之風貌且
影響原住民文化研究。希望阿美族人以傳統祭祀方式追思風
箏石故事，而典故則尊重不同族群間各自表述。

負責建碑的社團法人臺灣原住民宗教暨文化研究會理事長張
健三表示，阿美族還是會按照原訂計畫建碑，且同時舉辦儀
式，至於卑南族和排灣族的聲明，只能以臺灣俚語「公媽（祖
先）隨人拜」視之，外人不便介入。

這樣一來，全篇報導的重點可以被確立：首先是立碑事件之始，緊
接其引起的風波；部族間的爭議則置於事件之後，探討土地與原住
民之間的關係、以及原住民文化研究；最後則以事件的後續發展作
結。讀者可以快速的掌握全部事件的來龍去脈，報導同時提供焦點，
引發後續關注的可能。

貳

純淨新聞寫作只是入門，並不涉及任何的作者主觀判準，只是
一個單篇新聞稿，也非報導文學。回顧前文所述之主張，我們要讓

一篇新聞更有文學價值,與客觀性新聞寫作有極大的差異,而報導文學其寫作特點可向前述「新新聞」寫作筆法學習,歸納如下:

一、採用多場景、多畫面寫作來描述事件,避免枯燥的歷時性敘述。

二、適時安排人物的第三者眼光,將訊息如實的傳遞給讀者。

三、紀錄人物對話,活化內容。

四、導入作者觀點,安排材料與布局,適時加入資料與田野調查佐證。

五、注重細節描寫。

透過這樣的安排可以發現,既然新聞寫作總會有外力介入,無法作到真正詳實客觀的新聞報導,何不採取說故事或訪談的方式來寫作,能夠更詳盡描述新聞,同時闡述意義,讓讀者對新聞事件產生更大的興趣,這同時也是報導文學文類之目的。

2009 年 3 月的臺灣《光華》雜誌,刊登一系列三篇由記者朱立群所寫作,講述都市原住民部落阿美族人生活困境的族群文化報導文學作品[2],筆者在此用較短的篇幅,循前述所列之寫作特點,將其簡短摘要並改寫如後:

導言:

濱臨大漢溪旁,阿美族三鶯部落被臺北縣政府列為行水區內違章建築,2008 年初勒令拆遷。數十位阿美族人走上凱達格蘭大道向總統陳情,並剃髮宣示捍衛土地的決心,是近

---

[2] 記者朱立群寫作的三篇報導分別為〈流浪到橋下──三鶯「都原」的故事〉、〈漂泊的族人,必承受土地──都市原住民的離散與定居〉、〈落髮不為尼──阿美族女人的護家抗爭記〉。收錄於臺灣《光華》雜誌,2009 年 3 月,第三十四卷:第三期。

年原住民爭取權益少見的激烈抗爭。根據行政院原住民委員會的統計，到 2008 年為止，都市原住民人口共 20 萬 5245 人，佔原住民總人口數 4 成，而 2006 年調查，都市原住民有 9 成安居（6 成自有住宅，3 成租屋），違建戶 7 萬 1604 戶，佔總戶數 0.7%，三鶯部落僅約三十多戶，這些流浪到橋下的原住民，可以說是弱勢中的弱勢。

正文：

　　2009 年元月十日，入冬首波寒流報到，夜晚低溫攝氏 10 度，連接北縣三峽到鶯歌的三鶯橋上車水馬龍、燈火通明，襯托出橋下世界的黑暗。橋墩轉角處一輛黑頭車駛出，車方熄火，後車門一開，蹬出穿著黑皮鞋，藍布牛仔褲的男人長腿，他跨前兩步，立刻被人群包圍，「咚」的一聲，有人向他下跪，用老邁的喉音哀求：「縣長！不要拆我們家！」

　　這個家，是已被拆除一年，沒水沒電，沒日沒夜的阿美族三鶯部落，家門入口處橫豎掛著「反迫害」、「要家園」、「抗爭到底」的抗議字牌。

　　阿美族是臺灣最大的原住民族群，也是都原（都市原住民）人數最多者。原民會 2006 年調查，近五成的都原族人來自阿美族。北部地區是大本營，超過六成的都原落腳於此，約有 4 萬 7000 人，人數是次大族群泰雅族人的 3 倍。都市原住民多為家無恆產離鄉打拼、異地生根者，就以三鶯部落來說，從一、二十前的五、六十戶，幾乎都是來自花蓮、臺東的阿美族人。他們有的長期安家落戶，更多則是短暫停留後又搬走。「流動」的特性，讓他們成為政府眼裡的頭痛人物，這一刻登記的列管戶，下一秒就可能成為失蹤人口。

　　跟多數早期離鄉背景的阿美族人一樣，現年44歲，來自臺東縣成功漁港的古拉斯，國中沒畢業就離鄉跑船，早期來往臺東、澎湖，是船上唯一的原住民，一趟出海就是三個月。1980年他領到第一張船員證，與鎮上幾位同齡族人選擇到基隆港工作，投入遠洋漁業。

　　古拉斯回憶：「為了謀生，鎮上每五名年輕族人，至少就有三人選擇到外地大港上船，留在家鄉沒有什麼錢好賺。」「船上有漢人、原住民、菲律賓人，大家人數差不多。」「最後一次跑船回來，我竟找不到自己的家，一問之下才知道，土地被政府徵收去了，爸、媽無處可去，只好跑到臺北，自己蓋房子，住在大漢溪邊。」寒流來襲，古拉斯瑟縮在部落拆除後臨時搭建的木屋角落，道出族人遷徙的無奈。

　　負責安置這些都市原住民，同是阿美族人的北縣原住民族行政局局長朱清義說：「族人對土地的認知是，祖先住在這裡，我也就自然而然住在這裡，沒有合法與否的問題。」而縣府斥資3億元，針對北縣4個主要的河岸部落（三鶯、溪州、青潭、小碧潭）共約140戶打造的「隆恩埔」三峽原住民文化部落，10層樓、150戶的大廈於2007年7月完工後，首批因為強制拆遷而被迫入住的三鶯族人僅25戶。朱清義說：「我們的族人不要住大廈，也不喜歡每戶人家關起門、不往來。」他知道，部份都原族人欠缺現代社會「法」的概念，若強制把法律套在他們身上，鐵定行不通。

　　扶起下跪的族人，臺北縣長周錫瑋頭一遭走進三鶯部落，坦承過去依法拆除的行動，確實欠缺族群文化的考慮。他向族人保證，三鶯部落將暫緩拆遷，待縣府另找一塊地，在那裡將參考族人的意見造屋，族人搬進新家後，三鶯橋下

的土地將規劃為原住民生態園區，族人仍可來此種花、種菜。
「原住民被政府騙很多次了，不知道這次是否又要說一套、
作一套？」三鶯部落的族人決定，在拿回土地、實現家夢之
前，抗爭將會繼續下去。

這樣的寫作方式，報導者是根據新聞事件作一次重新整理，將調查
資料與媒體特寫融合，將訪問稿與官方政策作對照，拼湊而成的報
導，有說故事的特色，卻句句有根據，對話來源雖然未加注明，但
兼顧各方說法的方式，活化了整篇報導的完整度。近日隨著媒體的
開放，這種寫作方式開始被廣泛採用，為了不誤導讀者，在此還是
加以區分，這是一種不同於純淨新聞寫作的報導文學寫作方式，可
以主觀但務必小心求證，並注意全篇報導的真實性。

本章習作

一、簡要說明報導文學為何？又，報導文學在八零年代風起雲湧，
　　試說明其理由。
二、寫作一篇 1000 字以內的報導文學作品賞析，指出其特色及思想
　　重點。
三、說明報導文學與純淨新聞寫作之間的差異。
四、實作一篇 8000-10000 字的報導文學作品，注意主題的選擇，內
　　容須有資料蒐集與實際田野調查。

參考資料

一、單篇文獻

陳光憲（2000）〈論報導文學的樣式〉，《北市師院語文學刊》4：75-105。

須文蔚（2002）〈鬆綁論下的臺灣文學讀本〉，全國新書資訊月刊 11：3-5。

吳正堂（2002）〈尋找失去的熱情─關於臺灣「報導文學」精選書目〉，全國新書資訊月刊 11：6-10。

二、參考書目

周慶祥、方怡文（2003）《新聞採訪寫作》。臺北市：風雲論壇。

向陽、須文蔚主編（2002）《臺灣現代文學教程：報導文學讀本》。臺北市：二魚文化。

陳銘磻（2002）《陳銘磻報導文學集》。臺北市：華成圖書。

三、引用資料

盧太城（2009）〈阿美族風箏石立碑，卑南族排灣族籲慎思〉、〈卑南族風箏救弟傳說，佐證資料完整〉、〈卑南族風箏救弟傳說，彰顯不同時代的價值〉，中央社網路新聞。

朱立群（2009）〈流浪到橋下─三鶯「都原」的故事〉、〈漂泊的族人，必承受土地─都市原住民的離散與定居〉、〈落髮不為尼─阿美族女入護家抗爭記〉，台灣光華雜誌，2009 年 3 月，34 卷 3 期。

第十章　對聯

臺東大學華語文學系助理教授　黃敬家

本章學習重點：

一、了解對聯的源流發展
二、學習對聯創作的方法
三、觀摩歷代名家對聯的妙處
四、能獨自完成對聯習作

第一節　對聯的源流

　　對聯最早是用在門上，據說跟門神有關，其中有兩種說法。一說源於貼「神荼鬱壘」二神。《論衡・訂鬼篇》引《山海經》所記，在茫茫的大海之中，有一座度朔山，山上有一棵大桃樹鋪天蓋地，樹枝盤曲三千多里。在東北方向，有一個地方樹枝疏稀，形成了一個門，叫做「鬼門」。在這裡看門的有兩位神人，一個叫神荼，一個叫鬱壘，他們是兄弟，有辨別「善鬼」和「惡鬼」的本領，凡是看

到不講道理專門禍害人的惡鬼，他們就用葦繩把惡鬼捆起來餵老虎。因為這兄弟倆能幫助人驅鬼避邪，據說從黃帝那時起，人們就在門上釘桃木板，畫上兩位神人的像，這就是門神的由來。

另一說法是源於貼唐代大將秦瓊、尉遲恭的畫像。相傳唐太宗李世民生病，聽見門外有鬼魅呼號，就把這事告訴群臣，秦叔寶便奏請同尉遲敬德一起披掛整齊，把守在太宗寢宮門外，當天夜裡果然沒事，於是，太宗就命令畫工給他二人畫像，然後把他們的畫像掛在宮門左右，後來百姓逐漸起而仿效，民間便沿習貼門神的習俗。有人說也許是神荼、鬱壘比較兇醜，秦瓊、尉遲恭比較英武，有些地方原來掛神荼、鬱壘的，也逐漸選擇了後者。因為掛畫像需要板孔，既然桃木避鬼，掛門神就選用桃木板，因而早期的對聯，也叫做「桃符」或「桃板」。

對聯有楹聯、有門聯。楹聯的「楹」是指柱子，古時住屋門前有廊有柱，掛在柱上的聯語就叫楹聯；直接貼在門上的，就叫門聯。對聯是從駢文跟律詩發展而來，但它不是駢文的簡化和附庸，而是駢文和律詩的提煉和濃縮，所以，對聯是藝術性很強的應用文學，其運用範圍極廣，舉凡住家、寺觀、亭軒、齋閣、門廊、殿堂等，都可看見有題掛對聯。春節門前張貼春聯，或者彼此往來贈聯應酬，已是華人普遍的習俗風尚。

第二節　撰寫對聯的方法

壹、對聯的形式格律

詩詞有格律，駢文有規矩。對聯是從詩詞、駢文演變而來，所以對聯也有格律。對聯不用押韻，但要對仗。所謂對仗，就是嚴格

的對偶，兩兩相對。在出句和對句中，把同類的概念或對立的概念並列起來。首先要求句型相對，還要求詞性相對，此外專有名詞跟專有名詞相對；凡同一小類相對詞性一致，句型又相同的，因為對得很工整，所以叫工對。以下將對聯對仗的格律要求分為六項說明。

一、字數相等

　　對聯可短的可長，一般的對聯，以五字到十幾字為一聯居多。不管長短，上下聯的字數必須相等，上聯（出句）是多少字，下聯（對句）也應當是多少字。如果字數不相等，除極特殊狀況，便不成為對聯。這是對聯最起碼的一條要求。

二、句式一致

　　這裏所說句式，指句子節奏形式。上下聯相對的句子，節奏形式應當相同。對聯是短詩，要求有音樂性，首先講求有節奏感，念起來順口，聽起來悅耳。節奏本是音樂術語，指各種音響有一定規律的長短強弱的交替組合，在對聯中，即指音樂的停頓。相同字數的句子，可以有不同的節奏形式。無論幾字的對聯，都應當做到上下聯句式一致。四字句的對聯通常是一句兩拍。五字句的對聯，一般是每句三拍。七字句的對聯，一般是每句四拍。聯語的字數沒有固定數目，構成聯語節奏的方法和因素又有多種，運用起來變化多端，但重要的是音組等長，強弱等量，繁疏急緩和諧，輕重抑揚鮮明。如五言對聯的節奏形式就不只一種：

　　　　「二三」式　　　欲知|千古事；

　　　　　　　　　　　　須讀|五車書。

「二一二」式　　揮毫|列|錦繡；

落紙|若|雲煙。

「二一一一」式　三強|韓|趙|衛；

九章|勾|股|弦。

「一四」式　　　養|天地|正氣；

法|古今|完人。

稍長的對聯，半聯不只一句，上下聯句子字數和節奏形式都必須一致。如康熙題避暑山莊錘峰落照聯，上下聯都是「二一二，二二三」式。

嵐氣濕青屏，天際遙看煙樹色；

水光浮素練，風中時聽石泉聲。

清趙藩題成都武侯祠聯：

能攻心，則反側自消，從古知兵非好戰；

不審勢，即寬嚴皆誤，後來治蜀要深思。

上下聯都是「一二，一四，四三」式。（細分「一四」可作「一二二」，「四三」可作「二二一二」。）

三、詞性相當

詞性，或說詞類，在上下聯對應位置，應當相同或相近。對仗要求，原則上是名詞對名詞，動詞對動詞，形容詞對形容詞，以此類推。上下聯在語法結構上應互相照應，彼此對稱。上下聯相對的詞或片語，如不能做到結構相同，也要做到結構相近。至少要求詞或片語字數相等，二字結構對應二字結構，三字結構對應三字結構。

　　傳統對仗習慣，有更嚴格的要求，又有寬鬆的地方。更嚴格的要求，是名詞還分若干小類：天文、地理、宮室、器物、草木、鳥獸、形體、人事、人倫等等，一般要求小類相同或相近的詞相對。寬鬆的是，不要求連詞對連詞，介詞對介詞，基本上把現在的副、連、介、助、歎等虛詞看作一類，可以彼此相對。

　　對仗有工對跟寬對之分。工對，原則上相對的詞，詞性和詞的小類要相同；寬對，原則上也要詞性相同。

　　上下聯詞性完全相同的對聯不少。如清楊昌浚題西湖湖心亭聯：

新	水	影	搖	雙	檻	碧；
形容詞	名詞	名詞	動詞	數詞	名詞	形容詞

舊	山	光	映	四	圍	青。
形容詞	名詞	名詞	動詞	數詞	名詞	形容詞

　　上下聯詞類大體相同，其中雖有不同但是相當，這樣的對聯很多。如林則徐贈湖南某知縣聯：

二	縣	好	山	留	客	住；
數詞	名詞	形容詞	名詞	動詞	名詞	動詞

五	溪	秋	水	為	君	清。
數詞	名詞	名詞	名詞	介詞	代詞	形容詞

　　這副七言聯，有三處是同類詞相對，即數詞「一」與「五」，名詞「縣」與「溪」，名詞「山」與「水」；其餘四處相對的詞，詞性就不相同，「好」與「秋」，「客」與「君」，「住」與「清」只是詞性

相當,而動詞「留」與介詞「為」相離較遠,讀來仍然感覺這副對聯不錯,因為它還合乎對仗的基本要求。

四、平仄相對

這是對字音聲調的要求,使對聯念來有抑揚頓挫之感,具有音樂美。

漢字有四個聲調,分為平聲跟仄聲兩類。古代四聲,是平聲、上聲、去聲、入聲,後三聲是仄聲。國語的四聲,陰平是(第一聲)、陽平(第二聲)、上聲(第三聲)、去聲(第四聲),前二聲是平聲,後二聲是仄聲。在詩詞的平仄格式中,凡「平」的位置,就是選用讀陰平陽平聲的字;凡「仄」的位置,可以選用上、去、入三聲的字。但是現在漢語沒有入聲字,就以陰平、陽平為平,上聲、去聲為仄。

對聯講究聲調的和諧鏗鏘,在語句裏就要講究平仄聲的適當搭配。如果一長串的平聲字或仄聲字,聲調像敲木魚似的,勢必顯得單調乏味。對仗,上下聯對應的字,如果平仄聲完全相同,平對平,仄對仄,也會顯得單調乏味,因此要求平聲對仄聲,仄聲對平聲。不重要或次要處的字,平仄可以不拘,重要的節奏點或句末停頓處,平仄要合乎規定,基本上是「一三五不論,二四六分明」。

有些對聯,平仄完全相對。如清靜鼎臣題聯:

柳	線	鶯	梭	,織	就	江	南	三	月	景	;
仄	仄	平	平	仄	仄	平	平	平	仄	仄	

雲	箋	雁	字，	傳	來	塞	北	九	秋	書。
平	平	仄	仄	平	平	仄	仄	仄	平	平

不少對聯，基本上平仄相對，少數或個別字平仄不對。如福建永定縣高坡橋聯：

二	道	飛	虹，	人	在	青	雲	路	上；
仄	仄	平	平	平	仄	平	平	仄	仄

半	輪	明	月，	家	藏	丹	桂	宮	中。
仄	平	平	仄	平	平	平	仄	平	平

兩句都是一、三字平仄未對，其餘平仄完全相對。

對聯關於平仄的格律，最重要的是，上聯末尾字必須仄聲，下聯末尾字必須平聲。這是對聯的鐵則，不得違反。一開一合，一抑一揚，從聲韻上讓讀者讀完感到有餘音餘味。

隨著時代的前進，語言的發展，現代漢語多音詞增多，反應現實生活的對聯，要求句中的字像格律詩詞那樣處處講究平仄，有時已不可能，但是聯腳的字，上仄下平，應該做到。半聯幾個分句，句尾字，也應力求平仄相對。

五、內容相關

對聯的上下聯，內容要密切關聯，形成一個有機個體，共同表達一個主題。上下聯雖要避免合掌，但絕不能風馬牛不相及，或者彼此孤立，各自為政；也不能一重一輕，相差懸殊，否則內容的關聯就不密切了。

內容相關有三種情況：

(一) 內容相近，相互配合。如吉林龍潭山公園聯：

> 龍峰疏柳籠煙暖；
> 潭水勁松鎖月寒。

「峰」與「水」，「柳」與「松」，上層景，下夜色，相互配合，共同表現龍潭公園的特色。

(二) 內容相反，對比映襯。如張焜自題修身聯：

> 酒長知節狂言少；
> 心不能清亂夢多。

「狂言少」與「亂夢多」正相反，兩相對比，更說明節酒、清心的重要。

(三) 意思連貫而下，不可中斷。如集句聯：

> 棄燕雀之小志；
> 慕鴻鵠以高翔。

上聯語意不完整，直貫下聯，顯出題旨，表明立大志。

對聯內容若不相關，主題意義便不明顯，例如短聯：

> 新年臺上演戲；
> 暑假水邊釣魚。

此聯上下聯內容不相干，只能說是對偶句。

再如中聯：

焦點，熱點，重點，點點皆關國際民生；

足球，籃球，排球，球球都賽水準風格。

此聯上下聯內容雖有一點關連，但是相距較遠。

六、注意修辭

如蘇州網師園對聯：

風風雨雨，暖暖寒寒，處處尋尋覓覓；

鶯鶯燕燕，花花葉葉，卿卿暮暮朝朝。

這是短疊，疊字的音與義相同，疊詞連用，纖巧柔媚，似狀景，似抒情，又似寫情人在花香鳥語中談情說愛，確乎有南國風采。

又如溫州江心寺長聯：

雲朝朝朝朝朝朝朝散；
　　　　•　　　•　　•

潮長長長長長長長消。
　　　　•　　　•　　•

這是長疊，利用了漢字的一字多義，同音假借的特點。加點的「朝」讀ㄔㄠˊ，作「朝見」解。其他的「朝」讀ㄓㄠ，作「早晨」解。加點的「長」讀ㄓㄤˇ，同「漲」。其他的「長」讀ㄔㄤˊ，即「經常」。此聯描寫甌江江心孤嶼景色，雲彩時集時散，潮水忽漲忽落，萬千氣象，似爭相朝禮拜佛。

貳、對仗的避忌

對仗除上述六項要求必須遵守，並避免嚴重違反之外，另須注意三項避忌：

一、合掌

合掌就是上下聯詞義雷同，內容重複，好像左右手掌相對相合，這是對聯的大忌。對聯本是以最精鍊的文字，表達最豐富的思想內容，如果合掌，全聯不過是半聯的意思，豈不是浪費筆墨。

合掌往往是一味追求工對的結果。如以「歲」對「年」，「四海」對「五湖」，「英雄」對「豪傑」，「華夏」對「神州」等。另外，也可能是由於作者思路不夠開，只從一個方向著想，沒有從更多側面推擴之故。

二、同字和不規則重字

對聯忌用同字相對，如「石」對「石」、「百」對「百」，應當避免。由於對聯一個來源是駢文，駢文中有「之」、「於」、「而」等虛字同字相對，對聯中也可以有「之」、「於」、「而」等少數幾個虛詞同字相對。此外，一般不得同字相對。

其次，上聯用過的字，一般下聯不宜再用。如果錯位重用，上下聯彼此相對的字應當相同，如李桂梓諷刺送禮風氣的對聯：

小情尚可大包送；
　・　　　　　・
大禮須從小處來。
　　　　・　　　・

「小處」，指禮物越送體積越小、越珍貴。上聯已用了「小」，下聯對以「大」；下聯再用「小」，上聯必對以「大」。

　　上聯在某幾處重複使用了某字，下聯在相應位置也要重複使用另一個字，與某字相對。如明顧憲成所寫的東林書院名聯：

　　風聲、雨聲、讀書聲，聲聲入耳；
　　家事、國事、天下事，事事關心。

上聯五處用了「聲」，下聯五處用「事」與之相對，非常工穩。

　　上述兩例是有規則地使用重字，可以增強對聯的表現力。但是不合規格使用重字，卻應避免。

三、語言生澀

　　好的對聯應當用流暢清新的語言，表達有意義的內容，構成動人的境界，所以語言至關重要。可是實際寫作中，由於對仗有字數、語法結構、平仄節奏等諸種要求和限制，駕馭語言能力不強的人，作品中往往削足適履，而出現填塞、牽強等病句。所以，精鍊語句，避免詰屈聱牙，又能含括雋永的意蘊，是對聯寫作的學習關鍵。

第三節　著名對聯故事舉隅

壹、趙孟頫戲聯得佳偶

　　宋朝滅亡以後，著名書畫家趙孟頫在入元之後寄情於山水之間，以詩詞書畫消遣度日。一年春天，趙孟頫春遊至郊外，正當他

忘情於湖光山色之中時，卻見迎面走來一位女子，生得美貌異常，頭上斜插一支杏花。趙孟頫脫口吟道：

　　髻上杏花真有幸。

　　那女子抬頭一看，見趙孟頫風流俊逸，神采煥發，望之如神仙中人，不由心生愛慕，低頭吟道：

　　枝頭梅子豈無媒。

　　趙孟頫一聽之下，即知此女有意於己。這個對聯中，趙孟頫上聯利用「幸」、「杏」諧音，表達了自己對女子的愛慕之情。此女下聯以「媒」、「梅」諧音相對，表示自己有意相許，詼諧生趣。

貳、徐文長啞聯鬥腐儒

　　明代文壇怪傑徐文長，他「天才超逸，詩文書畫皆工」。常常自我評論說：「吾書第一，詩二，文三，畫四」。然而，就是這麼一個天資聰穎、卓然不群的人，卻屢屢應鄉試而不中。相傳他曾為四川長文縣的朝雲廟寫過一副對聯：

　　朝雲朝朝朝朝朝朝朝退；
　　長水長長長長長長長流。

　　此聯運用漢字一字多音的特點，以同音假借手法，寫出雲水的變化。其意為：「朝雲潮，朝朝潮，朝潮朝退；長水漲，長長漲，長漲長流。」這首對聯寫出後，人們競相效仿、改寫。

　　他還為杭州西湖寫過一副膾炙人口的對聯：

八百里湖水，知是何年圖畫；

十萬家煙火，盡歸此處樓臺。

下聯出北宋詞人柳永的《望海潮》，其中有「煙柳花橋，風簾翠幕，參差十萬人家」之句。對聯寫出之後，遠近震驚，人們競相傳抄，深為徐渭的才氣所折服。消息傳到杭州知府的耳裏，這知府是進士出身，小有文才，他想：「徐文長只不過是個屢試不中的生員而已，我倒要和他比試比試，出出他的洋相。」於是便派人去將徐文長「請」來。知府見徐文長貌不驚人，一身舊衫，不修邊幅，便說道：「我聽說你很有文才，現在我出一上聯，你來對給我聽聽。」知府遂指著遠處的六合塔說道：

六塔重重，四面七棱八角。

徐文長聽了，也不答話，只是笑笑，伸出手來搖晃了幾下。知府見徐文長只是搖手，以為他對不出來，冷笑了幾聲道：「徐渭，本官命你續對，對不出也就罷了，卻用這些莫名奇妙的動作來戲弄，該當何罪！」徐文長不慌不忙的答道：「大人，小人剛才的動作早已給你對出了下聯。」知府命其說出，徐文長乃道：

一掌平平，五指三長兩短。

知府頓時啞口無言。

徐文長的啞聯，不用筆寫口說，借助手的動作來表達意義，藝術性很高，反映出才子的思維敏捷，隨機應變的功夫。

參、金聖歎對聯歎絕命

明末清初著名文學批評家金聖歎,「為人狂傲有奇氣,嘗言天下才子書有六,一莊、二騷、三馬史、四杜律、五水滸、六西廂記,因作各書批評」。

一次,金聖歎在一寺廟中閒住,半夜醒來,心血來潮,忽然想批點佛經。於是披衣下床,來到方丈的住所,找方丈借閱佛經。方丈見金聖歎深更半夜來借佛經,又好笑又好氣,但又不便拒絕,便靈機一動說:「我剛才偶得一聯,你若能對得下聯,經房中的佛經任你取去批閱;若是對不上,還請回房暫息。」說罷,便吟出上聯:

半夜二更半。

五個字,首尾相同,而且「半夜」即「二更半」,「二更半」即是「半夜」,非常難對。金聖歎思忖良久,難以答對,只好怏怏而歸。

後來,金聖歎因「哭廟案」被捕入獄。其時正逢中秋佳節,皓月當空,蟾光萬里。金聖歎舉首望月,頓生靈感,不由得脫口吟出下聯:

中秋八月中。

幾天後金聖歎的兒子來探監時,他特地將下聯寫在紙條上,命兒子帶給寺中的方丈,總算了卻了一樁心事。上下聯首尾字相同,前後各自互釋,實為異名同指。

不久,金聖歎被判死刑。臨刑時,其子女均趕到刑場來拜祭,好不淒涼悲慘。然而金聖歎卻鎮靜自若,慷慨從容。只見他對子女說道:「吾為反對任唯初搜括民財、盜賣庫糧,孔廟行哭,反遭冤殺,

此天理不公也。事到如今，你們哭也無益。我現有一句上聯，你們
可對下聯與我聽聽。」說罷，緩緩吟道：

　　蓮子心中苦。

　　這真是「黃連樹下彈琴──苦中作樂」。沒想到他的子女一聽到
上聯，愈發悲戚哀傷，哪有那份心思對對子呢？金聖歎無可奈何，
只好自己對出下聯：

　　梨兒腹內酸。

　　「梨」與「離」同音。一副對聯將金聖歎臨刑前的悲憤淒苦之
情訴說得淋漓盡致。此聯巧用諧音，「蓮子」為「憐子」，「梨兒」為
「離兒」。生離死別之際，金聖歎以聯解愁，真是愁更愁。

肆、紀曉嵐燈謎戲乾隆

　　乾隆皇帝巡遊江南，見池塘、湖面上長滿荷花，真是「四面荷
花三面柳，一城山色半城湖。」看著這「出淤泥而不染，濯清漣而
不妖」的含苞欲放的荷花，散出陣陣沁人肺腑的幽香，乾隆皇帝心
裏一動，一句上聯便脫口而出：

　　池中蓮苞攤紅拳，打誰？

並示意紀曉嵐應對。

　　紀曉嵐一邊思索，一邊環顧四周，忽然長在湖邊的一叢劍麻引
起他的注意，劍麻的綠葉像手掌一樣在風中擺來擺去，他心中突然
一亮，對道：

　　　岸上麻葉伸綠掌，要啥？

乾隆聽後面帶悅色。

　　隨後他們經過一座小橋，橋的式樣奇特，四方八角，古樸壯觀，
乾隆帝又吟出上聯：

　　　八方橋，橋八方，站在八方橋上觀八方，八方八方八八方。

紀曉嵐憑著他的機智、敏捷，對出下聯：

　　　萬歲爺，爺萬歲，跪在萬歲爺前呼萬歲，萬歲萬歲萬萬歲。

　　第一副對聯以擬人的手法，賦予「蓮苞」和「麻葉」人的動作，
豐富的想像，鮮明的形象，可謂巧矣。第二副對聯，「八方」與「萬
歲」反復迭用，氣勢不凡，妙趣橫生，別出心裁。

　　據說有一年元宵節，乾隆皇帝在宮中張燈結綵，君臣一塊猜燈
謎取樂，只見一盞大彩燈前寫著一副用對聯寫成的燈謎：

　　　黑不是，白不是，紅黃更不是；
　　　和狐狼貓狗彷彿，既非家畜，又非野獸。
　　　詩也有，詞也有，論語上也有；
　　　對東南西北模糊，雖為短品，也是妙文。

　　乾隆一連把這副燈謎對聯看了三遍，也沒猜出來，身邊的大臣
連說：「難猜，難猜！」紀曉嵐便解道：「最常用的顏色是紅、黃、
藍、白、黑。其中的藍色裡最深的，又叫青色，青出於藍而勝於藍
嘛。所以，上聯的前半句『黑不是，白不是，紅黃更不是』那就是
個『青』。後半句跟狐、狼、貓、狗差不多，說的是『犬』，犬雖說

是人們家裡養著用來看家的，可它不算是家畜，又不是野獸，馬、牛、羊才算是家畜。前半句的謎底『青』，跟後半句的謎底『犬』合起來，是個『猜』字。下聯的前半句『詩也有，詞也有，《論語》上也有』，是『言』字。後半句『對東西南北模糊』──不是『迷』字是什麼？『言』跟『迷』合到一塊，就是個『謎』字。謎語稱得上『雖為短品，也是妙文』呀！這副燈聯的謎底就是『猜謎』。」乾隆對紀曉嵐的機智妙讀歎賞不已。

第四節　常用對聯舉例

壹、春聯

養成勤儉美德
樹立簡樸新風

百卉莫知報朔
五行木旺於春

夜月琴聲書韻
春風鳥語花香

春到碧桃枝上
鶯歌綠柳樓前

和氣平添春色藹
祥光常與日華新

家門喜貼大福字
雪片爭兆豐收年

鵲送喜報風送爽
鶯傳佳音梅傳香

爆竹聲聲除舊歲
凱歌陣陣迎新春

萬紫千紅滿園皆春色
五風十雨遍地盡朝暉

大地播春光山青水綠
神州增泊色姹紫嫣紅

貳、壽聯

（一）一般壽聯

人上征途心不老
志朝峰頂景長春

天上眾星拱北斗
世間無水不朝東

雲霞輝映千年鶴
雨露滋培九畹蘭

白首壯心馴大海
青春浩氣走江山

（二）雙壽

人壽年豐彼此重
龜鶴遐齡一幅同

千歲桃開連理木
萬年枝放太平花

　天上星辰可作伴
　人間歲月不知年

　人近百年猶赤子
　天留二老看玄孫

參、婚聯

　並蒂爭妍
　比翼雙飛

　花開並蒂
　愛結同心

　千里姻緣一夕會
　半生結縭百年親

　文成彩鳳騰鸚鵡
　曲奏紫簫引鳳凰

肆、輓聯

　海內存知己
　雲外有遺音

高風傳鄉裏
亮節昭後人

死去原知千古恨
生來已作萬年傳

良操美德千秋在
亮節高風萬古存

本章習作

一、話說張岱小時後有次同祖父至杭州，巧遇眉公，眉公指屏上李
　　白騎鯨圖，出了上聯：「太白騎鯨，采石江邊撈夜月。」欲張岱
　　屬對。請試為張岱對之。

二、上聯「一高二高高承載」，試對出下聯。（第五屆全球徵聯題目）

三、試以自己名字為左、右聯之第一字，作一嵌字對聯。

參考書目

門冀華、普頤華編：《實用對聯集成》，正展出版公司，2000年。

尹賢著：《對聯寫作指導》，廣州花城出版社，2001年。

陳圖麟編：《中國對聯故事》上集中集，正展出版公司，2003年。

范叔寒著：《中國的對聯》，臺灣省政府新聞處，1986年。

第十一章　題辭

臺東大學華語文學系助理教授　黃敬家

本章學習重點：

一、了解題辭的意義和作用。

二、了解不同對象或場合，題辭運用的種類。

三、學習各種性質的題辭作法和注意事項。

第一節　題辭的意義

　　題辭是由《文心雕龍》的頌、贊、箴、銘四類文體演化而來。古代的頌、贊、箴、銘多為長篇，頌、贊的文字以頌揚襃讚為主；箴、銘則含有警誡勉勵的意思。題辭並沒有固定的格式，散文、詩詞、聖賢遺訓、名人格言等，皆可使用。語句須精練合宜，通常以四個字的題辭最為普遍，用來表達祝頌、讚美、獎勵、期勉、慶賀、哀悼、警誡……之意，多用於匾額、幛、軸或題像贊等。

第二節　題辭的種類

依據題辭的對象、性質不同，可劃分為下列五類：

壹、幛語

幛語是在喜慶、弔喪的場合裡，題在禮幛、花圈、禮軸、禮屏上的文辭，有一個字的，像是「囍」、「壽」、「奠」等字，通常仍以四個字為多。

貳、匾額

匾額是把祝賀的文辭，刻在大型的木匾上，掛在醒目的地方。匾額的用途很廣，凡是新居落成、行號開張、名勝古蹟、考試錄取、慶祝當選等等，都可以使用。而且，匾額保持時間很長，可以作為永久的紀念。

參、像贊

像贊是用在肖像上的題辭，通常分為兩種：一是肖像題贊，二是遺像題贊。肖像題贊或是用在紀念冊上，或是贈送給別人留作紀念的像片上。在紀念冊上的，只要寫上「某某先生（女士）之肖像」即可；送給別人當作紀念的像片，上款題上「某某先生（女士）留念」，下款題「某某敬贈」，並且在下款下方寫上年月日即可。遺像題辭，則通常寫上「某某先生（女士）之遺像」即可。

肆、冊頁

冊頁是在紀念冊上的題辭，是請師長、親友、同學題辭勉勵；用的辭句，通常是抄襲成語、格言或名人的言詞。也有題在裱好的宣紙卷軸上，不過，這種題辭，書法要寫得好才好，並且要注意行款。

伍、一般

除了以上的四種題辭外，還有許多種類的題辭，像是著作、書刊、比賽獎杯、獎牌、銀盾、錦旗等，都有題辭。

第三節　題辭的作法

壹、取材適當

題辭製作，貴在切合實情又意義深刻，所以，首先要認清對象。舉凡接收人的身分、年齡、性別、職業、為人、宗教信仰及彼此關係等，均須考慮周詳，方能貼切其人其事。

貳、用辭典雅

辭意要講究優美雅馴、典雅順暢，使人讀來餘味無窮，若欲創造新語，務須雅正，絕不可失之粗俗、鄙俚。

參、音律和諧

題辭文字的音調講究平仄相間，抑揚有致，和諧響亮，讀來鏗鏘動聽，以增加動人之韻致。例如四字之題辭，音節要注意「平開仄合」、「仄起平收」，兼顧二、四字的相互呼應，最忌四個字都是平聲或仄聲。所謂「平開仄合」，就是四個字的平仄是「平平仄仄」，例如：「庚星永耀」，這個題辭，前兩字都是平聲，後兩字都是仄聲。「仄起平收」就是四個字的平仄是「仄仄平平」，例如：「壽比岡陵」，這個題辭，前兩字都是仄聲，後兩字都是平聲。

肆、行款正確

題辭通常自上而下直寫，或從右到左橫寫，並配合上下款。書寫時，有些細節應該注意：

(一) 匾額及橫書者，正文由右而左，題於中央；如有款識，由上而下，直行書寫。上款在右方，下款在左方，約當中間部位寫起。

(二) 正文直書者，題於中路，由上而下。

(三) 正文的字必須大於題款的字。

(四) 上款包括接受者的稱謂和禮事敬詞，寫法如下：

1、稱謂：對於一般親友，可依書信箋文中對受信人的稱謂方式書寫，但對已婚且為人母者，長輩稱為「○母○太夫人」，平輩稱為「○母○夫人」（上一個○是她的夫家姓氏，下一個○是她的娘家姓氏）；已婚而未生育的女性，則稱為○○女士。至於奉獻寺廟的匾額，或名勝古

蹟的題辭，通常不加上款。若是題贈各種比賽，則多寫
比賽的名稱。

2、禮事敬詞：於接受者的稱謂之下，通常空一格，再書寫
禮事敬詞。

(五) 下款包括題贈人自稱、署名、表敬詞，寫法如下：

1、自稱、署名：對於一般親友，可依書信箋文中發信人的
自稱、署名方式來書寫，但通常署名必須冠姓，以示禮
貌。

2、表敬詞：於題贈人的姓名之下，通常空一格，再書寫表
敬詞。茲將上款禮事敬詞及下款表敬詞製成簡表，以供
參考

類別	上款（禮事敬詞）		下款（表敬詞）
壽慶	○秩大慶、○秩晉、○榮慶、華誕、誕辰、壽辰、壽誕、嵩慶、萱慶（女）、○秩雙慶、○䰂雙壽（雙壽）		祝、敬祝、謹祝、恭祝、拜祝、賀、敬賀、敬頌、謹頌
婚嫁	訂婚之喜、文定之喜、嘉禮、大喜、燕喜、新婚之喜、結婚誌慶、于歸之喜、出閣之喜（女）		賀、敬賀、拜賀、謹賀、恭賀、鞠賀、同賀
新居	華屋落成、新居落成、新廈落成誌慶、落成之慶		
遷居	喬遷之喜、鶯遷之慶		
生育	弄璋之喜、麟喜（男）、弄瓦之喜（女）、孿喜（雙生）		
開張	開張之喜、開幕之喜、開張駿發、新張之喜、開業誌慶		
贈書	己作	賜正、教正、誨正、斧正（長輩）吟正、指正、雅正、郢正、惠正（平輩）惠覽、惠閱（晚輩）	敬贈（長輩）持贈、贈（平、晚輩）

	非己之作	賜存（長輩）	購贈
		惠存（平輩）	
		存閱、閱覽（晚輩）	購贈並勉
喪祭	靈鑒、靈右、靈座（通用） 千古、冥鑒（男喪） 仙逝、靈幃、幃右、鸞馭（女喪） 生西（佛教徒）永生、安息（基督教、天主教）		輓、敬輓、謹輓、拜輓、 哀輓、泣輓、泣奠、拭淚 敬輓、恭輓、叩輓、題輓 合十（佛教徒）
其他	雅正、雅屬、雅鑑、雅玩、清玩、屬書、正之		書、敬書、謹書、撰、手 撰、敬撰、謹撰、拜撰

(六) 凡具有紀念價值，或可供長久懸掛的，則在下款的左側，再加書一行致贈或奉獻的日期。

第四節　題辭的實例

壹、幛語

一、壽慶

（一）男壽

大德大年　大德必壽　日麗中天　日永椿庭　天錫遐齡　天保九如

天錫難老　天錫純嘏　如岡如陵　如松柏茂　如南山壽　多福多壽

至德延年 社結香山 松柏同春 松柏長青 松鶴延齡 東海延釐
庚星煥彩 庚星永耀 封人三祝 是誠人瑞 南山比壽 南極星輝

（二）女壽

天姥峯高 天護慈萱 名門淑範 花燦金萱 果獻蟠桃 金萱不老
春滿瑤池 春濃萱閣 春滿北堂 祥呈桃實 祥開設悅 悅彩增華
堂北萱榮 彩悅騰輝 萊綵北堂 喜溢璇閨 婺煥中天 婺宿騰輝
嫦星煥彩 慈竹長青 慈竹風和 慈雲集祜 慈闈日永 萱花不老

（三）雙壽

人月同圓 日月齊輝 日升月恆 日月並明 天上雙星 白首同心
仙耦齊齡 仙眷長春

二、婚嫁

（一）新婚

才子佳人 大道之始 三星燦戶 天作之合 天賜良緣 五世卜昌
白首偕老 永結同心 百年好合 如鼓琴瑟 百輛盈門 君子好逑
良緣天定 花好月圓 花開並蒂 佳偶天成

（二）嫁女

之子于歸 于歸協吉 百兩御之 妙選東床 宜其家人 宜其家室
桃夭及時 祥徵鳳律 雀屏妙選 跨鳳乘龍 摽梅迨吉 鳳卜歸昌
燕燕于飛

（三）續婚

明月重圓	其新孔嘉	琴瑟重調	琴瑟重彈	畫屏再展	慶溢鸞膠
寶鏡重圓	鸞膠新續	鸞鏡重圓			

三、輓幛

（一）男喪

一朝千古	大雅云亡	千秋永訣	五福全歸	文星遽落	少微星隕
仙遊上界	北斗星沉	生榮死哀	行誼可師	言為世法	吾道已窮
明德流徽	典型宛在	庚星匿彩	羽化登仙		

（二）女喪

巾國稱賢	女界典型	萱蔭長留	月缺花殘	北堂春去	忘憂草謝
彤管揚芬	彤管流芳	空仰慈顏	坤儀足式	坤儀宛在	妝臺月冷
孟母風高	花落萱幃	相夫有道	持家有則		

（三）學界

1.師長

木壞山頹	立雪神傷	永念師恩	風冷杏壇	高山安仰	馬帳空依
桃李興悲	師表千古	師表常尊	梁木其頹	教澤長存	

2.學者

大雅淪亡	文壇失仰	天喪斯文	少微斂耀	文曲光沉	世失英才
立言不朽	言行足式	望尊泰斗	絕學春秋	學究天人	鴻衍傳薪
杏壇模楷	師表長存	教界楷模	教澤長存		

（四）政界

人亡國瘁	才厄經綸	甘棠遺愛	召父杜母	邦國精華	忠勤著績
忠勤足式	耆德元勳	峴首留碑	國失賢良	勛猷共仰	萬性謳思
萬家生佛	遺愛人間				

（五）商界

少伯高風	五都望重	利用厚生	美利長流	貨殖流芳	商界楷模
端木遺風	闤闠風淒				

（六）軍警

大星遽落	大旗色黯	功在旂常	名齊衛霍	光沉紫電	忠勇楷模
星隕將營	英靈不泯				

貳、匾額

一、新居落成

大啟爾宇	甲第徵祥	竹苞松茂	君子所居	肯堂肯構	昌大門楣
長發其祥	美奐美輪				

二、行號吉慶

（一）醫院

仁心仁術	心存濟世	方列千金	功著杏林	功同良相	功侔相業
全心濟世	杏林之光	妙手成春	妙手回春	肱傳三折	扁鵲復生
祕傳金匱					

（二）商行

大業千秋	大業允興	大展鴻猷	生財有道	利濟民生	近悅遠來
財源恆足	陶朱媲美				

三、校慶

人能宏道	化民成俗	化雨均霑	功宏化育	功著士林	百年樹人
百年大計	卓育菁莪	育才一樂	芬扇藻芹	春風廣被	洙泗高風
為國育才	英才淵藪	桃李馥郁	桃李芬芳		

參、像贊

于右任撰顧柏蓀先生像贊
樸學曠懷，幽光潛德。式是典型，貽於來哲。遺像在堂，百世罔忒。

陳立夫題胡母曹夫人像贊
溫溫恭人，守德勿替；相夫教子，辛勤一世。節衣縮食，鄉里分惠；
倏然歸真，萱萎庭際。

肆、畢業冊頁

力行近仁	入孝出弟	士先器識	士必弘毅	大器晚成	文章華國
仁為己任	友誼永固	本立道生	自強不息	任重道遠	志道據德
好學近智	孜孜不倦	扶搖直上	好古敏求		

伍、一般

一、著作

一字千金	人手一冊	大筆如椽	生花妙筆	名山事業	字字珠璣
風行遐邇	紙貴洛陽				

二、比賽

才氣縱橫	文章天成	文采斐然	出類拔萃	吐辭不凡	含英咀華
妙筆生花	卓犖不凡				

三、生子

子種蓮房	天降石麟	玉燕投懷	石麟降世	瓜瓞綿綿	百子圖開
芝蘭新茁	英聲驚座				

四、競選匾額或銀盾

才智超羣	才德堪欽	山斗望重	公正廉明	邦家之光	邦國楨幹
卓然鶴立	物望允孚	咸慶得人	桑梓福音	能者在位	望切雲霓
造福鄉梓					

五、升遷匾額或銀盾

才堪濟世　布化宣勤　壯志克伸　初展鴻猷　其命維新　咸與維新
政治長才

第五節　題款示例

壹、壽慶

一、男壽

韶玉先生　六秩大慶

齒德同尊

弟　夏曉聲　拜祝

二、女壽

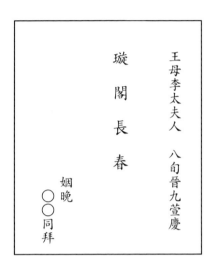

王母李太夫人　八旬晉九萱慶

璇閣長春

姻晚
○○同拜

貳、婚嫁

一、新婚

永成學兄
愛華小姐

唱隨諧樂

弟范慧明　謹賀

參、居室

一、新居

大茂公司　大廈落成紀念

華　堂　煥　彩

○○縣縣長汪永昌　敬賀

二、遷居

孝正先生　喬遷之喜

鳳　棲　高　梧

胡佳年　敬賀

肆、生育

一、生子

天錫祥麟

○○先生
○○小姐

鄭士元 敬賀

二、生女

綠鳳新雛

○○兄
○嫂 掌珠彌月誌慶

弟○○○ 謹賀

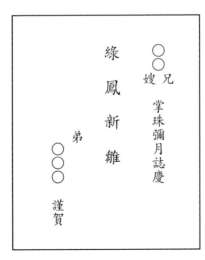

伍、開業

聖愛牙醫診所　開業誌慶

功　侔　相　業

考試委員

朱國慶　拜賀

陸、獻業師、母校

亮公吾師　賜存

杏　壇　之　光

受業

李嘉欣
王邦年　敬呈

柒、競選獲勝

○○先生榮膺臺南縣縣長

允孚眾望

○○○
○○○
○○○
同敬賀

捌、比賽獲勝

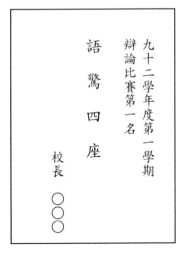

九十二學年度第一學期
辯論比賽第一名

語驚四座

校長 ○○○

玖、升遷、退休

一、升遷

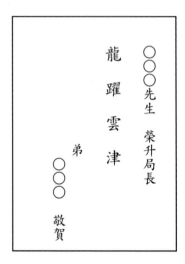

○○○先生　榮升局長

龍　躍　雲　津

弟
○○○
敬賀

二、退休

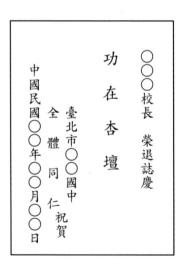

○○○校長　榮退誌慶

功　在　杏　壇

臺北市○○國中
全　體　同　仁　祝賀

中國民國○○年○○月○○日

拾、贈書

一、呈師長

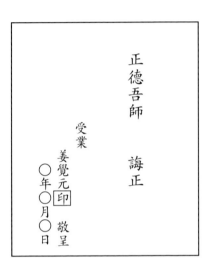

二、呈長輩

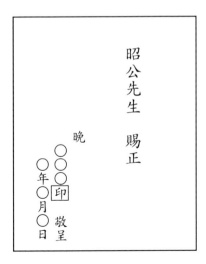

三、贈長官

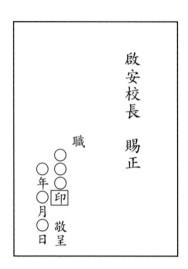

啟安校長　賜正

職
○
○
○
年○印
月
○敬
日呈

四、贈同學、朋友

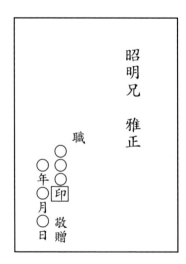

昭明兄　雅正

職
○
○
○
年○印
月
○敬
日贈

五、贈學生後輩

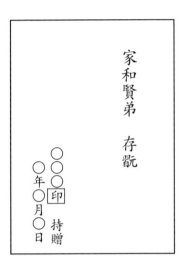

家和賢弟 存玩

○○○印 持贈
○年○月○日

拾壹、哀輓

一、男喪

忠賢先生 千古

存 猶 範 道

鮑家珍 敬輓

○○董事長 靈右

閽 閫 風 淒

職 趙心平 恭輓

二、女喪

淑芬女士 鸞馭

婺 星 光 黯

簡濟安 敬輓

慈 雲 縹 緲

王母許太夫人 靈幃

晚
田茂勝 叩輓

三、輓親人

典 型 猶 在

舅父大人 冥鑒

甥
張家瑋 叩輓

四、輓業師、師母

```
                                                              禪
                                                              公
                                                              吾
               受          仰   安   山   斗                    師
               業
                                                              千
               沈                                              古
               唯
               甫

               揮
               淚
               叩
               輓
```

本章習作

一、假設朋友店面開張,你打算贈匾致賀。請完成你的贈匾題辭。

二、假設你有新書問世,欲呈送給師長過目。請完成你的贈書題辭。

三、假設你的伯父過世,而父親要你以其身份代擬輓幛。請替父親
　　完成輓幛題辭。

參考書目

鄭進豐編著:《應用文述要》,高立圖書有限公司,2004 年。

蔡信發編著:《應用文》,萬卷樓圖書有限公司,1995 年。

江應龍編著:《最新應用文大全》,師大書苑有限公司,1996 年。

語言文學類　ZG0073

實用中英文寫作

作　　　者 / 簡齊儒、沈富源、鄭威爾、王蕙瑄、許文獻、許秀霞、
　　　　　　鐘尹萱、鄭宇庭、黃敬家
責任編輯 / 林世玲
圖文排版 / 黃莉珊
封面設計 / 陳佩蓉

法律顧問 / 毛國樑　律師
出 版 者 / 國立臺東大學
　　　　　　臺東市西康路二段 369 號
　　　　　　電話：089-355752
　　　　　　http://dpts.nttu.tw.gile
製作發行 / 秀威資訊科技股份有限公司
　　　　　　114 台北市內湖區瑞光路 76 巷 65 號 1 樓
　　　　　　電話：+886-2-2796-3638　傳真：+886-2-2796-1377
　　　　　　http://www.showwe.com.tw
劃撥帳號 / 19563868　戶名：秀威資訊科技股份有限公司
　　　　　　讀者服務信箱：service@showwe.com.tw
展售門市 / 國家書店（松江門市）
　　　　　　104 台北市中山區松江路 209 號 1 樓
　　　　　　電話：+886-2-2518-0207　傳真：+886-2-2518-0778
網路訂購 / 秀威網路書店：http://www.bodbooks.tw
　　　　　　國家網路書店：http://www.govbooks.com.tw
圖書經銷 / 紅螞蟻圖書有限公司
　　　　　　114 台北市內湖區舊宗路二段 121 巷 28、32 號 4 樓
　　　　　　電話：+886-2-2795-3656　傳真：+886-2-2795-4100

2011 年 1 月 BOD 一版
定價：350 元

國家圖書館出版品預行編目

實用中英文寫作 / 簡齊儒等合著. -- 一版.
　-- 臺北市 : 臺東大學, 2011.1
　　面 ；　　公分. -- (語言文學類 ; ZG0073)
　BOD 版
　ISBN 978-986-02-4569-1 (平裝)

　1. 寫作法

811.1　　　　　　　　　　　99016865

讀 者 回 函 卡

感謝您購買本書，為提升服務品質，請填妥以下資料，將讀者回函卡直接寄回或傳真本公司，收到您的寶貴意見後，我們會收藏記錄及檢討，謝謝！如您需要了解本公司最新出版書目、購書優惠或企劃活動，歡迎您上網查詢或下載相關資料：http:// www.showwe.com.tw

您購買的書名：_____

出生日期：_____年_____月_____日

學歷：□高中 (含) 以下　　□大專　　□研究所 (含) 以上

職業：□製造業　□金融業　□資訊業　□軍警　□傳播業　□自由業
　　　□服務業　□公務員　□教職　　□學生　□家管　□其它_____

購書地點：□網路書店　□實體書店　□書展　□郵購　□贈閱　□其他

您從何得知本書的消息？

　□網路書店　□實體書店　□網路搜尋　□電子報　□書訊　□雜誌

　□傳播媒體　□親友推薦　□網站推薦　□部落格　□其他_____

您對本書的評價：（請填代號　1.非常滿意　2.滿意　3.尚可　4.再改進）

　封面設計____　版面編排____　內容____　文／譯筆____　價格____

讀完書後您覺得：

　□很有收穫　□有收穫　□收穫不多　□沒收穫

對我們的建議：_____

_____

_____

_____

11466
台北市內湖區瑞光路 76 巷 65 號 1 樓

秀威資訊科技股份有限公司　　　收

BOD 數位出版事業部

....

（請沿線對折寄回，謝謝！）

姓　　名：＿＿＿＿＿＿＿＿　年齡：＿＿＿＿　性別：□女　□男

郵遞區號：□□□□□

地　　址：＿＿＿＿＿＿＿＿＿＿＿＿＿＿＿＿＿＿＿＿＿＿

聯絡電話：(日)＿＿＿＿＿＿＿＿＿＿ (夜)＿＿＿＿＿＿＿＿＿＿

E-mail：＿＿＿＿＿＿＿＿＿＿＿＿＿＿＿＿＿＿＿＿＿